噲辣廚娘真千金 2

文創風 1236

咬春光 著

風文創 1236

目錄

第二十六章　臨安一別

聞西陵跟吳戚離開下塘村回到了沈記，這天晚上，沈蒼雪整了一桌宴席。在京城算是見過大世面的定遠侯府一干人，今日卻拜倒在這一桌菜下，吃得心無旁騖、專心致志。

吳戚等人是行伍出身，平日吃飯必不能少了酒水。今日沒有酒，他們卻絲毫不覺得差了什麼，有這一桌菜便足夠了，難道酒能有這些料理可口？

到了這會兒吳戚才終於明白，為什麼他們家世子爺會對這位沈姑娘念念不忘，就衝著這手藝，誰忘得了？

看他們吃得狼吞虎嚥，黃茂宣笑呵呵地說道：「你們可是有口福了，咱們蒼雪的手藝在臨安城那是首屈一指的，這裡就沒有比她更厲害的廚子了。看看，這道東安子雞，可是蒼雪的成名之作。」

定遠侯府的侍衛們羨慕到不行，有人問：「你們天天都這麼吃？」

沈淮陽道：「哪能天天這麼吃，開鋪子賺錢可是很辛苦的，再說了，我阿姊也沒時間天天做這些。」

他們關了鋪子之後，剩下的時間大多用來補眠，哪有空閒折騰這樣一頓晚飯？

黃茂宣喝著湯，意猶未盡地說：「今日算是託了你們的福了。」

一旁的聞西陵捏緊了筷子。其實，她做這一桌菜應當是為了給他餞行吧，果然還是放不下他。

聞西陵說不上心裡究竟是什麼感受。他一直想要離開，也明白自己跟沈蒼雪往後不會再有交集，可面對對方的真心，他做不到無動於衷。

今天的聞世子爺，依舊在自我感動。

沈蒼雪正埋頭吃飯，碗裡忽然多了一塊魚。

她不明所以地抬頭一看，卻見聞西陵眼神閃躲，甚至扭過了頭說：「妳多吃一些，免得被他們搶光了。」

沈蒼雪心想，自己不是一直都在吃嗎？

說完，聞西陵又彆扭地補充一句。「多謝妳為我下廚做這些。」

這……沈蒼雪被他突如其來的體貼給弄得不好意思，低頭繼續扒飯。她今日弄出這麼一桌菜，是因為收了聞西陵的錢啊。

那顆藥丸雖然是原主的父母留給她的，但就沈蒼雪所知，他們家壓根兒沒什麼值錢的藥材，估計藥丸的用料也不名貴，只是勝在藥方高明罷了，結果聞西陵直接撂下一百兩銀子。他出手這麼闊綽，沈蒼雪當然不能小氣，所以今日這些菜格外紮實，萬萬沒想到聞西陵竟有這種誤會。

沈蒼雪塞了一口飯壓壓驚。媽呀，聞西陵這小子該不會以為自己心悅於他吧……

兩人之間的氣氛瞬間古怪起來。

離別的時辰越來越近，入夜之後，聞西陵除了藉著整理廚房的由頭，同沈蒼雪簡單的說了幾句話，之後便再沒有找到機會與她獨處。

好不容易等沈蒼雪收拾完了，聞西陵正想說兩句，還沒開口便被沈蒼雪趕去了房間。

「早點睡，明日還要趕路呢。」

聞西陵抬起的手頓時放下。孤男寡女的，他直接去她房裡不合適，況且他也不知該說些什麼。

讓沈蒼雪與自己一道回京城？她不願意；讓沈蒼雪等自己？明顯不合適。

到頭來，最該花心思道別的那個人，反而一直沒能說上話。

聞西陵一夜輾轉反側，左右也睡不著，半夜他便起身去了王家。

今日剛好值了晚班、正打算關門睡覺的興旺，轉頭就看到一道黑影，瞬間嚇得魂差點飛了。

興旺一個彈跳，蹦到門邊，藉著月光，他才看清楚這不是鬼，而是人，還是個熟人。

只見興旺欲哭無淚道：「您怎麼這麼晚還過來呢，我們老爺最近可沒招惹你們啊。」

聞西陵故意朝他逼近一步，嚇得興旺畏畏縮縮地蹲了下去——他怕被揍。

見狀，聞西陵輕輕笑了一聲。「今日過來沒別的意思，不過是讓你警醒著些。我有事回京一趟，留了侍衛在沈記，你家老爺若有什麼打算，記得及時告訴我那侍衛。」

興旺眼睛一亮，回京？這殺神要走了？原來他不是本地人啊……

聞西陵察覺到興旺的小心思，伸手拍了一下他的臉。「我那侍衛可比我不留情面，若不小心一點，當心你的腦袋。」

說著，聞西陵將手搭在他的脖子上，輕輕一收，興旺便打了個冷顫。

「我縱使人在京城，也能時刻盯著你，別自作聰明，懂嗎？」

「懂……懂！」興旺嚇得立刻點頭，不管什麼都答應了。

他們家老爺待他確實還行，可那也比不上自己的小命重要，他再三保證。「您放心，只要有我在一天，沈記便不會被王家暗算。」

「還算乖覺。」

聞西陵放過了興旺，然而這一晚，睡不著覺的人又多了一個。

翌日起身後，聞西陵還像從前一樣，準備跟沈蒼雪他們一塊兒做包子，沒想到沈蒼雪見了他卻說：「你還是回去多睡一下吧，待會兒還要趕路。瞧你眼下都青了，昨日沒睡好？」

聞西陵不好意思說自己昨晚翻來覆去沒怎麼睡，很要面子地堅持說：「不礙事，不過是想到京城的那堆爛攤子，一時睡得晚了。我習慣這會兒起身，如今也不怎麼睏，還是過來幫忙比較好。」

他不由分說地動起了手，亦步亦趨地跟在沈蒼雪身後，她幹麼他就幹麼。

等定遠侯府眾人從客棧過來，準備與他們家世子爺一塊兒啟程的時候，便發現聞西陵正一心一意地剁著包子餡。

這是他們世子爺？世子爺怎麼會幹這樣的事?!

見眾人驚得合不攏嘴，沈蒼雪趕緊讓聞西陵停下。

不過即便如此，吳戚等人也都看夠了。關鍵是他們家世子爺不覺得不好意思，反而格外理直氣壯。

人已經來齊，沈蒼雪也知道聞西陵該走了，看他似乎沒什麼行李，便問道：「不用收拾收拾嗎？」

聞西陵道：「騎馬回京，不好帶東西。」

定遠侯府的人驚訝過後，便催促聞西陵啟程了。他們來時碰上了不少波折，回京路途只怕也有凶險，若不趁早，被人發現了端倪後不一定走得掉。

沈蒼雪聽完之後擦了擦手，將圍裙卸下。「走吧，我送送你。」

聞西陵一聲不吭地跟在她身後。

眾人很有默契地落後他倆幾步，黃茂宣也想跟上去送行，卻被吳戚給拉住了。

黃茂宣見吳戚不走，呆呆地問：「這位大哥你怎麼不回去？」

「我們家少爺讓我留下。」

黃茂宣很快就懂了。「你留下大概是頂他的職吧。」

頂世子爺的職？吳戚一愣，他還沒反應過來世子爺在這兒究竟要做什麼，負責剁餡嗎？

黃茂宣指了指灶臺說：「喏，就是這些，灶臺上的活都要做，剁餡、包包子，加上迎來送往、買菜擦地、照顧孩子，都是你往後的活。喔，隔三差五還得回村照看夏大叔。」

吳戚心一梗，他這會兒跟世子爺一道回去還來得及嗎？

聞西陵出了胡同，馬匹已準備好，隨時都能走。

臨別在即，聞西陵還抱有遺憾。其實昨日他就該厚著臉皮找沈蒼雪，可他遲疑了，想說的話都不敢說。如今離別來得這樣突然，他甚至無法好好道別。

「我走了。」聞西陵悶聲道。

沈蒼雪為聞西陵整理了一下衣裳，暗道可惜，以後便看不到這樣俊俏的少年郎了。「京城裡頭波詭雲譎，你自己多加小心。若得了空，可以寄信過來，想必夏大叔也很希望聽到你的消息。」

那妳呢？聞西陵心想。

可他沒問出口，沒結果的事還是別問的好，但他心裡又堵得慌。

聞西陵過去不是磨磨蹭蹭的人，現在卻格外拖拖拉拉，半晌才憋出一句。「妳能送我個東西嗎？」

「嗯？」沈蒼雪沒想到他會這麼說。

聞西陵的視線移向了別處。「沒什麼，沒有就算了。」

沈蒼雪失笑，知道他又彆扭了起來，這性子估計這輩子都改不了。

她伸手拔下頭上的一根木頭簪子。「這是我親手做的，雖然不值錢，但可以留個念想吧。」

若在沈記的這段經歷，能讓聞西陵多年以後回憶起來仍覺得多采多姿，那也算是對得起他了。

聞西陵鄭重地接過木簪，緊緊地握在手心道：「妳放心，我會收好的。」

沈蒼雪微微一笑，隨即道：「時辰不早了，你們趕緊啟程吧。」

聞西陵猶豫了片刻，終究下定了決心，飛身上馬，最後深深地看了沈蒼雪一眼，領著人、騎著馬離開了。

沈蒼雪眺望他的背影良久。

再見了，聞西陵，願你餘生平安順遂。

沈蒼雪收拾好心情進了沈記，黃茂宣本來還擔心她興致不高，沒想到她轉眼之間便想開了，甚至還道：「如今我不缺錢了，今日正好將書契給簽了，簽個一年也無妨。」

今日定下，過幾日她的飯館便能開張了！

吳戚還有些回不過神。

他對沈記一無所知，是因為聞西陵不放心，擔心王家人趁他不在又興風作亂，才讓他留下的。

聞西陵讓他跟著沈蒼雪，然而沈蒼雪回來之後便一直在做包子，吳戚即便想幫忙，也不知該從何幫起。

沈蒼雪看吳戚手足無措地杵在那兒，想起聞西陵當初也是這副德行，遂指了指砧板道：「你去把那些肉剁碎吧。」

「喔。」吳戚趕緊走上前去。

他堂堂一個男子漢，還是頭一回剁肉餡呢。本來覺得彆扭，可是轉念一想，他們家世子爺在這兒都是做這種活，自己矯情什麼呢？

這個姑娘應該是世子爺的心上人，他還是老實一點吧。

等到開門營業之後，吳戚這才知道，原來一個小小的包子鋪可以這麼受歡迎。他在京城的時候聽說過一家點心鋪賓客雲集，然而客人再多，也多不過沈記外頭那些人。

因為人手不足，吳戚這個新來的只能努力頂上去。一整個早上，他都在盛粥、擦桌子、打掃環境，疲憊的程度比他平時在軍營裡差不了多少。

中午過後，鋪子裡才漸漸冷清下來。吳戚坐在桌前感慨，原來世子爺這陣子都是這麼熬過來的，沒能早日找到世子爺，是他們的不該。

可沒等他嘆息多久，人就被沈蒼雪給叫走了。

沈蒼雪拿著銀子，帶著吳戚去找那位東家，直接租下一年的鋪子。東家看她錢付得爽快，便說：「沈老闆若是明年還做生意，我這鋪子依舊租給您。」

「那敢情好，這臨安城也沒幾個像您這樣位置好的鋪子了。」沈蒼雪立刻應下。她的確看中了這家鋪子地點好，別說再租一年，就是再租十年，她也覺得值。

沈蒼雪給錢簽契的那股灑脫勁，是吳戚沒想到的。這位姑娘倒是與京城裡那些大家閨秀不一樣，能自己當家作主，不是宅院裡養出來的嬌貴主兒。他全程默默地跟在沈蒼雪旁邊，盡著一個侍衛的本分。

沈蒼雪拿到了鋪子的鑰匙，將書契塞進袖口，回頭便看到吳戚跟門神似的站在那兒。聞西陵將這位放在自己身邊是什麼意思，沈蒼雪也知道。不過既然來了，索性頂了聞西陵的活吧，他既然是聞西陵的人，沈蒼雪自然信他。

沈蒼雪道：「你們家世子爺交代了，說你這一年都要在臨安城待著。不過你這身分太招人目光了，不若低調一些，在我店裡當個幫工如何？」

這些話吳戚並不意外，畢竟黃茂宣已經提前跟他通過氣了，不過他還是問了一句。「世子爺從前都做那些事？」

沈蒼雪回想了一下。「端茶倒水、迎來送往、打探消息、買菜剁肉，外加照顧小孩？說來說去，都是一些尋常事罷了。」

吳戚頓時無語。這幫工要做的還挺多的。

沈蒼雪見吳戚生得高高壯壯，力氣應該挺大的，小算盤立刻打起來了，於是道：「我看你不比你們家世子爺差，這身子骨當幫工正好呢。我這新飯館開業，正缺人手，你要不先試上兩個月練練手？若是不行，到時候再換別的做。」

「行是行，只是我沒做過，怕耽誤您的事。」

「這有什麼難的，你們家世子爺從前也沒做過，不也一樣做得挺好的。不會的，到時候我都會教你。」沈蒼雪拿出自己忽悠人的勁，說得賣力。「我的新店即將開業，雖說眼下還看不出什麼，但往後肯定是這臨安城最紅的飯館，你跟著我幹活，該得的肯定少不了。等日後事業做大，你說不定就是飯館裡的二把手了。」

吳戚怔住，他還能當二把手？

「冒昧問一句，咱們家世子爺從前是幾把手呢？」

「喔，他是沈記的三把手。」

吳戚的表情頓時變得微妙起來，原來他比世子爺的地位還要高？

「怎麼樣，來不來我這裡幫忙啊？」沈蒼雪又問。她的雙眸亮晶晶的，極具蠱惑性。

吳戚哪裡能跟她討價還價呢，他要是矯情，回頭世子爺還不罵死他？所以最後他連月錢都沒問，直接應下了。

沈蒼雪為了避免吳戚反悔，立刻拉著他簽好了書契。

吳戚看自己的收入每日是一百文錢，這在臨安城算是不低了，尤其是他從沈蒼雪這兒得知，當初自家世子爺每日可是只有五十文錢呢。

然而答應之後不久，吳戚才知道自己錯得有多離譜。新店要開業，不知道有多少繁瑣的事情等著他處理。

黃茂宣要打理沈記包子鋪的生意，沈蒼雪是一介弱女子，重活、累活不能讓她做，至於沈淮陽跟沈臘月兩個小孩就更別說了，哪能指望他們幹什麼，所以最後這些活全落到了他頭上。

吳戚真的是欲哭無淚。

沈蒼雪拍了拍他的肩膀，寬慰道：「等飯館正式開起來之後就好了，先苦後甜。」

她這回說的是真的，然而吳戚已經對她說的話無動於衷了。

他在這裡不過待了兩天，便已看清了這沈姑娘的真面目。每當他撐不過來的時候，便會受到一些聽起來振奮人心、實則沒什麼屁用的鼓勵。偏偏他每回都莫名其妙地聽進去了，而後繼續亢奮，累了之後又變得清醒，如此往復循環。

最後苦的是他自己，甜的是沈蒼雪，現在吳戚對她說的話本能地警戒了起來。

世子爺啊，您怎麼就招惹了這麼一個能言善道的姑娘家呢？日後若是兩人能成，他們家世子爺還不被壓制得死死的？

吳戚一面哀嘆自己月錢少了，一面還得捏著鼻子苦哈哈地幹活。

他們世子爺還沒到京城，在半路上就忍不住寫信過來了，就這股在意沈姑娘的勁，他敢反抗嗎？他不敢。

沈蒼雪確實沒打算讓吳戚做牛做馬，不過就先累個幾天罷了，等她人手一夠就天下太平。

這陣子吳戚幫忙做了不少活，沈蒼雪準備等下個月給他加錢。不過這傢伙似乎已經不相信自己說的話了，她說了要加錢，吳戚竟然撇了撇嘴，不以為然。

可惡，真把她當成黑心老闆了？沈蒼雪決定一忙完就立刻加餐，挽救自己岌岌可危的名聲。

第二十七章　化敵為友

兩日之後，沈蒼雪的飯館上了牌匾，名字叫「聚鮮閣」。

本來沈蒼雪還想取一個更風光的名字，最好配得上她廚神的身分，無奈水準有限，想不出什麼高級的，去做牌匾的時候順口說了這個，於是店名就這麼隨隨便便地定下來了。

沈蒼雪帶著弟弟妹妹進了飯館後面的院子裡，可是吳戚卻沒跟著他們進去。

他年紀不小了，沈蒼雪則是十四、五歲，若是住在一塊兒，難免引人非議，遂在隔壁租了一個隔間住下，與聚鮮閣的大院子不過一牆之隔，平日進進出出也方便。

沈記那兒由黃茂宣頂上，藍長生、藍武鄉加上黃家的人都進了城，有他們在身邊幫忙，黃茂宣狠狠地鬆了一口氣。

很快的，沈記的客人便發現平常總是笑臉迎人的沈老闆不見了，鋪子裡的人也換了一批，熟悉的面孔只剩下黃茂宣。

「怎麼回事，沈老闆去哪兒了？還有之前那位俊俏的幫工也不見了。」

谷明正領著妻女喝粥，聽到這句話便解釋道：「你這是幾天沒來這兒吃早飯了吧？沈老闆前些日子便一直在說自己要新開一家飯館，所以包子鋪就轉交給了黃老闆，至於那位幫工，聽說是去京城尋親了。」

問話的那人撓頭笑了笑。「原來如此，我之前忙得很，確實沒過來吃包子，不過沈老闆走得也太突然了，教人不適應。」

他心裡納悶，沈老闆都不在了，那沈記的味道還跟從前一樣嗎？該不會就此一落千丈吧？

封立祥笑呵呵地捧著兩個奶黃包，似乎看出了客人們的心聲，說道：「要我說啊，哪個老闆都不重要，反正沈記的東西一樣好吃。」

谷明同湯敬南一道附和。「這話不假。」

熟客都吃得出來，包子跟餃子的味道都沒變，沈記還是從前那個沈記。

黃茂宣的緊張情緒被這些老顧客們安撫了一遍，他學著沈蒼雪往常的樣子，熱絡地同客人們道：「我的手藝都是沈老闆親手教出來的，跟她一模一樣，各位放心吃就是，若有一點不好，我自願領罰。」

「諸位，裡面請吧。」黃家的管事也是殷勤得很，別說是跟聞西陵比了，就是跟當初的黃茂宣相比也略勝一籌。

這熱切的態度，讓平常時不時被聞西陵怠慢的客人們受寵若驚，再一嚐到包子味，確實沒變，便徹底安心了，甚至還有人打聽起了沈蒼雪的新飯館，打算過些日子去嚐嚐鮮。

沈蒼雪如今還在收拾後院子，這院子比沈記包子鋪後面的院子更大、更寬敞。

她覺得這麼大的地空著不用可惜，打算置辦一些給小孩玩的器材，譬如鞦韆、沙池之類的。家裡這兩個小孩什麼都好，就是太乖巧了，沒有一般小孩子的活力。如今家裡已不怎麼缺錢，不能太委屈他們。

沈蒼雪決定往後不讓他們在飯館裡頭幫忙了，她自己多招兩個工就是。

招工的告示是沈蒼雪讓沈淮陽寫的，他小小年紀，寫出來的字已經比沈蒼雪要工整了許多。沈蒼雪看自家弟弟妹妹時自帶濾鏡，她總想著，若是淮陽往後不學醫的話，去考個科舉也不錯。

沈淮陽寫到一半，便發現自家阿姊沒了聲音，於是問道：「還要招別的嗎？」

「要。」沈蒼雪回過神。「還要招一個廚子。」

這麼大的飯館，光她一個主廚肯定不夠，應當再招個人手。

沈淮陽埋頭努力地寫完，之後交給吳戚在外頭貼好。

不到半日便有人上門來應聘了，還是位出乎意料的人。

「你們這兒招廚子是嗎？」

門口那邊的動靜引來了吳戚的注意，他幾步走上前，發現是個中年男子。「你要應聘？」

「對。」萬喜本來面帶笑意，正要介紹自己，然而在看到從後面走出來的沈蒼雪時，突然僵在了原地，整個人無法動彈。

沈蒼雪也頗為意外。

良久，萬喜才艱難地問道：「這是沈老闆的飯館？」

「正是我新開的。」沈蒼雪走上前，靜靜打量起了對方。

廚藝比賽過後，她便沒看過萬喜，印象中對方雖然沒進前三，但也是第四名，可見廚藝頗佳，原本應該趁勢宣揚一波自己的名聲，結果這人竟然銷聲匿跡了。現在再看，他似乎過得有些頹廢。

「萬大廚原先不是在王家的酒樓做主廚嗎，怎麼如今……」

沈蒼雪話未說完，但萬喜卻是尷尬得不得了。

當初王家的做派過於無恥，最後還爭輸了，他這個大廚自然也跟沈蒼雪結下了梁子。萬喜確定沈蒼雪不是以德報怨之人，他實在沒必要留下來自討苦吃。

萬喜後退一步，道：「冒昧打攪，實在不好意思，沈老闆就當我沒來過吧。」

沈蒼雪還沒反應過來，他便直接離開了，完全沒有要糾纏的意思。

她什麼都還沒問呢……沈蒼雪懵了，被迫看了一齣戲還沒看懂的吳戚也懵了。

沒過多久，吳戚便聽沈蒼雪說：「你跟在他後頭，去打聽打聽究竟出了什麼事。」

吳戚雖然不明所以，卻行動迅速，立刻就跟過去了。

沈蒼雪待在原地，思考招一個這樣的廚子合不合適。萬喜過去是王家酒樓的大廚，廚藝自然沒話說，以前王家酒樓還靠他的拿手菜吸引了不少客人，只是後來跟王亥鬧了矛盾，才被發配到王檀夫妻手裡。

據說萬喜跟王家徹底鬧翻了，若真是如此，那讓萬喜過來幫忙也未嘗不可，還能順帶膈應王家。然而這一切若是王家設的局呢？像是王家想藉著他過來給自己搗亂或下毒之類的。

雖然萬喜說走就走，看起來不像刻意要混進聚鮮閣，不過沈蒼雪還是想讓吳戚確認，萬喜跟王家是不是真的不再往來了。

吳戚一路跟著萬喜後面走，便看到他出了聚鮮閣之後一路長吁短嘆。

萬喜返家後，他的妻子齊娟追問道：「今日可找到東家了？」

只見萬喜緩緩搖了搖頭。

齊娟坐在萬喜身邊，陪著他一塊兒唉聲嘆氣。

「這樣下去不行，王家都已經把咱們逼成什麼樣了，還不收手。之前你離開王家，惹得王老爺不快，派人過來把咱們的家底都搶空了。說什麼栽培之恩也要還，簡直是強盜，我原想要告官，偏你不讓告。」

萬喜垂頭喪氣道：「王家家大業大，便是告了官又能奈他們何？不讓他們出這口惡氣，回頭他們還是不會放過咱們。」

齊娟不禁憤懣。「可他們如今就放過咱們了？給各大酒樓跟飯館都打了招呼，不許他們用你，這不是明晃晃的欺壓咱們嗎？說什麼栽培，也不瞧瞧這麼多年你給王家賺了多少錢！」

萬喜苦笑，王家人要是有良心，他們一家人也不會淪落至此了，也是他糊塗，這麼多年跟錯了人。

想到了沈蒼雪，萬喜又道：「其實……我今日遇上了那位沈老闆。」

「沈記的那位？」

「沒錯，不過她不在沈記了，另外出來開了一家飯館。要說最合適的東家，除了她再無旁人，換了別人，可不敢跟王家針鋒相對。可惜我與她之前結了梁子，只怕她不會收我。」

夫妻倆對坐，相顧無言。

伏在牆邊聽了半晌的吳戚差不多理清楚了情況。他們家世子爺走之前特地交代了，臨安城有一位叫王亥的，與沈姑娘是死敵，尤其需要注意。

這位大廚口中說的王家，應當跟他們世子爺交代的是一樣的。世子爺還說，他在王家有個叫興旺的眼線，平時或許不可信，不過嚇一嚇對方的話，還是能聽到不少真話。

吳戚心想，既然是出來打聽事情的來龍去脈，自然要理個清楚，於是他潛入了王家，直接去找興旺。

剛準備歇息的興旺還沒來得及脫衣服，便被人按住了脖子，直接扣到牆上。興旺一陣驚慌。

他整個人面對牆壁，根本不知道來者何人，不過這熟悉的窒息感……「夏公子？」

他身後傳來一聲輕笑，聲音似乎不太對。

興旺小小地掙扎了一下，後面那人也沒為難他，直接鬆開了手。

他趕緊轉過身，這一看差點沒嚇死，怎麼這次來的比夏嶺那廝還要魁梧，看樣子他離死不遠了！

「想來你應當知道我是誰吧？主子不是已經交代過了？」

興旺欲哭無淚，他就知道，夏嶺即便去了京城，也不會放過他。本來還覺得夏嶺當日說的話不過是嚇唬嚇唬他，如今看到了人，再大的僥倖都沒了。

「大……大哥，有什麼話好好說，千萬別動手。我們家老爺最近什麼也沒做，他為了酒樓的生意，已經忙得焦頭爛額了，沒空再對付沈老闆。」

「不是為了這個。我問你，那個萬喜，同你們家可還有交情？」吳戚之前沒同興旺打過交道，為了防止他亂說，吳戚直接從靴子裡取出匕首，抵在他的脖頸處。

寒光一閃，興旺覺得自己的腦袋跟身體就要分家了。

他嚇得身子直哆嗦。「大哥，萬喜跟王家早沒了關係，我們家老爺已經跟他鬧翻，不可能再和好。他便是得罪了沈老闆，也是他的事情，跟我們無關。」

吳戚冷笑著收回匕首。「若有半句虛言，定教你身首異處。」

興旺摸了摸自己的脖子，嚇出了一身冷汗，直道：「不敢、不敢。」

他哪裡敢說謊？這人比夏嶺還要可怕，夏嶺起碼沒動刀，這個人是真的會削了他的腦袋。興旺心想，他到底多倒楣啊，走了一個殺神，又來一個惡煞！

吳戚交代道：「好好盯著你們家老爺，若他跟萬喜有了聯繫，記得帶信去聚鮮閣，就是沈老闆新開的飯館，記好了。」

興旺忙不迭地點頭。「記著了、記著了！」

吳戚丟下了一樣東西。「這是我家主子給的獎勵。」

興旺趕緊接住，發現是銀子之後，剛想道謝，卻發現人已經走了。

他抹了一把眼淚，又咬了一口銀子，是真的，分量還不輕，起碼比他們家老爺大氣多了。

興旺再沒心思休息，嚇都嚇死了，還睡什麼睡。和衣而臥的時候，他還在心裡默默念叨：老爺啊，不是我興旺有意投敵，實在是敵人太可怕了！

回去以後，吳戚發現鋪子裡有一對母女倆正在應聘小工，便稍微等了一下，待沈蒼雪問完了、那兩人離開之後，才將事情盡數告知她。

沈蒼雪摸著下巴沈思，看樣子萬喜跟王家真的掰了，王家出手還挺狠的，把人家夫妻倆整治成這樣。錦上添花易，雪中送炭難，這樣一來，她招這個廚子也未嘗不可。

她本來打算明日親自登門問問萬喜，不想這天傍晚萬喜又轉悠到了飯館邊，自以為隱蔽地看著聚鮮閣的招工告示。

這不是巧了嗎，她正打算去呢。沈蒼雪讓吳戚將人給請進來。正在猶豫著要不要再進門問問的萬喜，冷不防看到聚鮮閣的小二出來了，還直直地走到自己跟前。

萬喜窘迫異常，就好像自己心裡的小算計被人一眼看穿一般，既卑微又難堪。

「我們老闆請您進去一敘。」萬喜聽對方這麼說。

萬喜知道自己最好是拒絕，畢竟他跟沈蒼雪之前身處不同的陣營，還交過惡。可他已經沒有其他選擇了，放眼臨安城各大酒樓跟飯館，也就只有沈蒼雪敢跟王家對上。

他厚著臉皮，走進了聚鮮閣。

出乎意料之外，沈蒼雪並沒有為難萬喜，反而斟了一杯茶給他，讓他坐下說話，問他家中有幾口人、擅長什麼料理，他都一一應了。

沈蒼雪又問了一句。「你從前在王家酒樓裡月錢如何？」

萬喜直愣愣地看著沈蒼雪，壓抑不住心中的期盼，這是……要招他的意思嗎？否則怎會有此一問？

他小心翼翼地回道：「從前在王家酒樓，包吃包住，每月六貫錢。」

每月六貫錢，對一間大酒樓的大廚來說並不算多，但是包吃住的話，勉強可以。

見沈蒼雪不說話，萬喜便以為他說的價高了，忙道：「若是月錢太高，還可以降一點。」

「不必，就這個價，六貫錢是底薪，若是表現出眾，每月還有額外提成，不過我這邊包吃不包住。」

要說萬喜對這樣的條件猶豫，那是絕對不可能的。沈蒼雪原本就是他唯一的選擇了，何況她沒壓價，只是不包住而已。

他激動地直接問：「咱們飯館什麼時候開業？」

「後天。」沈蒼雪看過了，當天是個黃道吉日。

萬喜回去時，懷裡揣著一份跟沈蒼雪簽好的書契。

好不容易將差事定下了，萬喜頗有種揚眉吐氣之感。不過這會兒還不能得意，若是一個不好又惹了王家，他們的飯館便別想安寧了。

聚鮮閣裡，沈蒼雪正在為開業做最後的準備。她必須弄個別緻的法子，讓人一眼就能知道他們新店開業！

兩天工夫匆匆一過，第三天，聚鮮閣的門口架起了一口大鍋。

毫不誇張，這附近整條街的人都被香得受不了，最後巴巴地尋著味道過來。

巳時三刻一到，黃東河便差人過來為沈蒼雪助陣。

黃茂宣本來也要來，不過那邊的生意離不了人。黃東河讓他別折騰，自己領著人過來放了幾串鞭炮，還請舞獅熱鬧了一回。

沈蒼雪不禁感慨，黃家能穩坐下塘村第一把交椅不是沒有原因的。就黃老爺這處處妥帖的個性，他們家大公子但凡能學到一半，黃家都能比現在更上一層樓。

謝過黃東河後，沈蒼雪本想請眾人進去吃一頓飯，可黃東河見已經有客人圍過來了，便說：「不耽誤沈老闆做生意，還是先忙您的吧。」

他要是在這兒吃，沈蒼雪必定不收錢，何必教人家小姑娘吃虧呢？

沈蒼雪知道他要走，連忙吩咐。「趕緊給黃老爺包些滷肉。」

新招進來的崔瑾連忙跑去將肉包好，遞給了黃東河。她找到了聚鮮閣的活，昨日才過來熟悉環境，帶著女兒住了進來，今日便開始做事了。

崔瑾踏實勤懇，人又機靈，做起事來不慌不忙，令沈蒼雪頗為滿意。

黃東河其實饞得慌，所以便未推拒沈蒼雪的好意。他老早就聞到這個味道了，越聞越香，尤其是他早上沒有吃很飽，現下就更餓了，恨不得直接啃上幾口。他也是極力忍耐才沒有失態，道了一句謝，便端著身分離開了。

繞過了幾家鋪子，黃東河才對著這滷肉深吸了一口氣。一打開，裡頭竟然是個完整的肘子，比他的臉還大。一樣是豬肉，怎麼沈蒼雪做的比自家做的可口這麼多?!

黃東河不禁道：「真香！咱們下館子去，找個地方好好喝一頓酒。」

小廝問道：「這肘子挺大的，您不帶回去給夫人跟少爺們嚐嚐？」

「你家夫人心眼小，給她吃做甚？至於少爺，他們要吃就自己買。走走走，喝酒去。」

黃東河急急忙忙找了一家酒館。剛坐下來，這乾荷葉一拆開，獨有的滷肉香立刻充滿了整個酒館，原本一心一意喝酒吃花生的幾個人立刻圍了過來——喝酒怎麼能少得了肉？

有人聞著噴香的肉味，忍不住問黃東河。「敢問您這肉是去哪兒買的？」

「街頭那家聚鮮閣，今日剛開業，門口架著大鍋的那一家。」

眾人聽罷，紛紛結了帳，準備過去看看熱鬧。

第二十八章 新仇舊恨

不過一會兒，聚鮮閣外頭已經圍了不少人。

那口大鍋架在那兒，格外引人注目，鍋裡放的是沈蒼雪調好的滷汁，今日一大早，肉便備好了放在裡面滷，如今正是煮得最軟爛的時候，那股壓不住的滷肉香伴隨著滾燙的氣泡，咕嘟咕嘟地冒上來，頃刻間破裂，飛散到空氣中，經風一吹，說是香飄十里也不為過。

這便是沈蒼雪想好的招數，她不覺得有什麼比滷肉還要香得熱烈且純粹。

邊上的人被這味道香得受不了，開口問：「老闆，這滷肉怎麼賣？」

「三十文錢一盤。」沈蒼雪指著旁邊滿月一般的白瓷盤，這一盤能裝不少肉。

「行，先給我來一盤。」

又有人說道：「我也來一盤，裡頭有酒不？」

吳戚道：「當然有，諸位裡面請。」

他身高八尺，生得格外健壯，但是做起小二的活卻有模有樣，這都歸功於沈蒼雪這幾天的魔鬼訓練。

吳戚已經完美將自己帶入飯館小二的角色了，累是累了一點，但是跟整天打打殺殺比起來，這樣滿身煙火氣的市井生活似乎也不錯，就是老闆坑人了一點。

崔瑾看著人來人往，眼中泛著光，她沒想到頭一天開業，飯館裡就有這麼多客人。不過她牢記沈蒼雪的交代，保持耐心，對每一位都笑臉相迎，客客氣氣地請他們落坐。

因為滷肉香得實在霸道，大多數人都點了一盤過過癮。原本只是聞著香，真正入口的時候才發現吃起來更香，骨酥肉韌、滷香四溢，教人拍案叫絕！

雖說三十文錢一盤有點貴，但咬咬牙還是吃得起，況且味道還這樣出眾，值了。

多虧沈蒼雪有先見之明，今日滷肉做得特別多，要不然不到中午便得賣光。

崔瑾自己忙得團團轉，還不忘交代女兒。「妳去廚房再洗幾個肘子，問問東家要不要把廚房剩下的灶臺燒起來一塊兒滷。」

她是真擔心肉不夠賣。

年幼的雲曦脆生生地應下來了。

人來得多了，便有人認出來，原來這新飯館的老闆，正是上回廚藝比賽中聲名鵲起的沈蒼雪。

有沈記的老顧客摸清了沈蒼雪隨興的個性，知道每天賣的料理可能都不一樣，便問：「沈老闆，你們這飯館裡頭今日賣的是什麼菜？」

沈蒼雪一眼便認出這是她的老主顧。「今日做得最多的是滷肉，蹄膀滷得最多，剩下的便是炒菜，至於炒什麼菜，菜單上都寫了，您進去瞧瞧便知。」

「可有東安子雞？」

「有，不過要稍稍等一下。」

沈蒼雪回了話，便讓崔瑾母女將這些人引進去，另外交代她們先說清楚價格再讓客人點菜。他們飯館裡的東安子雞可不便宜，畢竟是沈蒼雪的成名菜。

這道菜一盤要價三百文錢，尋常人一天不過掙一百文錢，這代表必須三天不吃不喝才吃得起。

然而臨安城不缺有錢人，沈蒼雪因為這道菜而出名，眾人難免好奇，怎麼樣都要點一道來嚐嚐。

沈蒼雪便將門口大鍋的滷肉交給吳戚看管，自己則進了廚房準備做東安子雞。

萬喜也忙得一刻不得閒，今日的炒菜，都由他掌勺。廚房那邊有一塊大板子，前面每點一樣菜，萬喜便按照順序在上面貼一張有顏色的紙條，代表客人點的菜品——這是沈蒼雪想出來的。

灶臺上用的鍋是沈蒼雪訂製的，用的豬油也是昨日就煉好的。炒菜最重要的便是火候，而萬喜這種在灶臺前掌勺多年的老廚子對火候的把握更是精妙。沈蒼雪不過提點了幾句，萬喜便可以將她要求的各種炒菜都炒得頗為出色。

萬喜從前炒過菜，但是王家酒樓的炒菜種類並不多。炒菜費油，現在油價又貴，進酒樓的人不是特別想點炒菜，王亥當然不會在這上面多花力氣。

可是來了聚鮮閣以後，萬喜才真正明白了炒菜的好。新鮮清爽且還帶著鍋氣的炒菜，別提有多下飯了。

沈蒼雪抽空瞄了萬喜那邊一眼，越發覺得這個廚子請得值得。他一個人頂得上好幾個，她都覺得先前談好的月錢太少了。罷了，等月底結帳的時候再多給一些吧。

崔瑾母女倆也很不錯。沈蒼雪覺得自己慧眼識珠，崔瑾這麼一個古代女子，能反抗夫家的虐待，帶著女兒直接淨身出戶實屬不易，就算沒有這種背景故事，只要手腳勤快一點，沈蒼雪也會雇用她們，況且崔瑾母女倆還格外的機靈。

沈蒼雪在做菜，萬喜也在旁邊分神觀察。

當初比賽的時候，他便對沈蒼雪的刀工驚豔不已，今日再看，依舊震撼。這乾淨俐落的刀工，沒個十幾年是練不成的，莫非沈蒼雪剛出娘胎便拿起了菜刀？

原先萬喜也對自己的手藝引以為傲，結果一場比賽讓他看出自己還欠缺了些功夫，他心想，這些日子得看看能不能跟著沈蒼雪再學點東西。

萬喜沒多久便炒好了一盤菜，遞給那個叫雲曦的小姑娘。

雲曦端出去，笑著道：「二十八號，香乾炒肉。」

「這兒！」剛拿到牌子的客人舉起了手，心想這道炒菜上得也挺快的。

只有那道東安子雞稍微慢一些，不過慢工出細活，他們既然願意點，自然等得了。

好在，沈蒼雪沒讓他們白等。

一道東安子雞上桌之後，眾人才知為何這道菜能拿第一，實在是滋味獨特，讓人欲罷不能。

聚鮮閣外頭是滷肉的香氣，裡頭是炒菜的香味，今日不過初開業而已，還沒到正午的時候，便已經塞滿客人了。

就連走在路邊，也有人討論今日沈蒼雪新店開業的事。

「你知不知道，廚藝比賽那位頭名新開了一間飯館，叫聚鮮閣，就在街頭，聽說裡頭的人多到擠不進去。」

「有那麼多人嗎？今日才新開業啊，該不會是胡謅的吧！」

「說什麼呢，人家可是頭名，連知府大人都對她的廚藝讚賞有加。」

幾個人一想也是，不禁期待起了聚鮮閣的料理，有人問：「那他們飯館晚上還開不開？」

「應當開吧，不過也說不準，這位沈老闆做生意一向隨心所欲。」

可惜他們已經吃過午飯了，只能晚上再去碰碰運氣；若實在碰不到，明日再去瞧瞧也未嘗不可。反正沈蒼雪的手藝，大夥兒是一定要嚐一嚐的。

廚藝比賽當日被饞到的人可不在少數，現在能親口吃到沈蒼雪做的菜，這對眾人的誘惑可不是普通的大。

如今依舊留在臨安城的段秋生，剛好聽到了這些話。

他近來身子微恙，本想去見沈蒼雪切磋一番廚藝，結果一直沒能如願，聽到她開了飯館，便打算過去一試。

然而段秋生還在聽眾人聊聚鮮閣的事，耳邊忽然傳來一個突兀且刻薄的聲音說道——

「有什麼好試的，不過是個黃毛丫頭罷了，真以為她有什麼手藝?!」

段秋生疑惑地看了過去，待發現開口說話的人是誰，他的目光頓時轉為不屑。那個人他認得，是上回參加廚藝比賽的羅業輝。

他聽知府大人提起過，五個評審裡有三個被王家賄賂，違心給羅業輝打了最高分。只是後面一場不知何故，劉大人竟然良心發現，將沈蒼雪給捧上了高位。幸好最後結果依舊公正，否則知府大人辦的這場比賽豈不成了笑話？

賽後，知府大人也懊惱不已，他說這美食節跟廚藝比賽的點子原是他從沈蒼雪那兒聽來的，若是真教王家得逞，他這個知府大人是一點顏面都不剩了。

段秋生雖然是從宮裡面出來的，卻未被權勢浸染，多年來性子依舊孤傲，一向瞧不起品行低劣、犯了錯卻不知悔改的人，這回見到羅業輝在這兒叫囂，便說：「你若技高一籌，說這些話倒也使得，可當日你不過是沈老闆的手下敗將，如今卻在此抨擊她，豈不可笑？」

羅業輝臉一拉，正想看看是誰在此大放厥詞，冷不防就瞧見那位擔任廚藝比賽評審的老御廚。要是換成了別人，羅業輝肯定不會善罷干休，但是面對這位渾身傲骨的老御廚，羅業輝心裡莫名發慌，最後一句話也沒解釋，灰溜溜地走了。

留下的人不禁大笑。

「就他那德行，還嘲笑人家沈老闆呢！」

「嘖嘖嘖，我記得他就是比賽時輸給沈老闆的王家酒樓大廚，估計是懷恨在心吧。」

一陣噓聲在羅業輝背後響起，像在嘲笑他有多輸不起。

落荒而逃的羅業輝實在不甘心，他這陣子過得也不痛快，廚藝比賽輸了以後，他在王亥面前便沒什麼地位了，王亥甚至想招新大廚取代他。

近日王亥提拔了幾個廚子，當中有兩、三人一直爭著出頭，本來就有些看他不順眼，不過是看王亥器重，才對羅業輝尊敬幾分，如今羅業輝失勢，他們便不拿他當一回事了。

今日羅業輝便是被他們的態度給激怒，故意放著廚房的活不管，想給那些人一個教訓，誰知自己出來之後反倒吃了個悶虧。

進了酒樓大廳，羅業輝預想中一群人手忙腳亂的景象並未出現。

他頗為不解，自己這個大廚藉口要買材料，趁中午的時候跑了出去，按理說酒樓上下應該亂成一團了，結果出乎意料的平靜。

不過羅業輝還是一眼就注意到，他們酒樓裡的客人似乎有點少……略一想，他便知道前因後果了。

好巧不巧，王亥剛好今日過來巡視酒樓，碰到生意這麼冷清的情況，立刻衝進廚房將所有人都拉出來好一頓訓斥。

上個月王家新開了一家酒樓，不過自從新酒樓開業之後，進帳非但沒有增加，反而漸漸有入不敷出之勢。不知道什麼原因，最近這段時間以來，這家老酒樓的生意也越來越差，王亥本就憋著火，又看到客人只有小貓兩、三隻，便直接爆發了。

羅業輝就是在這個時候進了廚房。

王亥見他還知道回來，眉頭一豎，正要喝斥，羅業輝便將手中的材料放到一邊，主動道：「老爺別發火，這事是有原因的，我已經打聽清楚了。老爺怕是不知道吧，今日那個沈老闆的新飯館開張了，咱們酒樓裡少的這些客人，都是去那邊湊熱鬧了。」

「沈蒼雪？」王亥面露不喜。

羅業輝不假思索地回道：「是啊，除了她還有誰？聽說她在飯館外頭架了一口大鍋賣滷肉，那味道香得很，勾得人都跑過去嚐鮮了。」

王亥眉頭皺得緊緊的，開始琢磨要不要請一個做滷肉的大廚過來了。然而模仿沈蒼雪菜單的這個方法，當初王檀那蠢兒子已輸了一回，他這個做老子的若是再輸一回，王家就徹底沒了面子。

可要是不使點手段對付沈蒼雪，他又出不了心頭的那口惡氣。

羅業輝在一旁煽風點火，似乎還嫌王亥對沈蒼雪的恨意不夠似的。「有件事忘記跟您說了，那位萬喜萬大廚也在聚鮮閣，就在沈老闆手底下做事呢。他好歹是老爺您一手提拔上來的，眼下卻背叛舊主。奇怪的是，那個沈老闆竟然也肯收他，聽說開的月錢還不低呢。」

「砰」的一聲，邊上的凳子被踹翻了。

羅業輝覷著王亥那陰沈得快要滴出水的臉色，毫不驚訝。他早知道這位王老爺心眼小，有這樣的反應很正常。

現在羅業輝有種破罐子破摔的心態，他認為廚藝比賽輸給沈蒼雪不是自己不夠優秀，而是王家沒有打點好。自從王亥想再請個大廚替代他，羅業輝便對王家沒有半點感激了。

王家人全都沒心沒肺，既然他們不讓自己好過，那大家索性都不好過。讓王亥去對付沈蒼雪，兩方勢必會起衝突，最好是讓彼此頭破血流、兩敗俱傷，那他看得才叫一個快活。

令羅業輝失望的是，王亥並未立刻有所行動，教訓完了一群人之後，便帶著興旺離開。

出了門以後，王亥便讓興旺去查一查聚鮮閣。

興旺為難地說道：「若在門外光看著卻不進去吃點東西，怎麼打聽得出什麼消息來？」

所以……興旺這是在暗示他們家老爺，能不能給他一些錢？

王亥面無表情地給了他二十文錢。

興旺等王亥走遠了才苦大仇深地數了數手心上的錢，就這麼一點，進去之後能吃什麼？他們家老爺對下人實在是摳門，一天到晚讓他打聽這個、探聽那個，活不少，月錢卻少得可憐。

好在他自己「爭氣」，在聚鮮閣有碰頭的人。

這二十文錢，興旺自己一分不花，便在吳戚那兒聽了不少無用的消息。回去之後，再把毫無意義的訊息添油加醋地告訴他們家老爺。

王亥聽得愁眉緊鎖。沈蒼雪的飯館紅成這樣，他們的酒樓生意很難不受影響。一、兩天還好，長此以往，王家的酒樓還會是臨安城最賺錢的嗎？他的事業版圖又該如何？

酒樓每日的開銷可不比一個小小的飯館，若是掙不回一天的流水，連續虧損十天半個月，那數字加起來絕對令王亥這小氣鬼肉疼得掉淚。

翌日，王亥親自去查探敵情。

還不到中午，聚鮮閣門外便排起了長長的隊伍，最讓王亥心驚的是，這裡面好些人他都認識，甚至連方府的卓管家也在場。

臨安城的富貴人家就這麼多，不管是哪一家，他們家裡有頭有臉的管事、小廝常在外行走，做酒樓生意的豈會不認得。

這些人不僅排隊買了滷肉，還預訂了沈蒼雪的東安子雞。

昨日聚鮮閣剛開業，生意便一直持續到傍晚，之後連黃茂宣、藍長生跟藍武鄉都來搭把手，即便如此，仍舊忙不過來。

下午方妙心還領著幾個姑娘過來捧場，更打包了不少東西帶回去。各家嚐過之後，今日一早，不約而同地派人過來排隊了。

不過也因為他們要的菜多，聚鮮閣的廚房要比昨日來得更忙。

沈蒼雪做東安子雞的時候還在想，可惜這裡似乎沒有辣椒，否則這道菜她還能做得更出彩。

今天菜單未變，沈蒼雪心道她這新飯館畢竟只有兩個廚子，若是弄太多花樣，手忙腳亂的，不僅照顧不好客人，還會讓人久等，便沒再添新的料理，光這幾樣菜就夠他們生意好一陣子了。

口耳相傳之下，滷肉徹底打開了口碑，雖然價格稍貴，但又沒東安子雞高檔，一般人家也吃得起。

王亥站在那兒看得眼紅，他們酒樓生意最好的那段時間，也沒有像現在的聚鮮閣這般客似雲來。

他想不通沈蒼雪怎麼能順利成這樣。要說金錢跟地位，自然是王家來得高，他從前打壓其他人用的法子都差不多，幾乎是無往不利，怎麼到了一個無依無靠的黃毛丫頭身上反而失效了？

此時有兩個人從王亥身邊經過，碰巧提到了王家酒樓——

「都說王家酒樓飯菜香，依我看是比不上聚鮮閣的。」

「那是自然，沈老闆的廚藝連知府大人都稱讚，人家是廚藝比賽的頭名，方才還看到不少府衙的人也過去點菜呢。」

王亥冷笑一聲，最後看了聚鮮閣一眼便離開了。

想壓過他們王家的酒樓，作夢去吧。

第二十九章　歹念再起

王亥轉過身，像是在同身後的興旺說話，又像是在自言自語。「聚鮮閣生意這麼好，卻只有這幾個人手，只怕是忙不過來吧？」

興旺驚恐地瞪大雙眼道：「老爺，您這是想做什麼？」

問他想做什麼？王亥擰斷了斜長出圍牆、擋在自己身前的樹枝，神色晦澀難辨地說道：「全都是為了王家的生意。」

興旺發現他們家老爺又擺出了一副算計人的模樣，心尖再次開始發顫。

真是要命啊，他們家老爺又想作大死了。天地可鑑，這是他們家老爺起的壞心思，不是他起的！

他興旺清清白白的一個人，可不能教他們家老爺給耽誤了！

今日黃茂宣又領著藍長生還有藍武鄉過來了，他們想要幫忙，不過沈蒼雪最後還是開口趕人。

「你們起得那麼早，快回去休息吧，我們這兒忙得過來。」

黃茂宣還在糾結。「可是妳這兒客人這麼多？」

「待會兒就沒人了，聽話，趕緊回去。」沈蒼雪直接將人給推出去。

黃茂宣實在拿她沒辦法，只能帶著藍長生跟藍武鄉離開。

沈蒼雪望著人潮進進出出的飯館，也意識到人手著實不夠了。

她跟萬喜兩個人在廚房裡頭忙，吳戚、崔瑾加上雲曦在外頭跑堂，沈淮陽、沈臘月兄妹倆在櫃檯收錢，本來以為人手綽綽有餘的，結果竟是遠遠不足。

沈蒼雪琢磨著是不是該再找幾個人？找個洗碗的、再找個切菜的，大夥兒都能舒服許多。

飯館打烊，沈蒼雪算過帳之後，越發堅定了要招人的決心。他們一日的流水就高達數十貫錢，生意做得這麼大了，還捨不得花點錢招工嗎？

關上門之後，沈蒼雪在門外貼了一張告示，表明聚鮮閣要招工。

吳戚看到上面寫著每日工錢一百文，老大不痛快地表示。「這新來的怎麼能跟老員工的工錢一樣呢？」

沈蒼雪這兩天賺的錢不在少數，此時心情極佳，好說話得很，聞言便道：「行了，等下個月給你漲月錢。」

「漲多少？」

「翻倍漲。」

吳戚搓了搓手心，決定睡前寫信回京城，跟他們家世子爺好生顯擺顯擺。新店開一個月就翻倍漲啊，他們家世子爺都沒享受過這樣的待遇呢，嘿嘿。

萬喜從飯館裡頭出來之後，倒是對著招工告示愣了半天的神。

過去在王家酒樓的時候，萬喜手底下也有幾個徒弟。後來他離開了王家，這些徒弟依舊留在酒樓裡，也不知他們如今過得如何？若是他們離了王家，來沈老闆這兒……

萬喜稍微想了想，便搖了搖頭，覺得自己還是不要多此一舉。自己從前便與王家不清不楚，那些徒弟們也是如此，他能保證自己沒有壞心，卻不能擔保王家不會藉著他的徒弟們用一些下作手段。

招工這事，還是讓東家自己忙活吧。

回到家之後，萬喜跟妻子齊娟談論起了這件事。「東家要招工，我總覺得有點不安。妳也知道王老爺睚眥必報，咱們連兒子都送出城避難去了，這兩天飯館生意雖好，王家那邊卻遲遲不見動靜，我怕他私底下正醞釀著什麼見不得人的主意。」

齊娟道：「若是擔心，回頭你便多提點提點沈老闆，否則你自己在這兒想破腦袋也無濟於事。」

想到自家的悲慘遭遇，齊娟不禁替沈蒼雪捏了一把冷汗。

王家可不好相與，沈老闆在臨安城無親無故的，要是真鬧起來，還不知道要吃多大的悶虧呢……

沈蒼雪倒是沒想得這麼深，有吳戚幫忙盯著王亥，她便暫時放鬆了警戒心。

晚上，崔瑾在井邊挑菜、洗菜，她女兒雲曦在灶臺邊看火燒熱水，沈蒼雪則帶著沈淮陽、沈臘月在燈下算帳。

算了一會兒，沈蒼雪才轉頭跟崔瑾道：「崔家姊姊可認識什麼合適的人選？」

崔瑾立刻就聯想到了招工的事，不過她在腦海裡盤旋了一圈，卻只是搖了搖頭說：「我從前待的地方不好，碰到的人要麼性子不好，要麼不適合來外頭做工，一時也挑不出什麼合適的來。」

過去崔瑾在婆家日子過得苦，但有人過得比她更苦，所以她並不埋怨。然而崔瑾性子要強，她自己受苦可以，不過婆家輕賤她女兒雲曦，想賣了這孩子拿錢給家裡的男丁說親，這便觸及了她的底線。

崔瑾孤注一擲從婆家脫離，如今是自由之身，所以才能在外頭做工。然而同村其他命苦的婦人卻不一樣，總有做不完的事，家務活、田裡活，沒有一樣是輕鬆的，哪還有什麼精力出來做事？

儘管如此，崔瑾還是問道：「不知東家想找什麼樣的？」

沈蒼雪用毛筆抵著下巴，抬頭望天道：「找個力氣大些、會切菜的，至於前面的跑堂，得機靈一些，男女都無妨，合適就行。」

崔瑾會心一笑，她就喜歡東家招人時的這股灑脫勁。是男是女無所謂，只要有能耐就行，說起來簡單，卻沒幾個人做得到。

在進聚鮮閣之前，崔瑾帶著女兒在外頭碰了不少壁。她沒什麼本事，做不了繡活，只能做些粗笨的活計，可是人家嫌棄她們孤兒寡母，從來不肯招她們。當初她們找到這兒來的時候，其實已經走投無路，若不是東家收留了她們，她們真的得露宿街頭了。

崔瑾道：「還是希望東家招個女工吧，這世道女子出來闖蕩實屬不易。」

沈蒼雪深有同感地點了點頭。

招工的事情進展很快，第二天一大早便有人上門應聘，還不止一個，足足有三個人。

一個中年婦人，比崔瑾小一些，老家甚至跟崔瑾娘家同一個村，叫崔四娘。崔四娘來鋪子裡的時候，神色有些麻木，看得出找活兒的時候有多艱難。

一個機靈小夥子，叫王台，是臨安城本地人，滿打滿算也不過十七、八歲，活潑好動、口齒伶俐。

還有一個，沈蒼雪一看他便覺得不合適。三十來歲的男子，也姓王，叫王鐵生。進了飯館之後便開始四下打量，他的眼角、眉梢之間透露出些許算計，教人看著不大痛快。

沈蒼雪將他們家中的事情問清楚之後，也沒讓他們立刻離開，只說：「我這兒白天客人多，不如這樣，你們今日先留下試一試，四娘在廚房切菜，你們兩個在前廳跑堂，不論能不能錄取，今日中午跟晚上都管一頓飯，且給你們結七十文的工錢，你們覺得如何？」

王台立刻表態。「我可以！」

崔四娘神色急切地說：「我、我也行。」

那位王鐵生，皺了皺眉頭之後也答應了。

吩咐完了事情，沈蒼雪便讓崔瑾跟吳戚暗暗套這三個人的話。

不說崔瑾能不能像吳戚那樣真的是自己人，起碼她帶著女兒，沈蒼雪不覺得她會拿她們母女的前程來賭，可今日來的這三個人，若是不好好試探一番，保不齊有什麼心術不正的。

吳戚這兒倒是好套話，王台被問及的時候毫不遮掩地回道：「這兩日誰不知道聚鮮閣生意好啊，我就是來這賺錢的，若是運氣好，說不定還能學兩招長長本事呢！」

至於王鐵生，他見吳戚過來的時候，還刻意避著王台，偷偷塞了個東西給吳戚，讓吳戚不禁挑了挑眉。

王鐵生殷勤道：「煩請大哥替我在老闆面前美言個幾句，我不比那王台小子，家中有妻子要養，實在是需要這份活計，您就當行行好吧。」

吳戚可不收這個，立刻塞了回去。「我們家老闆不喜歡來這一套。」

王鐵生被直接回絕了，好生沒面子，卻也沒當場發作。

崔瑾那兒便更好打聽了，她跟崔四娘本就相熟，上午趁著閒暇的時候，崔瑾便去尋了崔四娘。

這崔四娘是切菜能手，刀工雖比不上正式的廚子，但在尋常人看來已算是極好。

被崔瑾問話時，崔四娘鼻頭一酸，好一會兒才忍住了，憋著眼淚道：「瑾姊，妳不知道我在婆家實在是過不下去。」

她比崔瑾年紀還小些，看起來卻比四十多的婦人還要蒼老。

「我家那殺千刀的沾上了賭，快把家底給賠乾淨了。我早就勸他戒賭，可他偏不聽，反倒打了我一頓。後來我狠心同他們一刀兩斷，原想讓兒子跟我一起出來，可我兒子嫌我窮，硬要留在他們家。現在我身無分文，連進城找活兒的錢都是借的……瑾姊妳說，咱們婦道人家怎麼就這麼命苦？」

崔四娘聲聲哀嘆，崔瑾聽得更是唏噓，都是一個村出來的，她實在見不得崔四娘過得這般委屈。

就連萬喜也一邊炒菜一邊罵。「一沾上賭，人就廢了，妳離得對，他們家這副德行，早晚都要家破人亡。」

崔瑾也安撫地搭上了她的肩膀道：「妳別多想，如今總歸是不用在那邊受苦了。我們東家好脾性，妳若真想留下就好好切菜，旁的都不要想，踏踏實實地做，才能給東家留個好印象。」

她言盡於此，再多的就不能保證了，畢竟是東家招工而不是她。

到了下午，依舊有幾個人來應聘，沈蒼雪實在沒空，便讓吳戚去處理。

在吳戚看來，他們還比不上上午過來的那三人，光是說話時的眼神就游移不定了，還不知道是哪裡來的人呢，遂打發了。

後面又陸陸續續來了幾個，稍微測試一下，做事都不甚俐落，吳戚全沒要。

崔四娘等三人留下來做了一天的活，不管是切菜還是跑堂，都不是多複雜的工作，但是一整天下來，他們還是累得腰痠背痛，實在是這邊生意太好了，好得教人驚嘆。

看著流水一樣的單子，崔四娘震撼不已。

她看沈老闆不過只是一個小姑娘，別人家這個年紀的小姑娘是在家等著訂親嫁人，這位沈老闆卻能一人支起這麼大的一個飯館，不僅拉拔一雙弟弟妹妹，生意還做得如此好。

想到自己那千瘡百孔的上半生，崔四娘忽然覺得白活了一場。

到了晚間結帳的時候，沈蒼雪依約給每個人七十文錢。

三人捧著錢，目光期待地看向沈蒼雪。

如今該說誰能留下來了吧？

不久後，王鐵生憤然離開聚鮮閣，臨走時甚至罵罵咧咧了兩句。

沈蒼雪無奈，但她總覺得還是其他兩個人更適合他們飯館。收崔四娘是因為她手藝不錯，且經歷又可憐；收王台是因為這傢伙能言善道，最適合幹跑堂的活了。

定下這兩個新人之後，崔四娘住進了院子裡，王台因為家就在城裡，所以沒搬過來。

聚鮮閣一日三餐都包，月錢每月三貫。比起崔四娘，王台家中還算過得去，賺錢固然重要，他更想學廚藝。

沈蒼雪自從進了臨安城，便遇見不少姓王的人，王台返家之前，她還刻意問他。「你同那個開酒樓的王家可有些關係？」

王台笑著回道：「東家高看我了，我們這個王跟人家那個王壓根兒不是一個王字。我若同他們家沾親帶故，好歹能混個管事當一當，也不至於到現在還一事無成。」

他說起話來大剌剌的，看著不像是有心機。不過沈蒼雪還是打算讓吳戚回頭問問興旺，要是別人家都算計到頭上了，他們還被蒙在鼓裡，那多丟人啊？

崔四娘一人獨住最小的一個房間，不過往後若是又招女工，肯定是要跟崔四娘一起住的。

即便如此，崔四娘依然喜極而泣，拉著崔瑾的手久久不放。

崔瑾一個勁兒地安慰她。「就說踏實肯幹的人一定會被留下來，我們東家真的是個好人，妳以後就知道了。」

雖然崔瑾只在飯館裡做了幾天的活，但是「沈蒼雪人很好」這件事已經被她刻在骨子裡頭，便是對著女兒雲曦，崔瑾也會時刻叮囑她要牢記恩德。

崔四娘連連點頭道：「放心，我都曉得。」

入夜之後，沈蒼雪翻著帳本，思緒不由自主地飄到了京城。

她沒去過京城，但是僅從聞西陵的描述來看，沈蒼雪便不喜歡這個地方。

對於這些權勢顯貴，沈蒼雪總有種天然的牴觸，臨安城縱然也有權貴世家，卻是平易近人許多。

京城那樣的地方，沈蒼雪恨不得一輩子都不要踏足，然而泰安長公主鄭鈺害死原主父母的這件事，在她心裡始終是一根刺，攪得她不得安眠。

她繼承了原主的身分，也繼承了她全部的記憶跟感情，沈蒼雪當然很想替她爹娘報仇，卻是心有餘而力不足。但願聞西陵最終能壓得過鄭鈺，讓惡人有惡報吧。

不過，如今還不知那位中毒至深的聖上解了毒沒……

京城，皇宮內院。

最近幾日的乾元殿，守衛一下子森嚴起來，聞皇后以聖上要靜養為由，杜絕了所有人的探視，包括泰安長公主在內。

鄭鈺三番兩次進宮探望，都撲了個空。面對聞皇后，鄭鈺可沒什麼好臉色，質問。「本宮是來探視自己的皇兄，皇后娘娘卻總是攔著，究竟安的什麼心？莫不是皇兄出了岔子？」

聞芷嫣鎮定道：「陛下有真龍護體，縱然有恙也會化險為夷。只是太醫交代過，陛下現在正是要靜養的時候，不宜見外人。」

「本宮是外人？」

聞芷嫣笑了笑，說道：「長公主非要不顧太醫叮囑，執意叨擾陛下安眠？現下有多少雙眼睛盯著皇宮，長公主難道不知道？」

鄭鈺深深地盯著聞芷嫣看了一眼，最後還是沒有硬闖，甩了袖子匆匆離開。

她的人還是沒找到聞西陵那個小王八羔子，不知他究竟是生是死。不過幾個月以來都杳無音信，想必是死透了。

聞西陵一死，她不信她皇兄鄭頲還有救。既然如此，她也沒什麼好害怕的了，難道聞皇后那個廢物能憑空產出解藥來？

毒是鄭鈺下的沒錯，起初她也沒想要讓她皇兄死，最多是讓他身體虛弱一些，如此一來，身為長公主的她也能一點一點在朝堂上安插自己的勢力。

鄭鈺原以為自己要的不過就是這些，可隨著權力越來越高，她的野心也越來越大。

她自小就受寵，是先帝捧在手心上的長公主，先帝什麼都願意給她，可唯獨這天下不能。

鄭鈺怕失了寵愛，便一直壓抑著對權勢的渴望。先帝一死，囚住鄭鈺那顆心的牢籠便徹底沒了，她內心滋生出的偏執與惡意，足夠她罔顧血脈親情了。

其實鄭鈺一直不服，她不比自己的皇兄差，上書房教的課，她不僅比皇兄學得好、學得快，甚至還能運用自如。

她可以裝成滿口仁義道德的皇家人，也可以是殺伐決斷的操盤手，私心裡，她一直覺得自己才是最適合當皇帝的人。既然她跟皇兄一樣流著先帝的血，那先帝留下來的江山，為什麼沒有她那一份呢？

這不公平。

嚐到了擁有真正權勢的滋味，再要她做回當初那個空有個名號的泰安長公主，幾乎是不可能的事了。

第三十章　小人招數

鄭鈺回府後，便迅速找來了幾名心腹，密謀之後如何對付定遠侯府。

其中一人自信滿滿道：「待殿下奪權之後，網羅個罪名，派兵直接鏟平定遠侯府還不容易？」

鄭鈺搖了搖頭說：「沒了定遠侯府，誰替我鎮守北疆？靠朝廷那些不幹事的廢物官員？」

她敲著桌子，告誡自己不能操之過急。

鄭鈺無疑是忌憚定遠侯府的，卻又離不開定遠侯府，否則她也不會留著聞皇后跟太子鄭翊了。為今之計，便是讓太子繼位，她則繼續把持朝政，一步步收攏權力。至於鄭翊這個小皇帝，先當傀儡替她牽制住侯府就夠了，等日後她培養起一批武將，再將侯府一網打盡也不遲。

乾元殿中，聞西陵待聞芷嫣走近之後才現身。

返京的路上，不可避免地遇到了鄭鈺的人，好在對方人手不多，已經全部被他們解決了。

鄭鈺尚不知道他已帶著解藥回到皇宮，更不知道聖上已經服了藥，症狀逐漸減輕，昨日便清醒了大半天。

那藥丸果然是神藥，服下之後便起了效果。可惜這藥只有一顆，太醫院院使蔣新縱然再好奇，也沒有第二顆可以研究。原想著日後有機會同沈神醫切磋切磋，卻從聞西陵口中得知他們夫妻已經遇害身亡了。

蔣新頓時了然，痛心良久。何必呢？連救命恩人都不放過。那對神醫夫婦治病救人多年，估計怎麼都沒想到有朝一日會被自己救下來的人所害。

對於當今聖上身體已經好轉的消息，宮中不過幾個人知情，太醫院也僅僅只有院使蔣新一人知曉，甚至連給聖上請平安脈都不敢讓旁人代勞。

聞芷嫣擔憂聞西陵的安危，也擔心鄭鈺故技重施，所以讓聞西陵這些日子留在乾元殿，時時照看著。

姊弟兩人正說著鄭鈺的狼子野心，忽然聽到床榻上傳來陣陣疾咳。

聞芷嫣趕忙過去，發現是鄭頲醒了。

鄭頲剛過而立之年，本該是年富力強的時候，然而毒素纏身，已將人給熬成乾了，活像一具骷髏上包著一層人皮。

身子孱弱，精神卻漸好轉，看到聞芷嫣落淚，鄭頲還有閒心替她擦乾淨，溫聲細語地道：「不哭，朕應該是大好了。」

他這樣的身子骨兒，說這種話一點說服力都沒有，不過聞芷嫣還是附和著說：「聖上吉人自有天相，自當化險為夷。」

「若不是阿陵，朕可沒有這樣的好運道。」鄭頙看向聞西陵。從前的半大少年已經長大了，成了皇后跟太子的倚仗。

鄭頙欣慰道：「若沒有你冒死求來解藥，朕也不會這麼快脫險。」

聞西陵趁勢說：「這並不是臣一人的功勞，獻藥之人還眼巴巴地等著聖上好了給她賞賜呢。」

見狀，聞芷嫣問了一句。「可是你最近常念叨的那位沈老闆？」

聞西陵嘴硬道：「我哪裡經常念叨？不過是說了兩回罷了。」

聽他這麼說，聞芷嫣看破不戳破，只靜靜地笑著。

自家弟弟對姑娘家從來都沒什麼好臉色，可是自從臨安城回來之後，卻時不時地對著窗外愣神，嘴裡說的話五句有三句離不開那位沈老闆。

鄭頙不明所以，但是對於救自己性命的人，他自然感激，遂許諾。「阿陵放心，只要朕的毒全解了，頭一個便封賞那位沈老闆。」

聞西陵決定立刻寫封信寄去臨安城。瞧瞧，多虧他在聖上面前美言，沈蒼雪人要是在京城，還不得對著他痛哭流涕、感恩戴德啊？

又過了兩日，在蔣新斷言鄭頙身上的毒已經完全清除之後，聞西陵再次為沈蒼雪請賞。

鄭頙大難不死，對沈蒼雪這位神醫之後亦是感激，便道：「好，不讓阿陵總替她惦記著了，朕今日便賞。」

這話聞西陵聽來舒心，若是沈蒼雪知道她的封賞下來了，應該會高興到瘋掉吧。

他如今唯一能做的，也就只有這個了。

臨安城中，無一人知曉京城的變化。

沈蒼雪過了幾天的安穩日子，興旺這頭的不安感卻越發重了。他們家老爺最近儼然一副正在密謀大事的模樣，而且還是會讓人家破人亡的那種。

這日，王亥帶著興旺登門尋人，在見到對方時，藉故支開興旺談了起來。

興旺在門外偷偷聽了幾句，嚇得差點沒站穩。因為害怕被王亥發現，他偷聽到了一個段落後，趕忙跑遠。

真是急死人了……興旺在原地轉了半天，越想越慌。

他當然知道他們家老爺是什麼打算，無非就是想將聚鮮閣擠出臨安城。這裡本來是王家獨大，如今有了沈蒼雪，王家的生意一日難過一日，老爺昨晚坐在那兒算帳時，連他興旺看著都發愁——主家不好，做小廝的也擔心前途啊。

興旺擔心到時候他們家老爺的如意算盤要是毀了，他這個無辜者反受其害。也不是他杞人憂天，先前對付沈記時，老爺便一直讓他出面，這回少不得也要他從中搗亂。

可興旺才不樂意呢，他打定主意要再去偷聽，然而王亥並未再給他這個機會，似乎那日的籌謀都是興旺自己臆想出來的。

實在沒能聽出什麼，興旺便試探地問起王亥對聚鮮閣的看法。

王亥覺得這傢伙最近蹦躂得有些厲害了，便說了他一句。「你從前不是不喜歡過問這些，怎麼最近反而時常說起沈家的事？」

興旺心裡一個「咯噔」，趕忙表示。「這不也是為了酒樓的生意著急嗎，有那個沈蒼雪在前頭擋著，咱們酒樓何時才能重回往日風光？」

王亥笑了笑，說道：「快了。」接著便沒再透露。

興旺沒放鬆警戒，一直小心觀望著，一有消息馬上就回給吳戚。吳戚給錢一向大方，只要興旺這邊的消息傳達到位，他便掏錢，比起王亥這個摳門的主子大方多了。

於是興旺突然萌生了一個念頭。「老大，您手下還缺人不？」

吳戚玩味地掃了他一眼道：「怎麼，你想來我底下做事？」

只見興旺鄭重其事地點了點頭。

吳戚覺得這小廝忒有意思，卻故意嚇唬他。「我們這一行，幹的都是在刀尖上舔血的活兒，否則怎麼能賺到這麼多錢，甚至還有餘力打點你？即便你想跟著我，我卻怕你這小身板吃不消。」

興旺在聽到「刀尖上舔血」這句話時，便不由自主地嚥了一口口水，看起來窘迫又慌張。

要跟著吳戚這種話，他再也不敢說了。

王亥雖然常指使他做些髒活，可畢竟沒讓他親自操刀殺人，儘管王亥也不是什麼好東西，但是比起眼前的吳戚已算是溫和了。

唉……他還是安分守己一些吧。

興旺同吳戚通氣的第二日，王家酒樓的菜單上便多了一道滷肉。

為了打倒沈蒼雪，王亥捨得花更多錢了，當初王記包子是打優惠戰，這次王亥直接免費讓人進門試吃。

免費的東西誰不喜歡，一時之間，王家酒樓外排起了長長的一條隊伍，人滿為患。

不過王亥此舉不是為了推銷滷肉，而是為了吸引合適的客人進來嚐嚐他們酒樓的新菜品。

王家酒樓高價聘請的一些廚子並非無能之輩，他們原是地方上的名廚，只是沈蒼雪的手藝匯集了後世的諸多創新，與這個時候的廚師相較才顯得有些欺負人。

譬如那位被沈蒼雪瞧不上的羅業輝，以他的手藝，做點滷肉還是綽綽有餘的。

不過滷肉這等玩意兒，在王亥看來並不入流。他們王家酒樓不需要這樣平價的菜，王亥現在做的不過是噁心沈蒼雪，順帶將她的路堵死罷了。

他對外宣稱，為了回饋大家一路以來對王家酒樓的支持，才舉辦了這樣一場活動，但總有人覺得，王家這是在跟聚鮮閣一較長短。

有管不住嘴、愛比較的，分明免費吃了東西，卻還不知死活地跑到人家面前說：「你們家的滷肉雖然不要錢，但味道確實比不上聚鮮閣。」

面對這樣天然的純傻子，王亥平常實在懶得搭理，但因為要對付沈蒼雪，王亥難得給了他一個好臉色，說道：「各家用的滷子不同，滷出來的味道自然不一樣。我們這兒用的是老字號秘方，不過估摸著傳承太久失了新意，正在慢慢改進。諸位的意見我會帶去給大廚，讓他調整一下方子，或許諸位明日過來，便會覺得滋味比今日的更勝一籌。」

有人問：「您明天也免費讓人品嚐？」

「這三日都是如此。」王亥許諾。「咱們王家酒樓開業二十年，承蒙臨安城的百姓支持才能走到現在，正好借此機會回饋給諸位。」

後頭排隊的人聽到這話，頓時覺得臉上有光。王家酒樓的滷肉跟聚鮮閣的味道雖然沒得比，但僅僅是「免費」兩個字，便已贏了不少人的心。

經過一整日的口耳相傳，王家的名聲也好了不少。

興旺在邊上盯了半天，見他們家老爺閒下來之後，才悄悄湊了上去。「老爺，您還真讓大廚費盡心思去琢磨這個方子？」

「不必費盡心思，但是得琢磨幾日，若是一點都沒長進，怎麼壓得住沈蒼雪？」

興旺不解地說：「可就是照樣做出來了又能如何？您不是說咱們酒樓裡頭不賣滷肉嗎？」

「又沒說是咱們要賣。」王亥擺弄著茶盞，慢條斯理地回道：「這滷肉生意你家老爺還看不上，等日後有了合適的方子，再低價賣出去，勾得那些小門小戶的鋪子都去做滷肉生意。

「那些小鋪子生意艱難，碰到這樣的交易焉能不動心？只要他們願意，便能跟聚鮮閣打得有來有往，最好狗咬狗，各自撕下一塊肉才好呢。」

興旺對這個方法抱持悲觀態度，大著膽子提醒了一句。「先前二少爺對付沈蒼雪的招數，似乎也同老爺您如今用的差不多。」

王亥眉頭一豎道：「那兔崽子也配跟我比？」他覺得自己的手段可比那個不爭氣的兒子高明多了。

興旺呵呵一笑，反正他覺得這對父子半斤八兩，他們二少爺是學誰的還用說嗎？

王亥捨得砸錢，沈蒼雪的生意不可避免地受到了一些影響。

不過吳戚早就從興旺那兒得了消息，知道王家今日要賣滷肉，所以飯館裡便沒做多少，不過就是一些老顧客過來買了滷肉，剩下的都去王家酒樓那邊瞧熱鬧了。

然而除了滷肉，聚鮮閣其他菜的行情也不比以往。但因為沈蒼雪的手藝極佳，且這段時間又累積了不少人氣，所以即便生意較往常差一點，但是跟一般的飯館、酒樓比起來仍舊算熱鬧。

湯敬南是她家的老主顧了，早上他在沈記鋪子裡吃包子時還什麼都沒聽說，等到接近傍晚來聚鮮閣點幾道菜時，卻發現客人少了。他跟幾個人湊在一塊兒討論了半天，方知發生了什麼事。

為此，湯敬南還特地安慰沈蒼雪。「真金不怕火來煉，沈老闆放心，那些人早晚都會回來的。」

沈蒼雪倒也沒多難受，她早就料到會有這一天，所以心態尚且穩得住，笑著回道：「承您吉言。」

在客人面前，沈蒼雪不好表露什麼，但是傍晚關起門來的時候，她卻慎重地對員工叮囑了幾句。「這段時間咱們飯館的生意多多少少會受影響，外頭少不得也有一些瘋言瘋語，不過這都是一時的，我不希望看到外頭的敵人還沒動真格，自家人就先倒了的情況。」

王台充滿精神地回道：「東家您放心，我肯定跟您一條心！您也不必太擔心了，要是真出了事，還有咱們幾個扛著呢。」

說著，他拍了拍自己削瘦的小肩膀。

這充滿義氣的調調讓沈蒼雪稍微放鬆了些。「罷了，總歸就是這件事，這些日子大家提防著些，除了正常做生意，別跟外面的人有什麼聯繫，免得到時候王家人拿你們做文章。」

王台不解道：「都是不起眼的小人物，我們身上能做什麼文章？」

沈蒼雪淡淡道：「還是小心為上，越是放鬆警戒，越容易出岔子。」

她跟王家如今勢如水火，已經不死不休了。

見氣氛凝重，崔瑾主動開口勸慰。「王家再能砸錢，做菜的手藝仍比不上東家，再說了，咱們家的拿手好菜也不只有一道滷肉，王家能仿得了一樣，還能仿得了十樣？早晚都會被咱們給甩到後頭的，妳說是不是啊，四娘？」

崔四娘愣愣地抬起頭，隨即才想起來似的點頭道：「沒錯，王家不一直都是東家的手下敗將嗎？」

然而，手下敗將也不是那麼好對付的。

又過了幾日，王家酒樓不賣滷肉了，反倒是聚鮮閣附近的許多小飯館、小鋪子做起了滷肉生意，用的方子還都是一樣的，雖然算不上極品，但是也不差。尤其是他們為了搶生意，將目光全放在了聚鮮閣上。

同樣是做滷肉生意的，聚鮮閣的客人最多。若是聚鮮閣倒了，這些喜歡吃滷肉的人自然會將目光移到別處。

雖說他們做的是小本買賣，可是折騰起來卻相當煩人，沈蒼雪用腳趾頭一想也知道這是誰策劃的。招數下流，效果卻很明顯，她的確被噁心到了。

焦頭爛額之際，偏偏飯館還出事了。

這日午後，沈蒼雪正同萬喜研究新菜，便見王台慌慌張張地跑進了廚房，跟著一道過來的還有不安的沈淮陽跟沈臘月。

龍鳳胎顯然是被嚇到了，沈淮陽神色驚慌，沈臘月眼裡甚至泛起了淚花。

沈蒼雪安撫地握住兩個孩子的手，這才問王台。「急急忙忙的做什麼？」

「東家，不好了，外面來了一堆人，正在討說法呢！」

沈蒼雪不禁蹙起眉，這又在鬧什麼？她放下剛做到一半的菜，掀開門簾便出去了。

外頭那些來討說法的人正愁沒對象能鬧，瞧沈蒼雪突然露面，瞬間氣焰更高了。有人喊道：「妳還有膽子出來？好啊，正找妳呢！」

幾個人做勢就要衝上去，然而吳戚跟王台也不是吃素的，直接將人攔住了。

飯館裡的客人見有人過來鬧事，坐遠一點的尚且穩得住，坐近一點的就被那些人的臉色給嚇到了，動都不敢動一下。還是王台機靈，立刻讓他們挪到後面的位置去坐。

他沒讓這些人結帳離開，是因為那些人來得不明不白，若是不還他們飯館一個清白，今日過後還不知道要傳成什麼樣！

那幾個人特地趕在飯館裡人多的時候上門，就是為了要將事情鬧大，這麼一會兒工夫，已經嚷嚷開了。

「就是吃了你們家的滷肉，害得我們幾家人一上午上吐下瀉，險些丟掉了半條命。你們還是開門做生意的，竟如此狠毒！」

沈蒼雪一聽這話就知道是惡意找碴。她一上午在這兒賣滷肉，哪些人過來買的她心裡都有數，這幾張臉絕對是她沒見過的。她張口便懟道：「是嗎？我可不記得我們家賣過滷肉給你們。」

「是我們家裡人過來買的！」有人凶巴巴地嗆道。

第三十一章 借刀殺人

沈蒼雪挑眉道：「那還真是巧得很，我這滷肉賣了好些日子了，怎麼今日偏偏就賣到了各位家裡，還碰巧都鬧起了肚子？這滷肉我們飯館裡上上下下每日都吃，還從未聽聞有誰吃得丟了半條命。」

幾個人聽了這話以後，一時皆有些猶豫。不過為了討個說法，他們全豁出去了，直接自曝身分。

這些人是附近幾家小飯館跟小鋪子的老闆，都買了滷肉方子，這些天全在做滷肉生意，不過比起聚鮮閣，他們的收入完全不夠看。

雖說那方子並不貴，甚至可以算是廉價了，但他們不願自己的生意被聚鮮閣壓著，更不願意承認自己的東西沒人家的好。

於是幾個老闆湊在一塊兒，決定這天上午買一盤聚鮮閣的滷肉嚐嚐，瞧瞧究竟有什麼不同，興許嚐過後便會有答案。

誰知咬牙掏錢買來東西之後，反而吃出了毛病。他們各家都有人遭了殃，著實是吐瀉得不輕，去醫館開了好幾副藥才緩和了情況。

幾人都覺得這是聚鮮閣的陰謀，認為沈蒼雪顯然是看出了幾家的打算，所以故意賣給他們有毒的東西，想給他們一個教訓。

這些人自以為識破了沈蒼雪的詭計，便打著受害者的名號過來給自家人討說法，他們振振有詞道——

「你們必定是知道我們是這附近賣滷肉的老闆，所以故意摻了有毒的肉賣給我們！」

「對，妳想把我們都毒死，這樣就沒人跟你們搶生意了。」

這真是滑天下之大稽，還不用沈蒼雪開口，便有客人質疑。「以沈老闆的手藝，還需要同你們搶生意？簡直荒謬！」

沈蒼雪覺得這人的聲音熟悉，細看過後才發現，原來是美食節時有過幾面之緣的韓攸。

韓攸撂下筷子走了過來，輕蔑地看著這幾個前來鬧事的「苦主」，嗤道：「沈老闆這飯館從不缺客人，她是有多想不通才會用這樣拙劣的手段陷害你們？諸位未免太高看自己了吧？」

那些人聽到這話，頓時覺得自己被當眾羞辱了，越發不服。

「祖護罪犯，你這人未必正派！」

「你是誰啊？算得了老幾?!」

聞言，吳戚走上前，陰著臉警告道：「嘴巴給我放乾淨點！」

他平日向來不怒自威，眼下戾氣四散，更顯可怕。

前一刻還在叫囂的石仲威被嚇得夠嗆，不過想到自家人受的罪，又大著膽子鬧了起來。

「怎麼，你們還敢殺人滅口？好啊，索性當眾把咱們都殺了，也讓大夥兒看看，這個手藝了得的沈老闆究竟是什麼蛇蠍心腸！」

他神色憤懣，似乎真受了天大的委屈。

沈蒼雪不由得後背一涼。在此之前，她一直覺得這些人是沒事找事，可若他們說的都是真的呢？原因是不是就出在他們飯館裡？

她的目光掃過眾人，從崔瑾到雲曦，最後目光落在王台跟崔四娘身上。這兩人的嫌疑最重，崔四娘是因為丈夫有賭債，有可能被收買；王台則是因為他的姓，她不免覺得他跟王亥或許有關係。

還不等沈蒼雪想清楚，石仲威又嚷嚷開了。「好在我帶了今日買的滷肉，大夫已經驗過了，就是被下了藥，是你們為了生意存心害人！」

崔瑾怒道：「為何不是你們做賊的喊捉賊？我們家的滷肉賣了這麼久，從未見一個正經客人說過吃了以後上吐下瀉的，你們想潑髒水就直說！」

石仲威氣到臉都脹紅了，他後面的苦主也怒了，喊道：「報官！我們去報官！」

沈蒼雪捏了捏虎口，鎮定道：「行，現在就去。」

「不成，你們不許走！」石仲威忽然說道：「我們派人去報官，府衙的人沒來之前你們都不准動，萬一你們趁隙丟了作案的毒物，我們豈不就冤死？」

吳戚冷笑道：「我們不能走，你們卻能隨意通行，那我還擔心你們在飯館裡栽了什麼贓呢。」

兩邊都不信任對方，最後還是韓攸親自去報了官。這段期間，沈蒼雪一直在安撫客人，甚至免了他們今日的單。

眼下已經不是賺不賺錢的問題，而是攸關沈蒼雪以及她名下飯館跟鋪子的信譽了。

過了一陣子，湯敬南帶著幾個人匆匆進了聚鮮閣。

石仲威領著人蠻橫地守在飯館門口，不讓人進也不讓人出。

湯敬南瞧著這些客人們也忒倒楣，確認雙方都沒意見之後，便讓這些客人們散了。

韓攸本想留下，也被湯敬南給勸走了。

等到偌大的飯館沒了閒雜人等，湯敬南才對沈蒼雪使了一個眼色。

沈蒼雪有些無力，然而湯敬南卻很信任她。若有這種手藝，還需要使這般下三濫的招數，那只能說明他跟知府大人的眼睛都瞎了。

不過一碼歸一碼，今日這案子只怕不好查，沈蒼雪少不得要吃悶虧。類似的案件，湯敬南不知道經手過多少次，方才在路上聽韓攸簡單說了大概，湯敬南便斷定聚鮮閣裡出了內鬼。

一如湯敬南所料，府衙的人在沈蒼雪的廚房裡搜到了一包瀉藥。

等大夫過來後，便驗明石仲威手上的滷肉有同樣的瀉藥，且所下的分量不少，若是再多吃些，是能將人折騰死的。

石仲威等人義憤填膺，他大喊道：「方才說我們口說無憑，如今證據都在此，你們還要如何狡辯?!」

沈蒼雪愣怔片刻，死死地盯著王台跟崔四娘。

她已經非常小心了，在錄用他們之後，還讓吳戚特地多盯了兩日，結果都沒有任何異樣。

興旺那邊傳來的消息，只有王亥要將滷肉方子賣出去，讓別人來跟他們鬥。正因為如此，沈蒼雪之後便鬆懈了下來，沒再繼續盯著他們兩人，不料最後出了這樣的事。

證據確鑿，她身上的疑點暫時洗刷不掉了。就算靠她自己調查清楚這件事，也沒任何說服力。

想到了這裡，沈蒼雪便同湯敬南道：「去公堂吧，在此說不明白。」

石仲威等人抱著胳膊，議論紛紛。

「妳倒是真有膽子。」

「就是，可真是不到黃河心不死！」

這個小姑娘在想什麼呢，證據都擺在眼前了，還敢跟他們對簿公堂?!

沈蒼雪相信陳孝天的為人，知道他不會隨便冤枉自己。若說有人能替自己申冤，除了這位正直的知府大人，再沒有別人了。

上回沈蒼雪入府衙，事情便已經鬧得沸沸揚揚，這次他們一票人再進府衙，又引起百姓們議論。

沈蒼雪這段時間出的風頭實在太大，一下子搶走了全城所有酒樓、飯館跟鋪子的生意，如今案子都還未查明，他們便忍不住開始抹黑聚鮮閣。

然而聚鮮閣的客人們也不是吃素的，站在府衙門口替沈蒼雪撐腰，對她的人品深信不疑。

「上回沈老闆不就是被人陷害的嗎，這回也一樣！」

「沒錯，一定是別人眼紅沈老闆，才這樣栽贓！」

然而，聚鮮閣的員工們，卻不是人人都像那些客人們一樣對沈蒼雪力挺到底。

所有人都對這包瀉藥一頭霧水，也篤定沈蒼雪沒有害人，唯獨崔四娘。

她在眾目睽睽之下雙膝跪地，一舉「揭發」了沈蒼雪。「大人，民婦招供，這瀉藥是民婦按著我們東家的意思從藥鋪裡買回來的。

「近兩日鋪子裡生意變差，東家恨極了同聚鮮閣搶生意的那幾位老闆，所以才出此下策，想讓他們吃點苦頭。

「原本東家不過是想戲弄他們一番，然而民婦頭一次做這樣的事，一時下重了手，才險些鬧出人命。若早知道會有這樣的結果，民婦絕對不會碰那些瀉藥的！」

「四娘！」崔瑾驚呼。「妳在胡說什麼?!」

聚鮮閣眾人皆驚，沈蒼雪更是完全沒料到。她原以為王台下手的可能性更大，畢竟崔四娘平常表現得既溫婉又堅強，頗讓人憐惜，可她方才的話卻活像一把刀子，一下插進沈蒼雪的心上。

被自己人背叛，原來是這種滋味，沈蒼雪心寒不已。

崔四娘不用抬頭，也知道他們幾人如何看待自己；她也不敢抬頭，哪怕正視旁人的目光，都會讓她羞愧。

可崔瑾不願意放過她，崔四娘能順利進入聚鮮閣，多少跟她有些關係。崔瑾不願相信自己竟然招了一個白眼狼進來，她晃著崔四娘的胳膊，悲憤道：「是不是有人逼妳這麼說的？是妳夫家對不對?!」

崔四娘聽到「夫家」兩個字，頭低得更厲害，不過髒水還是沒少潑。「不是，民婦早就同他們家沒關係了，這些日子都住在飯館裡頭，何曾受到外人逼迫？若要說逼迫，也是東家逼的，民婦從沒做過下藥謀害別人的事，這是頭一回。」

陳孝天問：「倘若沈蒼雪是主謀，妳是從犯，做都做了，又為何反手將她告發？」

崔四娘深吸了一口氣道：「民婦向來清清白白，如今卻因為東家有了污點，實在是良心不安。再者，倘若此事不說清楚，來日翻案時東家說不定還要拿民婦頂罪。」

這些話陳孝天也不知信沒信，只是又問：「妳既然說瀉藥是妳經手的，那這藥是如何下的？為何只有他們幾人的滷肉吃了出事，旁人卻無礙？」

「東家特地交代了，只給他們幾人一點教訓，所以那藥只下在用來打包滷肉的乾荷葉上。」

沈蒼雪知道這是真話，事情是崔四娘做的，鍋卻扣到她頭上了。

「一派胡言！」崔瑾氣極了，同陳孝天道：「大人，這人胡說八道，我們東家從來不會惡意傷人，她不知是收了誰的錢才編出這樣的謊話來，實在不可信！」

崔四娘咬牙道：「民婦可以賭咒發誓，今日所說絕無一句虛言。」

「發誓有用的話，作惡的人早就被雷劈死了，還輪得到妳在這兒大放厥詞？」沈蒼雪最後一點憐憫之心也不剩了。她不知道崔四娘究竟有什麼樣的苦楚，但受再多難也不構成陷害別人的理由。

沈蒼雪轉身道：「大人，崔四娘所言小女一字不認。小女並未指使她買過藥，也從未讓她害人。這位崔四娘前些日子剛進飯館做事，莫說小女從來沒想過下藥，即便真要這麼做，也會讓更加信得過的人去辦，怎會讓一介新人經手？」

崔四娘攥緊拳頭，直起了腰道：「那是因為東家覺得民婦好拿捏。」

「說起拿捏……」沈蒼雪輕笑。「當初崔四娘應聘時，曾提及自己夫家之事。這位崔四娘有個好賭成性的夫君，因為爛賭欠下一身的債，把家底都輸光了，這種情況豈不更容易被人拿捏？

「小女這聚鮮閣因為生意好，樹敵無數，小女身邊的心腹自然不會被一點小恩小惠收買，但是剛來的幫工可就未必了。大人可以查查看，崔四娘夫家近來可有一筆不知名的款項，或是用來還帳、或是用在自家，都未可知。」

聞言，崔四娘不禁瑟縮了一下。

沈蒼雪不願再看崔四娘。

其實崔四娘跳出來「告發」的舉動並不夠聰明。若每個人都不承認，讓她猜來猜去，反而更令她耗費心神。然而崔四娘背後的人太想將她一舉打趴了，所以才讓她直接指認。

既然如此，她就不必對崔四娘客氣了。

陳孝天對著湯敬南使了個眼色，湯敬南立刻帶人前往查證。出了府衙時，他還看到了王家的人。

王亥帶著長子王松跟家僕在人群中看熱鬧，湯敬南與他們擦肩而過時，還能明顯地察覺到王亥的輕蔑。王亥不怕湯敬南去查，他花了許多工夫在上頭，並不容易尋到根源，就算真的查出來了，也牽扯不到他身上。

崔四娘她兒子的命握在自己手上，他不信崔四娘不會揹鍋。事情查清楚了便讓崔四娘認罪，若查不清楚，那萬劫不復的便是沈蒼雪。

眼下他還不用擔心這個，只等著看戲便是。此案今日若是查不明白，沈蒼雪跟她飯館的名聲便別想要了，他會不遺餘力地讓人抹黑。哪怕最後能翻案，這丟掉的名聲再也尋不回來，怎麼看他都穩賺不賠。

興旺哆嗦著跟在他們老爺身後。他其實早就發現不對勁了，但是一直不知道他們家老爺在聚鮮閣安插的黑手是誰，直到今日，那人自己跳出來。

定睛一看，興旺就知道她是誰了。這個婦人他認識，他也知道她的丈夫欠了賭債，只是興旺沒想到，她竟然會去聚鮮閣當幫工。

這件事情說起來是他失職，興旺發現吳戚朝自己望過來時，不禁慌張地挪開了目光。可不是他反水，實在是連他也不知道內情，吳戚待會兒該不會要他出來作證吧？

不不不，當著他們家老爺的面，他可不能做叛徒！

時間拖得越長，在府衙外頭圍觀的人也就越多。

沈蒼雪回頭看時，已見群眾都要擠進公堂裡來了，若不是有侍衛帶刀駐守在外，只怕他們早就被人群包圍了。

今日若不能破解這個局，不管真相如何，聚鮮閣的名聲都會遭到損害，這種似是而非的謠言，最難澄清。

崔四娘的夫家並不遠，就在城外。

湯敬南帶著十來個衙役前去查看的時候，並未查到她夫家中多了什麼值錢的物品，最後實在沒辦法，直接將這人帶回了堂上。

崔四娘的丈夫叫汪如亮，可單看他的人，卻同這個「亮」字毫無關係，整個人陰鬱又頹廢，看向崔四娘時更是戾氣橫生。

汪如亮罵道：「妳在外頭鬧什麼，搞得府衙跑到家裡來捉人，想死是不是?!」

崔四娘下意識地瑟縮了一下，又想到這是在府衙公堂，丈夫肯定不敢亂來，這才道：「你老實回答大人的話就是了。」

汪如亮面對陳孝天的時候可沒這麼硬氣，陳孝天問什麼，他便答什麼。他確實欠了一屁股的債，昨日那些人還上門要債了。

聽到陳孝天試探他們家裡有沒有多一筆錢，汪如亮立刻哭訴道：「大人明鑑啊，草民家裡若是真有錢的話，也不會差點被要債的人給逼死了。是不是這婆娘在外頭惹了什麼事才連累草民的？

「就知道這人是個喪門星，自從娶了她，家裡就沒消停過，連財運都被她敗光了！天地良心，草民家是一點錢都沒有了，方才那幾位大人也已經翻過了，若真有錢，以草民家那家徒四壁的模樣，哪裡藏得住？」

汪如亮嚎叫得一把鼻涕、一把眼淚。「大人，若是這喪門星做了什麼錯事，都是她一個人的錯，跟我們汪家可沒有半點關係啊！」

他嚎得在場外圍觀的百姓頭都疼，沒人樂意看他們家的醜事。

崔四娘接收到了王亥的眼色，急急忙忙道：「大人，民婦沒收誰的錢，也沒有替別人辦事，那瀉藥原本就是民婦的東家囑咐民婦所買，跟別人毫無關係。東家承認也好、不承認也罷，瀉藥就是她交代民婦下的，民婦有罪，東家也不冤。」

聞言，陳孝天陷入了沈思。事態發展到如今，更顯棘手了。

第三十二章　棄暗投明

面對這麼不利的情勢，沈蒼雪堅持道：「真要藏東西，半天工夫也查不出來，崔四娘的娘家一樣可疑。」

崔四娘迅速抬頭看了沈蒼雪一眼，而後對著陳孝天哭訴道：「大人，民婦的夫家與娘家清清白白，可東家卻一再逼迫，究竟意欲何為？」

「還能是為什麼，不過是想讓妳頂罪罷了！」王亥高聲喊了一句，眼下這情況看得他大呼痛快，一切都在他的預料之中。

王亥同周圍人道：「查到現在，難道還不夠明白嗎，事情不就是這位沈老闆所為？她自己見開脫無望，便一直攀扯他人，實在可惡！」

這下王亥是高興了，興旺卻備受煎熬，在告發與不告發他家老爺之間游移不定。告發的話，吳戚雖然會給他錢，但他很怕老爺私下報復；要是不出面澄清，他也怕吳戚找他算帳。吳戚這人不知是什麼身分，又是多大的來頭，唯一能肯定的是，要是讓沈老闆就這麼被冤枉，吳戚肯定不會放過他的。

就在沈蒼雪本人苦思該如何辯解，興旺陷入兩難、不知道幫與不幫之際，府衙外頭忽然又來了官差，還是皇家派來的，陳孝天也被驚動了，連忙派人前去相迎。

陳孝天以為是京城局勢有變，或者是……當今聖上駕崩，因而派人傳召。

不過好在虛驚一場，來的人不是找他的，而是得知沈蒼雪在此處，特地過來替她撐腰，在公堂之上宣讀了聖旨——沈蒼雪獻藥有功，封為城陽郡主，賜宅邸一座、良田三百畝以及各種金銀寶物。

郡主？還是一位有封邸的郡主！

沈蒼雪頓時一陣狂喜。聞西陵果然夠意思，她本來還不曉得知府大人願不願意往下查，如今有了這道聖旨，就無後顧之憂了。無論如何，知府大人絕對不會讓聖上親封的郡主名譽掃地。

也是因為鄭頲好轉得實在太快，聞西陵的信根本來不及到臨安城，聖旨就先抵達了。

興旺在聽到沈蒼雪被聖上封為郡主之後，頓時豁然開朗。

他轉頭望了望王亥——對不起了老爺，小的得給自己找個好去處了！

萬眾矚目之下，興旺懷抱破釜沈舟的勇氣，毫不猶豫地衝出人群，在衙役沒來得及將他攔住的時候，「咚」的一聲跪在公堂上，氣勢萬千。

莫說陳孝天，沈蒼雪也被他給跪得一驚。難道說……王亥還有別的招等著他們？

就連王亥都在懷疑，他是不是另外交代過興旺要做些什麼，結果他自己卻忘記了。嗯，不排除有這個可能，否則興旺怎麼會突然衝出去呢？

然而，興旺這回卻教他們家老爺失望了。

興旺懂得審時度勢，一個經商的地主，跟一個皇家親封的郡主，孰強孰弱，一目了然。他興旺今日非要攀上這根高枝不可！

雖然興旺頭一回上公堂，跪下之後腿肚子不可避免地直哆嗦，但說話時卻條理清晰、直中要害。「大人，草民興旺，乃是王亥王老爺家中的小廝，草民可以作證，今日之事完全是誣告！」

嗯？沈蒼雪同吳戚對視一眼，都瞧見了彼此眼中的震撼。

沈蒼雪敬佩吳戚留了這一手，吳戚則訝異於興旺這小子竟然瞬間倒戈，真夠機靈的……

王亥氣急敗壞道：「興旺，你在胡說什麼？快回來！」

興旺固執地跪在地上說：「大人，草民認識這位崔四娘，她與我們老爺關係匪淺，正是老爺將她安排到了聚鮮閣。今日下藥害人之事是我們老爺指使她的，事成之後，她便將帽子扣在沈老闆頭上，為的就是幫老爺打壓聚鮮閣。」

什麼，崔四娘跟王亥?!眾人皆是一驚。

汪如亮從地上爬起來，啐了崔四娘一口道：「不要臉的賤婦，妳同那老頭子究竟是什麼關係？」

只要是個男人，都不能忍受自己頭上戴綠。

崔四娘神色極為難堪，被人誣衊後悲憤交加，頭一次反抗自己的丈夫。「呸，你以為我跟你一樣下賤?!」

「那妳怎麼跟那老頭子勾搭不清？」

崔四娘絕望地閉上了眼睛，心下哀慟，她究竟是為了誰？現下這般，莫不是她的報應來了？

即便崔四娘否認，公堂裡裡外外的人依然打量著她跟王亥。

王亥暴躁異常，暗罵道：看什麼看？我還會看得上一鄉野村婦不成？

大夥兒還在交頭接耳地議論他們兩人的關係，興旺便高呼道：「大人明鑑，我們老爺早就對沈老闆恨之入骨，欲除之而後快，他做出這樣的事情來，毫不意外。」

說完這些話，興旺便覺得自己今後的前程，穩了。

「胡說八道！你這是誣陷！」王亥指著興旺，氣得臉紅脖子粗，恨不得把他生吞活剝。

若是眼神能夠殺人，這短短的幾息，興旺已經不知死了多少次了。

王亥苦思半天也想不通興旺為什麼突然反水，即便那個沈蒼雪成了郡主，跟興旺這兔崽子又有什麼關係？難道他還能分一杯羹不成？也太癡心妄想了。

陳孝天卻未叫停，反而告訴興旺。「你仔細說來，若有一句假話，後果自負。」

「草民不敢。」興旺知道誰在背後瞪著他，但他不在乎，莫非他們老爺還能跟皇家鬥？反正他已經打定主意投奔新主子的懷抱，不妨說得再明白些，這樣也顯得他「勞苦功高」。

興旺道：「我們老爺同沈老闆的恩怨由來已久。自從沈老闆來了臨安城、開了沈記包子鋪之後，王家的早點生意便飽受影響。老爺心懷不忿，於是派了二少爺夫妻去沈記附近開了一家相差無幾的包子鋪。二少夫人當初下藥未遂，那藥也是從王家拿的。」

王亥的臉色已經黑成了鍋底。他想衝過去撕爛興旺的嘴，可是衙役卻在旁邊攔著。

周圍的人發出連連驚嘆。當初李湘投毒殺人未遂，可是得了好大的教訓，不過王家反而全身而退。當時他們猜測過王家會不會也沾惹這件事，卻是無憑無據，如今看來，竟然都是真的！

這麼一想，眾人紛紛很有自覺地遠離了王亥。此人心思之歹毒，令人不齒。

興旺越說越溜。「廚藝比賽時，王家為了力壓沈老闆，不惜重金賄賂了幾個評審，害得沈老闆險些屈居第二。最後沈老闆靠自己的廚藝獲勝，我們老爺便懷恨在心。

「之後沈老闆開了聚鮮閣，搶走了不少王家酒樓的生意，我們老爺又起了念頭，暗中謀劃，讓崔四娘進去聚鮮閣，又調動幾家小飯館跟小鋪子的老闆同沈老闆對上，並讓崔四娘將瀉藥放在乾荷葉上，事發後將一切罪責都推給沈老闆，他好坐收漁翁之利。」

王亥被人攔著，卻還是想伸腳去踢興旺，恨恨道：「兔崽子，你長本事了?!」

興旺嚇得發抖，連忙往吳戚腳邊靠，又使勁地朝吳戚擠眉弄眼。

吳戚雖然嫌棄得很，但還是上前將興旺跟王亥隔得遠一些。

陳孝天又問：「你說王亥與崔四娘勾結，可有證據？」

「有，有證據！」興旺連連點頭。「約莫半個月前，草民替我們老爺去收帳，剛好收到崔四娘家。那汪如亮欠的賭債其中有好些都是欠王家的，不過不是欠老爺，而是王家一個旁支。

「後來我們老爺去幫忙要債，汪如亮不在，只有崔四娘在家。草民當時在門外隱約聽到了，老爺讓崔四娘替他辦一件事，事成後會給她一筆錢，還會幫她從汪家手裡將兒子搶過來。

「我們老爺當場就給了崔四娘一筆錢，因崔四娘不信他，他還另外給了一塊雙魚玉珮當信物。那塊玉珮是老爺常年佩戴在身上的，王家上上下下皆能作證。老爺出了門之後，草民轉頭便看見崔四娘將那塊玉珮掛在了她兒子身上。」

陳孝天看汪家的人只有汪如亮在場，便問：「汪家長子呢？」

湯敬南道：「稟大人，那孩子在崔四娘的娘家小住，屬下回府衙時便已派人去尋，應當快到了。」

崔四娘在興旺說起她跟王亥的謀算之後，便惶惶不安起來，甚至下意識地看向王亥。她只是拿錢辦事，但是眼下事情的走向她再也掌握不了了。

見王亥並未看向自己，崔四娘便認定王亥想捨棄她這顆棋子，她不禁說道：「王老爺，您究竟是什麼意思……」

蠢貨！

崔四娘難堪大用，這點王亥也清楚，但是他沒想到她竟然這麼蠢。這會兒將他扯進去，豈不是坐實了他們兩個確實有往來嗎？

王亥鐵了心不去搭理崔四娘，可府衙的人沒多久便將崔四娘的獨子尋來了。

沈蒼雪冷眼看著這個孩子走進公堂。

當初崔四娘將他說成了一個不知道體恤生母的白眼狼，但是這孩子進來之後，第一時間就去尋崔四娘，因為害怕，所以死死揪著崔四娘的衣裳。這哪裡是母子不合，分明是血濃於水！

沈蒼雪寒心，崔瑾憤怒。「當初妳說自己被夫家不喜，兒子也埋怨妳，將自己形容得不知道有多慘。東家看妳孤苦無依才收留妳，還給妳安身之所，妳倒好，反咬她一口，妳怎麼對得起自己的良心?!」

崔四娘默默低下頭。什麼良心？沒錢沒勢、一身的債，若還要良心，人早就死了。

言語鞭笞的殺傷力有限，最致命的是，湯敬南從崔四娘的兒子身上的確摸出了興旺口中的信物。

一塊通體晶瑩的雙魚玉珮，成色這般好，整個臨安城也找不到幾塊。

王亥平時就愛招搖過市，他身上的那塊玉珮，別說王家人都知曉，連大街上的人也見過。

那玉珮一拿出來，便有人認得了。

「確實是王老爺的玉珮，我看他戴過。」

「聽說當初王老爺為了買這塊玉珮可是花了不少銀子，之前時時帶在身邊。」

「看來這件事果真是王老爺主謀，玉珮都找到了，那錢就更不必說了。」

不過有人反駁。「那汪家可是有個賭鬼在，興許那錢早不知花到哪兒去了？」

眾人嘰嘰喳喳，而被人議論的王亥卻如墜冰窟。便是到了這個時候，他還是不解自家人為何會反水？

興旺沒啥良心地說道：「老爺，也不是小的非要您怎麼樣，而是實在不想跟在您身邊辦壞事了。上回您讓二少夫人下毒，還非得讓小的把那包毒送過去。幸好沒出事，要是出了事，小的不就成了從犯嗎？這回也一樣，如若真得逞了，小的一樣脫不了關係。您別怨小的狠心，小的也是為自己的性命著想。」

沈蒼雪不管興旺究竟做何打算，總歸是站在自己這一邊的。她不願意再讓他一人奮戰，遂道：「大人，煩請再派些人去崔四娘的娘家搜一搜，看看有無突然的進項。」

陳孝天便對湯敬南等人道：「去，將崔四娘的娘家人都帶上公堂審問。」

他話音剛落，沈蒼雪又緩緩道：「另有一樁，王亥在臨安城如此興風作浪，也該好生查一查，才能平息民憤。從他往日所作所為來看，著實不像是什麼循規蹈矩之人。還請大人查一查王家的帳目，看看有無漏稅之嫌。」

王亥眼神驟變，恨不得生吞活剝了沈蒼雪。

沈蒼雪盈盈一笑。唷，看來帳目真有問題啊。

前來傳旨的薛公公這會兒已經看清楚了事情的脈絡。他雖不知沈蒼雪為人如何，卻記得臨行前聖上跟皇后娘娘的交代，所以也是站在沈蒼雪這邊的。

薛公公道：「知府大人，城陽郡主因獻藥有功，如今莫說整個朝廷對郡主獻藥一事感恩戴德，就連聖上跟皇后娘娘也對郡主關愛有加。這樣的社稷功臣，不可使其名譽受損，以至於著了某些小人的奸計，若是此事傳回京城，不免讓人覺得臨安城苛待功臣。」

他說話輕聲細語，每個重音都踩得恰到好處，直接將王亥說成了不入流的廢物。

沈蒼雪見王亥的臉色一陣青、一陣白，心想他大概是生平頭一回這樣遭人蔑視貶低卻無法回擊吧。薛公公是宮裡出來的，雖說做的是伺候人的活兒，可在外卻是萬人敬仰，王亥完全不敢跟他大小聲，什麼怒氣全往肚子裡吞。

陳孝天趁勢讓人去查了王家的帳。他倒是希望王家的帳目不對，府衙正缺銀子使呢，若是有人送來那就再好不過了。

王家得審，崔四娘的娘家也要問。

崔家都是些平頭百姓，壓根兒沒進過府衙，今日被人押著進來時魂都要散了，不用湯敬南嚇唬，便全都招了。

錢就藏在崔家的地窖裡頭，崔四娘不信別人，唯獨信她娘。她跟王亥商議的事情對夫家都沒透底，娘家卻有她娘幫忙遮掩。

崔四娘早就打算好了，等做完這件事，她便將兒子討過來，再徹底跟汪家劃清界線。從此之後她便自由了，不必每日遭受冷言冷語，也不會動輒被丈夫打罵。

當初王亥要她進聚鮮閣出賣沈蒼雪的時候，崔四娘也曾猶豫過，但她最後還是下了手。比起恩義與情分，還是自己跟兒子的未來更重要些。做就是做了，再來一次機會，崔四娘也會為了自己跟兒子賭一回。

崔四娘的母親許秀不想出賣自家閨女，她會招供完全是下意識的反應。可看到陳孝天面色凝重，許秀大概知道閨女犯了大事，一邊說一邊哭訴。

「大人，四娘雖說是被豬油蒙了心，可她也別無他法。汪家那個狗娘養的，喝了酒便打她，打得她渾身上下沒有一點好皮。我們家提了好幾回和離，汪家都不放人，還說四娘生是他們汪家的人、死是他們汪家的鬼。民婦這閨女過得太苦了，若非如此，她斷然不會助紂為虐。」

說著，許秀一把捋開崔四娘的袖子。

崔四娘下意識地往後一縮，可是沒能抵得住她娘的動作，一隻胳膊就這樣露在眾人眼前。

許秀跪在地上訴苦。「瞧瞧，民婦這閨女也是被打怕了，大人您就可憐可憐她，從輕發落吧，她不是有心做壞事的。四娘從小就善良溫順，她這是被汪家逼的。」

沈蒼雪抬眼望去，身體不自覺地抖了一下，趕緊捂住兩個孩子的眼睛。

崔四娘一隻胳膊全是傷痕，新舊交錯，像一根根枯死的樹枝般纏在手臂上，張牙舞爪。

汪如亮見矛頭指向了自己，怒道：「老太婆，怎麼全是我的錯，是我逼她下藥、逼她害人、逼她忘恩負義？是她自己心術不正，跟旁人有什麼關係？再說了，那個王老爺給的錢還不知道乾不乾淨呢！」

許秀一張臉被氣得都脹紅了。他這話說出來，簡直是要逼她閨女去死。「混帳東西！要不是你好賭又沒擔當，我閨女怎會被逼到這個地步?!」

「是，全是我的錯，我豬狗不如，我自甘墮落行不行？不過妳那女兒也不算什麼好東西。」

兩人在公堂上爭辯起來，崔四娘不禁苦澀地閉上了眼睛。「娘，別說了。」

見陳孝天遲遲不發話，許秀求到了崔瑾頭上。「瑾丫頭，妳是跟四娘一起長大的，妳最清楚她的為人了，求求妳看在往日的情分上，原諒她吧。」

她一個年過半百的老人家，對著崔瑾又是哭又是求的，惹得崔瑾為難極了。

第三十三章　惡有惡報

崔瑾於心不忍，可是想到崔四娘方才潑的那些髒水，又氣不過。「她再可憐、再無辜，也不能害人啊。我們一片真心對她，難道錯了嗎？再說，已經鬧到了公堂上，不是我一句原諒就沒事的，自有律法來斷。」

一旁的崔四娘臊得慌，趕緊拉著她娘道：「娘，別說了……」

「我苦命的女兒啊！」許秀也不知道是在嘆自己閨女的不幸，還是在怨自己的無能為力。

她們母女抱頭痛哭，既無助又悲涼。

憐貧惜弱是人的天性，崔四娘縱然有錯，可她實在可憐，眾人現在看她也不覺得面目可憎了，只覺得她也有自己的苦衷。

錯最多的人並不是她，而是始作俑者，好在那罪魁禍首也別想逃了。

王家禁不住查，府衙的人去了之後，很快便發現王家的帳目的確有問題。王家做了兩個帳本，交稅時用一本，自家算帳時用的又是另一本，兩個帳本差額巨大，這一來二去便偷了不少稅。

今年的帳本是從酒樓裡頭搜出來的，往年的帳本則是從王家的書房裡搜出來的。

王家經商已久，前頭的帳本找不到了，但七、八年前的帳本猶在。光這七、八年間靠著做假帳偷的稅，便是一筆巨款。

就連王亥自己都沒算過他究竟少交了多少。自從他挖來一位精於做帳的帳房先生之後，能省的錢越來越多，且單單從假帳目上是看不出來的。

這些陳年舊事被翻出來的那一刻，王亥便站不住腳跟了，明知道要完，卻還硬撐著，直到府衙的人替他算明白之後，王亥才不由自主地後退了兩步，整個人搖搖欲墜。

吳戚「貼心地」扶好他。「王老爺，事情還沒解釋清楚，您怎麼能暈呢？說明白了再倒下也不遲。」

王亥仍舊要暈，不過府衙的人使勁掐著他的人中，硬生生將他逼醒了。

偷稅一事鐵證如山，王亥沒什麼好狡辯的。要是換了帳房先生來解釋，說不定還要罪加一等，王亥猶豫再三，最後自己招了。

因偷的稅額巨大，王家被罰了一大筆錢。

王亥之前害過不少人，不過因為苦主並未告上公堂，如今能判的罪行也就只有他對付沈蒼雪的這幾條。他作惡多端，除了罰錢之外，還得面臨一年的牢獄之災。

一年並不長，但是足夠讓王家元氣大傷。

沈蒼雪對此算滿意，一年的時間對她來說夠了，等一年之後王亥從牢中出來時，沈家跟王家便是天壤之別，她不信王家還敢來犯。

至於崔四娘，沈蒼雪當場與她劃清界線，撕了書契，從此聚鮮閣就再沒有這麼一號人物了。

崔四娘的處罰倒是不重，陳孝天宅心仁厚，並不喜歡用重刑，尤其是崔四娘並未造成什麼嚴重的後果，且為從犯，又有頗多苦楚，所以量刑時一減再減，最後只判了二十板子。

不過，沈蒼雪跟崔四娘心裡都清楚，這件事還沒結束。下了公堂只是個開始，等崔四娘回到娘家，村中的流言蜚語，遠遠要比這二十板子來得誅心。

吃過板子之後，崔四娘自覺無顏再面對沈蒼雪，拖著傷，帶著娘家人跟自己的兒子準備回村。

許秀還想去聚鮮閣拿崔四娘的行李，崔四娘嚇得趕忙道：「別去了，本就沒什麼東西。」

她孑然一身去了聚鮮閣，僅有的幾件行李都是崔瑾給她的。做出了這樣的事，她怎麼再回聚鮮閣？有什麼臉去拿那些物品？

聚鮮閣回不去、汪家回不了，往後的前程一片灰暗。崔四娘靠在母親身上，神色麻木道：「回去吧。」

崔家人離開後，崔四娘虛弱的模樣始終纏繞在崔瑾心頭，她五味雜陳道：「她這是何必呢？」

沈蒼雪卻格外清醒。「個人有個人的選擇，她既然選擇了這條路，便怨不了別人。」

她原本同情崔四娘，但崔四娘在公堂上公然誣陷她的時候，這份同情便消失殆盡。沒有追究，已經算她網開一面了。

沒多久，興旺一瘸一拐地從府衙走了出來。

他本是王家的小廝，王亥是他的主子，奴告主可是重罪。不過，陳孝天認為王亥罪有應得，且興旺檢舉有功，故從輕發落，只打了他幾板子便讓他離開了。

興旺還求了一件事情，就是讓府衙的人公證，准他從王家離開，恢復自由身。

王亥當然不樂意，可架不住頭頂上壓著一個知府大人，旁邊還站著一個對他很瞧不上的宮廷來使。

興旺得了便宜，不敢再去王亥跟前顯擺了，趕忙跑到沈蒼雪面前表忠心，順便賣個慘。「沈老闆，崔四娘走了之後飯館裡不是空了一個位置嗎，您看我行不行？我現在已經不能回王家了，您就行行好收了我吧。」

沈蒼雪含笑望著他。

她其實同興旺沒什麼接觸，印象最深的還是興旺帶人來沈記鋪子裡鬧事那次。

後來聞西陵不知怎麼的看上了他，威逼利誘，讓他在王亥身邊當眼線。吳戚完美地繼承了聞西陵的路線，對興旺的掌控更甚從前。

興旺以為沈蒼雪不願意收他，可憐巴巴地說：「沈老闆，我要是再回王家待著，說不定會小命不保。」

「行了，又沒說不讓你來。」沈蒼雪對他沒什麼意見，這回的事情能成功解決，也是託了他的福。「崔四娘從前是切菜的，你會嗎？」

「會！」興旺一口答應。「我切菜雖然沒有姑娘家細緻，但是我力氣足，又好學，肯定能做得比崔四娘好！」

看他這麼積極，沈蒼雪自然應了。

興旺聽說吳戚在聚鮮閣隔壁租了一個隔間，便說要回去打包行李搬去跟吳戚住，那火急火燎的樣子，生怕吳戚反悔似的。

解決了興旺的事，那位從宮裡來的薛公公卻還沒走，他特地尋了沈蒼雪，問起她在臨安城的情況。

薛公公得知除了王家那些破事，沈蒼雪一切都好，才舒心了許多。「郡主在臨安城過得舒坦就行，皇后娘娘還特地交代過，千萬不能讓您受了委屈。不過，臨安城離京城實在太遠了，您要是願意去京城，還有皇家護著您，可在臨安城若有什麼不長眼的惹了您，咱們也是鞭長莫及啊。」

好比這一次，若不是他們剛好來得這麼巧，城陽郡主怕是要出大事。

沈蒼雪謝過了他的好意。「我們幾個怕拘束，還是留在此處最好。託了公公的福，如今王家的事情已經解決，想必往後不會再有狀況了。」

「但願如此吧。」薛公公說完，這才記起還有一件事忘了提，遂趕忙從身後的內侍手中取了一個小匣子，遞給沈蒼雪，小聲道：「這是那位世子爺送的，還請郡主先收著。」

匣子輕輕一提就打開了，沈蒼雪瞧了一眼，忍俊不禁。哪有送一個姑娘家匕首的？雖說這把匕首上面鑲著寶石，看樣子價值連城，可再怎麼樣都是一把匕首啊。

不過無所謂，好歹是聞西陵的一番心意。

沈蒼雪問薛公公。「公公，你們不趕著今日回京城吧？」

「略緩兩天也使得。」

「那正好，回頭我辦一場酒席給諸位送行。這兩天我做些東西，再煩勞公公代我送達。」

「好說好說。」薛公公滿口答應。

從府衙出來之後，沈蒼雪又碰上睡過一覺後才得知消息、匆匆趕過來的黃茂宣。

聽說沈蒼雪逢凶化吉，還得了一個郡主的封號，外加良田跟府邸後，黃茂宣羨慕道：「妳真是出人頭地了，那可是聖上親封的郡主，憑著這個，往後妳能在臨安城橫著走。」

沈蒼雪頗為感慨地說：「我爹娘就留下這麼一顆藥丸，沒想到派上用場。今日若不是那聖旨來得及時，只怕是要被王家給陷害得徹底。」

黃茂宣義憤填膺地臭罵了王家一頓，再想想沈蒼雪如今的身分，又問：「那妳往後還做生意嗎？」

都已經成了郡主，又不缺錢，他擔心沈蒼雪直接將生意給丟了。試想，若他現在成了侯爺，那根本沒必要拋頭露面經商了。

然而沈蒼雪卻回得堅定。「自然要做，郡主不過就是個名號罷了，哪有親自賺到手的錢來得實在？這手藝是我安身立命的根本，可千萬不能丟了。」

她在這個時代不是很有安全感，這個郡主封號也不過是唬唬人罷了，靠這個的確能護得住弟弟妹妹，然而想要往後的日子都過得無憂無慮，真金白銀才是最可靠的。

黃茂宣嘿嘿一笑。「我果然沒看錯妳。」

他笑完後，又想到自己的母親。

母親向來看不上他跟蒼雪的生意，還總是認為他比不上兄長，不曉得這回她得知蒼雪的事情之後，會作何感想？

不成，他明日必須把這個消息帶回村裡，讓大夥兒震驚個夠。

送走黃茂宣，又迎來方府的杜鵑。

杜鵑進門之後便誇張地同沈蒼雪行禮。「給郡主行禮，萬萬沒想到，我還能結交這樣的人物！」

她捂住了嘴，眉眼都是笑意。

沈蒼雪捶了她一把。「還笑，不知道我今日有多凶險！」

杜鵑嘆道：「怎麼會不知道呢？事傳到府上的時候老夫人跟大小姐都嚇壞了，好在隨後聽說妳安然無恙，這才鬆了一口氣，又派我過來打聽情況。那王家也是自作自受，現在報應到自己身上了，活該！」

沈蒼雪想到入了獄的王亥，也是出了口惡氣。「那位王老爺只怕是悔不當初了。」

「豈止是他？整個王家都在後悔呢。」杜鵑招了招手要沈蒼雪靠過來，同她說起了王家的情形。

其實沈蒼雪早有預料，方才在路上，她便聽到不下十個人在議論王家的事。

王家作為臨安城裡響噹噹的大戶人家，本就萬眾矚目，這次的案件又太具有戲劇性，前前後後波折不斷，消息傳開之後便一發不可收拾了。

眾人得知王亥的下場後，反應都跟杜鵑一樣，情不自禁地喊一聲「活該」！

明明自己是開酒樓做生意的，卻懷著在別人的飯菜裡下藥的歹心。當老闆的都狠毒成這樣，底下的員工肯定不遑多讓。

罷了，他們還是離王家的酒樓遠一些吧，免得哪天被毒死了都不知道。

不過外頭人議論的是表面的事情，聽杜鵑的意思，王家裡頭更亂，只可惜杜鵑並非王家人，只是聽說了個大概，也說不到點上。

無論如何，杜鵑對王家目前的情況都是幸災樂禍的。也是老天有眼，沈蒼雪才能躲過這一波波攻擊，還因緣際會地抬高了身分。對杜鵑來說，也是找到了一個穩固的靠山。

等晚一點興旺來聚鮮閣之後，沈蒼雪才知道王家究竟發生了什麼事。短短一下午的工夫，王家已經鬧翻了天。

王家旁支眾多，不過王亥這一支是族長，掌管王家大大小小諸多事宜，過去王亥作威福卻沒出事的時候，大家倒也服他，可如今王亥倒了，偌大的王家就成了一盤散沙。散歸散，該撈的好處還是得撈。王亥跋扈又霸道，旁支沒一個敢招惹他，但是等到由他兒子王松掌管家業時就不一樣了，不過是兔崽子一個，誰會將他放在眼裡？

王松鎮不住這幫人，只能眼睜睜看著他們從自家撈盡油水，然而最教他憤怒的是，庶弟王檀也跟著起鬨。

好不容易將這群人趕走，王松將王檀留下，怒不可遏地吼道：「爹剛進去而已，你便帶這些人來家裡鬧事，究竟安的什麼心！」

只見王檀一臉冷漠道：「我不過是拿該得的東西而已，都是為了自身的利益，別把自己想得那麼高尚。你若好心、你若孝順，怎麼不替你那個爹去坐牢呢？」

王松臉色奇差。「少在這胡攪蠻纏。」

「實話實說罷了，你惱什麼惱？」王檀好整以暇地看著他。這是王家的嫡長子，自小便踩在他頭上耀武揚威的兄長，沒了王亥，他算個屁？

他妻子因為王家吃足苦頭、遭了大罪，還想要他對王家以德報怨？他又不是傻子。
今日只是個開始，不把王家整垮他是不會收手的，怪只怪從前王家對他們夫妻兩人做得太絕了。

得意一時的王家風雨飄搖，沈蒼雪這兒卻正風光無限。
聖上賜一座郡主府給她，只是這府邸尚在修繕，少說也需要一、兩個月才能住進去。府衙的人告訴沈蒼雪，這是上上一任知府留下來的宅子，雖然久未有人居住，但是當初修建得甚是雅致，只要稍稍修葺一番，便是臨安城數一數二的華宅。
宅子暫時不能住，但是良田卻是現成的，沈蒼雪打算明日便去看她的寶貝田產。
當天晚上，沈蒼雪拿出十二般武藝，既是對宮裡來傳旨的諸位公公表達感謝，也是為了慶賀自己得了一座郡主府。
這個空有名號的郡主，在京城雖然算不上什麼，但在臨安城卻能護他們一輩子安然無虞——至少不會再有人像王家那般不知好歹了。
沈蒼雪真情實意地感激當今聖上，甚至想求神拜佛讓他長命百歲，最好能一輩子壓著泰安長公主。不過，聖上既然已經清醒了，收拾泰安長公主應該也是早晚的事吧。
宮裡的人頭一次品嚐沈蒼雪的手藝，驚嘆連連。
薛公公讚道：「郡主的廚藝，不少御廚都比不上！」怪不得那位世子爺對她念念不忘。

沈蒼雪樂道：「御廚啊……我也認識一位御廚呢。」

「是哪位？」

「姓段。」

薛公一聽便知道是誰了。「這位啊，廚藝也很了得，先皇很喜歡他。不過他稟性耿直，有段時間還被其他御廚排擠過，在宮裡悶了這麼多年，也是難為他了。」

沈蒼雪不禁同情起了段秋生。有人的地方就有江湖，尤其是宮裡那種地方，能保全自己便不容易了。

第二日，沈蒼雪在聚鮮閣門口掛上了告假的牌子，給飯館裡頭所有員工都放了一天假。昨日那一齣可說是驚濤駭浪、高潮迭起，沈蒼雪自己都還沒恢復元氣，也不想讓員工跟著一道受累。

崔瑾帶著女兒雲曦回娘家探親，興旺還在佈置自己的小窩，王台則是高興得不得了，說要出去玩耍一天。唯有吳戚一直跟著沈蒼雪，畢竟聞西陵交給他的任務便是這個。

本來還在裝飾自己床榻的興旺一看吳戚跟著沈蒼雪走，床也不弄了，立刻像隻哈巴狗似的搖著尾巴跟在身後。

吳戚讓他別來，興旺便可憐巴巴地望著他們。

不是興旺非要自討沒趣，而是他很怕王家報復。王家現在不敢拿沈老闆如何，但要對付他還是輕而易舉。所以不管吳戚怎麼嫌棄，興旺依舊黏他黏得緊緊的。

最後，沈蒼雪帶著這兩人跟一雙弟弟妹妹前去查看自己的田產。

沈蒼雪對田產沒有太大的執念，她手頭要是有足夠的錢，會選擇投入餐飲業中，繼續擴大自己的生意。然而這個時代的人格外注重土地，有了錢便會不停地買地置產。

第三十四章　意外之喜

一路上，興旺都在侃侃而談。「自古以來，賺了錢就要買地。城南這邊的沃土，王老爺不知道肖想了多久，便是再貴他也一門心思想買，可惜一直沒能到手。若他知道這塊地現在到了東家您手裡，怕是要被活活氣死，要知道，這塊地在王老爺眼裡就是個寶貝疙瘩。不過也不怪他這般，上等的好地，種起穀物可是大豐收，誰不稀罕呢？」

沈蒼雪卻覺得，比起種穀物，她更希望種菜跟種一些經濟作物，這能給她帶來直接的收益。

牛車趕路到底慢了些，沈蒼雪已經琢磨起要不要添置一駕馬車了。她如今是置購得起馬車的人了，索性今日就買一匹馬吧，有錢嘛，總不用樣樣都跟從前那般精打細算。

等到了莊子後，興旺嘴裡的讚嘆就沒停下來過。

他可太稀罕這些地了，如今田裡的小麥已經長成，正待收割，略看一眼便知道今年是個豐收年，沈蒼雪這個莊子主人注定要賺翻天了。

興旺忍不住開始暗道自己眼光好、沒選錯人。王老爺惦記這塊地這麼久也沒本事收入囊中，東家壓根兒不用費心，甚至不必花錢，這麼好的一塊地便落入手裡，他興旺的好前程還在後頭呢。

這廂興旺還在算計著得失，那廂沈蒼雪已經牽著兩個小孩的手進去了。

莊子裡頭的佃戶多年租種朝廷這塊地，過去一直是朝廷的佃戶，現在這地易了主，他們便成了沈蒼雪名下的佃戶。昨日府衙的人便派人過來叮囑這件事，是以今日沈蒼雪的牛車一到，莊子上的人便立刻過來拜見新主子。

沈淮陽跟沈臘月頭一回見到這樣的場面，同他們一般大的小孩跪在地上請安，看得沈淮陽心裡堵得慌。

他趕忙讓他們全都起來，又從牛車上拿來沈蒼雪做好的糕點，問道：「我們能跟他們一塊兒玩嗎？」

「可以，去吧。」沈蒼雪摸了摸他的腦袋，心道難得見他這麼活潑。

孩子都是單純的，有了點心，很快便打成一片了。

原本這些孩子還被家長教育過，不許對這幾位主子無禮，要尊敬、客氣些，可是沈淮陽跟沈臘月壓根兒不在意這些虛禮，他們需要的是玩伴，不是下屬。

莊子的領頭人叫屈禾，三十來歲，皮膚黝黑，談吐得宜。

屈禾向沈蒼雪介紹莊子裡頭的情況。「這北面的一百畝是上等的水田，畝產最高時可達五石。」

「五石！」興旺像是沒見過世面一般驚呼出聲。

這反應讓屈禾很得意。「整個臨安城就沒有比這裡更肥沃的地了，而且莊子上的人都是種田的好手，要是換了別人來種，說不定沒有這樣好的收成。」

他又領著沈蒼雪他們往後走。「這後面的兩百畝地雖次一些，但也屬中上等，夏天種稻、冬季種麥，如此稻麥輪作，畝產不低。」

沈蒼雪點了點頭，看向後方的池塘問道：「這也是莊子裡的嗎？」

「這是前些年眾人合力挖的，一年年過去，這池子占地逐漸擴大。地裡的莊稼需要的水可從這裡直接取用，若是池水豐盈的時節，還會養上一些小魚、小蝦，雖然掙不了大錢，但好歹是一門進項。

「這莊子附近另有一座山，不算高，但是山貨富足。沾了這座山的光，咱們這莊子也算是有山有水了。」

沈蒼雪聽了，不由得再次感謝聞西陵。

這麼好的莊子能賜給她，聞西陵想必盡了不少力，否則單靠她那一顆藥丸，哪能從當今聖上手裡獲得這麼多獎賞。

走了許久，終於到了屈禾口中的後山處。

山確實不高，但是山路蜿蜒曲折，四周鬱鬱蔥蔥，很有意境。

沈蒼雪興致上來，正想去山上探探究竟，卻發現山下那條曲徑通幽的小路上響起了腳步聲。再略等一會兒，便看到一人拄著枴杖、負著行囊、踩著一雙草鞋，緩緩露出了真容。

「……段先生？」沈蒼雪驚訝地瞧著來人。

段秋生沒想到會在這裡與沈蒼雪再見。聚鮮閣剛開業時他是想去瞧瞧，但人潮一直很洶湧，他因此作罷。

沈蒼雪跟王家的事段秋生也聽說了，那個案子鬧得全城皆知，他也不過就是湊湊熱鬧，跟在後面罵了王家幾句而已。

這回碰到沈蒼雪，段秋生笑著說：「莫不是我今日誤入了郡主的山頭？」

「哪裡的話，不過是莊子在這附近，又聽說此山物產豐盛，心生好奇，這才過來瞧瞧。」沈蒼雪看了他背後的簍子一眼，裡面依稀看得見一些草，便問：「您這是過來採藥的？」

「不是，我是過來找香料的。您瞧，採了些食茱萸、花椒，最難得的是竟然還在山上看到了扶留藤，真是一座寶山啊。」他直接將背簍取下來，分享自己新得的寶貝。

段秋生除了做菜，最愛採集這些香料了。「這些東西曬乾之後縫在荷包裡，有股特殊的香味。還有這個山葵，我就愛聞這個味道。」

沈蒼雪附和。「用來做菜也不錯。」

段秋生眼睛一亮。「您也喜歡？我從前在宮裡就喜歡用山葵入菜，可惜他們都覺得辛辣衝鼻，不喜歡吃。」

興旺看得目瞪口呆。

這兩人說著說著怎麼都蹲到了地上？姿態呢？郡主可不興這樣啊！

還有另一位，怎麼說也是從宮裡出來的老御廚，怎麼這般隨興？難道有本事的人都這麼隨心所欲？

沈蒼雪端詳了一會兒，道：「他們不好這一口，可蜀中那一帶的人興許會喜歡。」

段秋生立刻道：「我就是蜀中人。」

沈蒼雪哭笑不得，怪不得喜歡這類辛香料。

難得遇上一個如此投契的人，段秋生摸了摸自己的荷包說：「從前可沒人願意聽我說這些，我就喜歡這辛辣味，越辣越好。早年間想學一學神農氏嚐百草，將味道辛辣的東西都嚐一嚐，可惜我那老伴死活不同意。

「如今她走了，沒人攔著我，可我一直記著她的叮囑，反而沒了先前的興頭。之前碰到一種獨特的香料，我總覺得能入菜，不過邊上的人都覺得我瘋魔了，硬是攔下了我，現在一想，真是可惜。」

沈蒼雪順嘴一問。「是什麼樣的香料？」

「喏，就是這個東西。」段秋生打開另一個荷包。

沈蒼雪看了一眼，莫名覺得這玩意兒眼熟得很，但是腦子一時之間好像打結了一樣，硬是說不出名字。

叫什麼呢？那名字呼之欲出，已經到沈蒼雪嘴邊了，卻怎麼都喊不出口。

段秋生還在說自己的經歷。「這可是我從一位海商那裡買來的，據說是外邦的作物，長得紅豔豔的，這是裡頭的籽兒。那邊的人也不吃這個，然而我聞著挺好的，至於有毒沒毒，找大夫驗過便可知曉。只是時下人保守，接受不了。」

沈蒼雪不禁狠狠地拍了一下大腿。

她想起來了，這個是辣椒籽！

辣椒，外邦作物，雖然不知道是何時傳進中原的，但碰巧讓她遇上了。

沈蒼雪看著這些辣椒籽兩眼放光，忽然起了一個念頭。「段先生，這叫辣椒，我也覺得這玩意兒能入菜，要不我們先種個一百畝如何？」

興旺嚇了一跳。這莊子總共也就三百畝的田，種個一百畝，豈不是浪費了上等的田地？他趕緊勸說。「東家，您可不能暴殄天物啊！」

一旁的屈禾也面露難色。

沈蒼雪這才清醒了些。這些田地可是屈禾他們的寶貝，尤其是那片上等田，被精心照顧了這麼久，如果改種別的作物，他們很難接受得了。

慢慢來吧，也是她糊塗了，這麼點辣椒籽，短時間內也不可能種上個一百畝。

不過辣椒肯定要種，難得碰上了這樣的好東西，若是錯過了，可能要抱憾終生。

沈蒼雪轉頭看著段秋生，躍躍欲試道：「我覺得辣椒不僅能吃，說不定還會因為滋味獨特而自成一派。段先生，要不咱倆合作，一塊兒將這生意做大？」

「啊?」段秋生沒能反應過來。

他不過是給她看了一下自己獲得的香料,怎麼就進行到要做生意的地步了?

然而沈蒼雪已經興奮過度,甚至開始規劃未來了。「段先生,您要相信我的眼光,更得相信您自己的眼光。這辣椒一看便能吃,光做香料實在是太可惜了,比起單純當香料,它還能調味、刺激味蕾。」

沈蒼雪說得格外篤定,就好像知道這東西的用途似的。

這個態度倒是把段秋生給唬住了。「您怎麼知道這東西能這樣用?」

「要相信我們身為廚子的直覺,肯定可以的!」

雖然段秋生之前說要用這個試著入菜,但從來沒付諸實行,可沈蒼雪的話卻像給他吃了一顆定心丸。不知為何,段秋生願意相信沈蒼雪,他道:「好,那就照您說的辦。」

「那行,咱們邊走邊商議?」沈蒼雪說著,已經開始思索等辣椒種好之後,以後做生意該如何分成。

目前是說服段秋生用辣椒入菜了,不過合夥做生意的事他可還沒鬆口。

她一個人在臨安城單打獨鬥,終究勢單力薄,若是能拉上段秋生這個老御廚,那可就是如虎添翼!段秋生雖說年紀大了一些,但比年輕人看著更有勁,且廚藝了得,是個最佳人選。

沒錯,她一定要試試看能不能請動這位大師出山!

沈蒼雪下定決心要跟段秋生打好關係，於是便邀請他去自己的莊子做客。兩人一路閒聊，越說越投契，儼然一副忘年之交的模樣。

興旺幾個人落後了幾步，他偷偷嘀咕。「那什麼外邦來的種子，也不知能不能種出東西來，怎麼就讓他們寶貝成這樣了？吳兄，您怎麼也不跟著勸勸，難道就讓東家這麼胡來？」

吳威瞥了他一眼。「這是她的地，她想種什麼便種什麼。」

興旺已經開始替沈蒼雪擔心了。「萬一種出來以後賣不出去，虧錢了怎麼辦？」

「那就虧，反正她如今不缺錢。」朝廷給的賞賜多著呢，虧一點也不礙事。

興旺老氣橫秋地嘆了一口氣，覺得這個鋪子已經離不開他了。

若沒有他時時刻刻跟在後面念叨的話，只怕要不了多久時間，東家便能將自己的錢給敗光。東家的廚藝是不錯，但是攬錢的本事還不行，得靠他這個在王亥跟前修練好些年的人提點提點。

唉……真是任重道遠啊。

前頭，沈蒼雪已經對段秋生畫起了大餅。

從種辣椒到另開酒樓，主打使用辣椒的各種菜系，等到揚名之後再擴大種植規模，從酒樓生意改做批發生意，對外兜售辣椒，甚至還可以做成辣椒醬，這種商品容易儲存，又好運輸，商機巨大。只要將這生意做上正軌，成為臨安城首富絕對不在話下，眼光放得長遠一些，說不定還能在京城排上號。

「段先生，這可是一項穩賺不賠的買賣。您過去在宮中當御廚，手藝再好，也只有那幾位主子嚐過，這樣的好手藝不能揚名天下，未免太可惜了。等咱們開了新鋪子，外頭的人嚐過了您的手藝，才不會辜負了您這麼多年練就的本事。況且，您不是喜歡琢磨辛辣的菜色嗎，往後咱們一次琢磨個夠！」

面對沈蒼雪畫的大餅，段秋生逐漸動搖，最後順著她的話開始走，逐漸忘了自己來臨安城不僅是為了當廚藝比賽的評審，也是為了養老這件事。

段秋生一時上了頭，竟然表示。「只要您能用這辣椒做出一盤色、香、味俱全的菜，我便應了您的要求，又有何妨？」

沈蒼雪眼睛一亮，趕忙定下約定。「好，不過這點種子實在是太少了，等下一批種子成熟，我再給您做菜。」

「要等下一茬啊，也不知道需要多久？」

沈蒼雪估算了一下，說道：「大抵要三個月左右吧。」

段秋生驚奇道：「您彷彿對此物很了解？」

沈蒼雪半真半假地道：「從前聽爹娘提起過，雖不確定是不是您手中拿的這個，但也差不離了。」

段秋生聽過沈蒼雪的父母已經沒了，便沒再追問。

等回到莊子，沈淮陽、沈臘月已經跟這邊的孩子們混熟了。沈蒼雪也沒叫他們回來，只是進了廚房，打算給段秋生等人準備幾道菜。

段秋生也不端著，跟著進了廚房。兩人都是廚子，對這個地方總是情有獨鍾，高手相見也免不了要切磋一番。

興旺跟吳戚站在外頭望著他們兩人。

本來興旺是要進去切菜的，但是段秋生嫌棄他刀工不行，自己接過了菜刀，興旺便被無情地趕出來了。

這兩個人理所當然地霸占了廚房，還交流起了做菜的心得。

興旺有點委屈地說：「難道不會做菜也要被排擠？」

吳戚面無表情地回道：「知道就好。」

興旺無語。是他錯了，他怎麼會覺得這人會安慰自己呢？

不過，事業心極重的興旺並沒沮喪多久。

他可是拋棄了王家來到聚鮮閣，本來就不是這裡的人，又不比吳戚他們跟東家情分深，想在這裡站穩腳跟、得到重用，真是難上加難。不過，難一點又何妨？他興旺以前能混成王老爺身邊的狗腿子，往後當然也能成為沈老闆的左膀右臂！

給他一個月的時間，他必定能擠下崔瑾母女，力壓王台；再給他兩個月的時間，勢必能取得沈家小兄妹的絕對好感；再花一個月……

興旺瞄了吳戚一眼，再花一個月，他連吳兄都能擠下去。至於萬喜，那傢伙完全不用放在心上，在拍馬屁這件事上面他就輸了。

吳戚望著一瞬間燃起鬥志的興旺，有些莫名。

兩位大廚出了手，今日的午飯自然令人驚豔，這讓興旺的事業心更重了。跟著沈老闆混，待遇遠遠超過從前，連吃的飯都是大廚親手做的，比王家酒樓裡的菜不知道高出了多少檔次。

嘖嘖，他興旺真是前途無量啊。

沈蒼雪今日過來，本來是巡視自己的田產，卻有了意外之喜。席間，沈蒼雪一直思考著辣椒的事，沒吃多少，那些菜好多都便宜了興旺跟屈禾。

午後，沈蒼雪便領著屈禾幾個開始為辣椒育苗。

她是個廚子，對如何種辣椒一知半解，眼下只能給屈禾他們指出一個大致的方向。好在，比起沈蒼雪，這些佃戶還是可靠的。與辣椒相似的作物，他們不是頭一次育苗，有了沈蒼雪的提醒，一切便水到渠成。

傍晚的時候，沈蒼雪等人坐著牛車回城，臨走前還特地吩咐屈禾他們小心照看那些辣椒，千萬不能養死了，她過幾日會再來看看。

屈禾將沈蒼雪一行人送走之後，回過身便發現幾戶人家還沒散去，臉上的表情有些不安。

有人憂心忡忡地問道：「往後咱們莊子上該不會就種那玩意兒吧？」多好的地啊，精耕細作了這麼多年的穀物，一下子改種其他作物，眾人一時之間都有些難以接受。

屈禾大概摸清楚了沈蒼雪的想法，只道：「那一百畝上等田不必擔心，但是後面的地就說不準了，興許明年就得改種辣椒。」

第三十五章　偏離軌道

又過了兩日，來傳旨的幾位公公要返回京城了。

沈蒼雪託他們帶了不少東西回去，大多都是一些乾貨，還有幾罐新做好的醬菜，另有一罈已經醃製好的鹹鴨蛋跟松花蛋。

這些雞蛋和鴨蛋都是從下塘村買回來的，因數量有些多，沈蒼雪便換了一個花樣把它們都處理好，打算過些日子在飯館販賣。

吳戚見沈蒼雪把那些東西放進公公們的行李時，神情很微妙。「這雞蛋、鴨蛋的，也一道帶去京城嗎？」

「怎麼了？這可是寶貝呢。」

「呃……」吳戚委婉地提議道：「帶些別的興許就夠了，這些鹹貨世子爺未必喜歡。」

「只要好吃，他什麼不喜歡？」沈蒼雪回得斬釘截鐵。「這些東西送回去，你家世子爺說不定每日還能多吃兩碗粥呢。」

吳戚閉了嘴，但他不相信世子爺會吃這個。

那雞蛋跟鴨蛋看起來髒髒的，模樣詭異，也不知在罈子裡面放了多久，吳戚真害怕這些東西會毒死他們家世子爺。

沈蒼雪見吳戚欲言又止，便猜到了他心中的想法，於是冷笑一聲道：「到時候咱們吃的時候你可別饞。」

吳戚心想，誰饞誰是狗。

可是後來……他的確當了狗。雞蛋、鴨蛋他都吃過，但這黃澄澄還能流油的鴨蛋、上面印著松花一般晶瑩剔透的蛋，他還是頭一次嘗試。

味道嘛，別具一格，總而言之就是很下飯。

吳戚知道自己的臉被打腫了，但是他捨不得放棄到嘴的美味，不僅厚著臉皮吃了一回，往後每餐還都離不了這一口——真香啊。

沈蒼雪狠狠地恥笑了吳戚一番，而後關注起了自己的雞鴨養殖大業。

又過了幾天，沈蒼雪便聽聞那些辣椒籽發芽了。屈禾他們培育了一段時間，眼下已經種進地裡。

這可是天大的好消息，沈蒼雪特地歇了半天，坐著新買的馬車去了莊子，沈淮陽跟沈臘月也跟著。

沈蒼雪在馬車上同他們道：「我已叫人打聽好了女先生，等府邸修繕完畢，臘月的女先生便會上門授課。至於淮陽，明日吳戚會帶你去私塾，你看看是去私塾上課還是在家裡上課好，若是喜歡私塾的環境，便留下；若不喜歡，阿姊也給你請一個上門先生。」

聞言，沈臘月不禁抱住哥哥的手臂，有點捨不得跟他分開。

壓力來到了沈淮陽這邊，他不忍心讓妹妹失望，但也想去看看私塾裡是什麼樣子。

沈蒼雪將沈臘月抱到膝上道：「臘月別擔心，過些日子等辣椒種出來了，阿姊給妳找幾個同齡的玩伴，陪妳一起讀書寫字，跟妳一起玩花繩，好不好啊？」

聽到這話，沈臘月抬起頭，軟軟地問：「她們會帶我玩嗎？」

沈蒼雪還記得，在逃荒的路上也遇過年齡相當的人，不過人家嫌棄他們寒酸，不願意跟沈蒼雪三人為伍。

當初剛到下塘村時，村裡的小孩知道他們是外地來的，也不願意帶沈淮陽兄妹玩耍。等後面她做起了生意，他們兩個每日不是收錢就是洗碗，體貼得很，不怎麼打鬧玩耍。細細想來，都是她這個做姊姊的沒提供好的環境給他們。

沈蒼雪一陣心酸，重重地保證。「會的，一定會。」

她甚至想著，要給臘月一次雇十個、八個玩伴，一天到晚陪著她，彌補之前沒有玩伴的遺憾。

但是這念頭沈蒼雪很快就放棄了，因為她不喜歡買下人。雖然這世道買賣人口再常見不過，可她還是不能接受。

她會給臘月找些同齡的朋友，免費供她們上學讀書，但沈蒼雪希望她們是能陪著臘月一同成長的玩伴，而不是僕從。

若是以主人的目光看待下位者，那她同這個時代的人有何兩樣？被封建思想同化，跟他們一樣變得高高在上、漠視人心，何其可怕。

去了莊子，沈淮陽兄妹依舊去尋小夥伴一道玩耍。

他們倆在孩子堆裡格外受歡迎，一是兩個孩子長得好，畢竟漂亮的人天生便受待見；二是因為兩人的性格，淮陽包容且聰慧，臘月則乖巧可人。

沈蒼雪跟著屈禾去了辣椒地，這麼一小包辣椒籽，卻育了不少苗，如今長勢良好。彷彿能看出往後豐收之景，沈蒼雪再三交代。「仔細照看這些辣椒，若是豐收了，回頭少不了你們的賞。」

屈禾笑著說：「郡主見外了，這點小事如何能討賞，都是咱們應該做的。」

這種事沒什麼應該不應該的，況且在沈蒼雪看來，屈禾這些經驗豐富的佃戶簡直是人間瑰寶，她白撿了這個便宜，總不能虧待人家吧。

半個月後，這一片辣椒越長越壯碩，已經拔高了不少。

看著一片綠油油的辣椒地，沈蒼雪信心倍增。

這段時間，沈蒼雪花了不少心思讓段秋生留在聚鮮閣。

沈蒼雪不要他幫忙做菜，只求他指點指點萬喜就行，她偶爾也會跟段秋生切磋一番，激發他的戰意。

段秋生真的就在聚鮮閣待下，時不時手癢了，還會主動做兩道菜。

萬喜碰上段秋生這樣的好師父，恨不得把他給供起來，根本不用沈蒼雪吩咐，一個人就能把段秋生伺候得好好的，鞍前馬後、端茶倒水，可說是體貼入微。

飯館裡有人的時候也就罷了，沒人的時候，萬喜幾乎時時刻刻待在段秋生身邊，問他渴了沒有、是不是餓了，段秋生也莫名地享受其中。

他性子倔，脾氣又不是特別好，在宮裡沒什麼親近之人，老伴走了之後，他便孑然一身了。萬萬沒想到，來到這臨安城，反而給自己收了半個「徒弟」。

「徒弟」年紀不小，卻是真孝順，段秋生也不吝嗇，偶爾還會教萬喜兩手。

萬喜激動之下，對段秋生越發畢恭畢敬了。

興旺本以為自己才是最狗腿的那一個，可萬萬沒想到，他竟然被自己沒放在眼裡的萬喜給比下去了，危機感頓時急速升高。

雖然萬喜諂媚的對象並不是東家，但是這股殷勤的勁卻讓人警惕。為了不輸給萬喜，也為了不讓萬喜剝奪了自己表現的機會，興旺在沈蒼雪面前做得越發賣力了。

吳戚的活他不敢動腦筋，至於別人嘛，就沒有這層顧慮了。於是原本屬於王台的活，興旺時不時就要搶；本是崔瑾母女倆的活，興旺也是能攬則攬。他像個陀螺似的，整日在飯館裡轉來轉去，若不是條件不允許，他甚至想奪了萬喜吃飯的傢伙，也去灶臺上顯顯身手。

為了凸顯自己，興旺簡直無所不用其極，偶爾還會拉踩別人，彰顯自己的大度與能力。

沈蒼雪只覺得他熱血得有些詭異，甚至跟吳戚私下討論這傢伙是不是另有想法。

吳戚搖頭笑了笑，說道：「他哪有這個膽？我估計他是想在您面前好好表現呢。」

沈蒼雪的嘴角忍不住抽搐了一下。她之前接觸到的要麼是聞西陵這樣的擺爛員工，要麼是崔瑾這種守本分的員工，還從未見過正經八百搞內鬥的。

新奇！

不過，也不知道擺爛的那位有沒有收到她送去的鹹鴨蛋跟松花蛋……

沈蒼雪做的東西，早已送到聞西陵身邊。

當今聖上雖然解了毒，但是身子依舊孱弱，需要好生調理，前段時間好不容易才能勉強坐上半天，批閱一下奏章。

聞西陵擔心鄭鈺又起歹心，便一直沒對外露面，如今京城的人仍舊以為他已身亡，只是找不到屍首。

對於外頭的傳言，聞芷嫣氣憤不已，但是她擔心鄭鈺會對弟弟動手，才一直沒澄清。

私下見聞西陵的時候，她不免抱怨兩句。「若不是陛下龍體尚未康健，哪裡容得下她犯上作亂？」

聞西陵聽了，卻是直勾勾地盯著她。

見狀，聞芷嫣愣了愣，問道：「阿弟為何這般看我？」

「若是聖上的身體完完全全恢復了，妳猜他會不會殺了鄭鈺？」

「自然不會手軟。」

聞西陵「嗤嗤」一笑，在榻上隨意翻了個身，伸出一臂遮住雙眼，說道：「臥榻之側，豈容他人鼾睡？若他能狠下心，鄭鈺哪能囂張這麼久？說來說去，他是不願意下死手罷了。阿姊妳要知道，他同鄭鈺是一母同胞的親兄妹，一如妳我。」

血脈親情，實在讓人難以割捨，不是誰都似鄭鈺那般心狠手辣的。

起碼，當今聖上不行。

「阿姊，倘若有一天我害了妳，但事後同妳解釋我有苦衷，是有人逼我的，妳還會殺我嗎？」

聞芷嫣啞然。設身處地想一想，她的確下不了手，那陛下……會不會也一樣呢？

躺在榻上的聞西陵說出了自己的顧慮。「我們可以救他一次，救不了第二次。以他如今的身子骨，少說也要一年半載才能恢復，這段時間難保鄭鈺不會再起什麼心思。若她以血緣關係拿捏住聖上，到時候離間他們兄妹感情、令他陷入兩難境地的可就是咱們了。」

他們這位聖上啊，是個不折不扣的仁君，仁慈過了頭，便成了懦弱。

這段時間他恨鄭鈺，是因為在鄭鈺手裡栽了跟頭，等這陣痛勁緩過來了，焉知他會不會又對鄭鈺親親熱熱的？

聞芷嫣思索良久，最後也不知是為了說服弟弟還是說服她自己，篤定道：「不會，該狠心的時候他會狠心的。」
聽到這些話，聞西陵默然不語。
聞芷嫣起身準備離開，轉身時瞥見多寶槅上放了兩個大罈子。
周圍都是古董玉器，這兩個質樸的罈子顯得格格不入。
聞芷嫣會心一笑，說道：「這是那位沈老闆送的？」
像是被電到般，聞西陵猛然從榻上起身。「妳怎麼知道?!」
「也只有她送的才能讓你寶貝成這樣。」聞芷嫣不是頭一回操心聞西陵的終身大事，然而每次提及這件事，他都顧左右而言他，這次她又舊事重提。「對那位沈老闆，你究竟是怎麼想的？」
聞西陵的表情閃過一道陰影，語氣低沈。「能怎麼想?她不願意來京城。」
此話令聞芷嫣錯愕，原來那位沈老闆如此看不上她弟弟?她頓時樂不可支，打趣了幾句。
聞西陵惱羞成怒道：「阿姊！」
「好了好了，阿姊不說了。」聞芷嫣趕忙止住話，免得她弟弟真的生氣了。
汝陽王府裡的鄭意濃，這些日子以來越發焦慮了。
這輩子的事同上輩子完全不同，沈蒼雪竟然沒來京城，而且還在臨安城定居了?!

「錯了，都錯了……」

丫鬟鵲兒見他們家大郡主絮叨個不停，忍不住問道：「郡主，哪兒錯了？」

鄭意濃木著臉，神色驟然變得冷漠。「無事，妳們下去吧。」

左右兩個丫鬟對視一眼，皆是心頭一凜。

當著鄭意濃的面，她們不敢說什麼，可是退下之後，兩人卻坐在水榭邊的桂花樹下，互相咬起了耳朵。

「妳也發現了是不是？」鵲兒有些緊張地說道。

「似乎是郡主落水後醒來便開始了。」燕兒神色飄忽，想到了不少往事，從前種種似乎都成了蛛絲馬跡，讓人不敢深思。

燕兒繼續說道：「自那時起，郡主的性子就變得不同於以往。」

她看得非常清楚，郡主落單時，偶爾會露出陰森的神色，那眼神太令人駭然，彷彿要與誰同歸於盡一般。

對，郡主原本是驕縱了些，想要的東西也非要到不可，可她一向是個嬌貴又無憂無慮的姑娘，怎會露出那種目光？

燕兒強迫自己不要亂想，但又不禁想追究下去。「妳說，郡主還是原來那個她嗎？」

旁邊的鵲兒嚇了一跳，渾身哆嗦了一下，雙眸中透著慌張。「燕兒，妳別嚇我！」

「不嚇妳，只是往後咱倆行事還是小心一些吧，免得被郡主發現什麼不對勁。如今的郡主已經不是從前那個天真的姑娘，不知為何，她恨極了臨安城的『那一位』，我甚至聽到她說——」

燕兒話到了嘴邊又迅速止住。

鵲兒催促道：「說了什麼？」

燕兒諱莫如深，怎麼都不肯再說了。郡主私自雇傭殺手這件事，越少人知道越好。一旦被傳出去，郡主不會有事，可她們這些在跟前伺候的一定會死無葬身之地。

兩人在這隱蔽的地方彼此取暖，卻未曾發現旁邊的桂樹枝頭搖晃了兩下，最後歸於沈寂。

對於在自己身邊伺候的人發現端倪一事，鄭意濃自然曉得，可她管不了。這兩個丫鬟是從小就跟在她身邊服侍的，若貿然處理掉，父王與母妃定然會起疑心。現在她在府中行事一切求穩，並不想惹來懷疑。

丫鬟們雖然不是每個都能信任，但她們的生死榮辱皆繫於鄭意濃一人。她若是有個什麼，這些人都討不了好，因此她不擔心會被洩漏什麼秘密。

鄭意濃如今一門心思想要扳倒沈蒼雪。

這輩子的事都錯亂了。上輩子沈蒼雪是被定遠侯府的人找到的，一起找回來的還有聞西陵的屍身。聞西陵身亡，聞家遭受重創，不過因為有沈蒼雪的解藥，聖上度過危機，成功保住了性命。

只是聖上中毒已久，泰安長公主又死死進逼，逼得聖上不得不拖著尚未痊癒的病體與之相鬥，最後當然是泰安長公主勝出。

鄭意濃不清楚前世聖上的死究竟是意外，還是有人故意為之，總歸他是死了，泰安長公主繼續掌權。這段期間，聞家同泰安長公主之間的鬥爭一直沒停過，但無論如何，沒了聖上，她就是贏家。

至於被扶植上帝位的太子，終究因年歲太小而構不成威脅，待他能親政，天下早已是泰安長公主的了，想來也翻不出什麼浪花。

正是因為有上輩子的記憶，鄭意濃才毅然決然地鼓動父母投靠泰安長公主一派。事情一如她所計劃地推進，現在她在泰安長公主面前已經能說上幾句話了，可沈蒼雪這兒卻又出了岔子。

沈蒼雪並未進京，卻依然成為有封號的郡主，更有皇家數不清的賞賜，浩浩蕩蕩地送去臨安城，給足了她面子。

另外，聞西陵的屍身也沒被找到。

這種種變化，鄭意濃不確定是否與自己有關。這段時間她一直在想，到底是因為她的重生導致了這一世的變動，還是這一世有其他變數。

出於警戒，鄭意濃攢了一段時間的月例，又跟父母討了些獎賞，想要故技重施將沈蒼雪滅口。然而這一回她即便想雇殺手，也沒了管道。

上次派去殺沈蒼雪的人遲遲沒能回來，鄭意濃又去尋了別人，可惜人家聽聞這回要殺的是一位郡主，還是剛獲封不久、在臨安城大有名氣的人之後，都拒絕了。

還有人好心跟鄭意濃解釋。「現下臨安城這位風頭正盛，姑娘若是真想除之而後快，不妨再等個一年半載，待她不那麼引人注目了，自然有人願意接下這一單。」

這個道理，鄭意濃何嘗不明白，只是她等不了了。

她一等再等，換來的是什麼？是沈蒼雪不費吹灰之力得到了皇家的青睞，是沈蒼雪比上輩子還風光，聲名大噪。

前世的沈蒼雪廚藝也不錯，但僅限於做些還過得去的點心跟飯菜，上不了檯面。然而這一世，沈蒼雪竟做起了生意，且越做越大，大到讓鄭意濃心生恐懼。

重生一回，她太害怕這種失控的感覺了，所以沈蒼雪非死不可，可要如何弄死她，卻成了難題。

鄭意濃恨自己不是男子，若是男子，手中握有權柄，想除掉一、兩個人可是方便許多。

第三十六章 研發料理

對於鄭意濃這個重生者，沈蒼雪毫不知情。之前遭遇的那次追殺，她以為是泰安長公主為了除掉聞西陵而做的，自己不過是受了無妄之災。

這段時間以來，沈淮陽每日去私塾讀書，沈蒼雪也從莊子那邊帶了兩個小姑娘進郡主府，同沈臘月一塊兒學習。

沈蒼雪請來的女先生久負盛名，年輕時才學出眾，可惜遇人不淑，好在後來夫君自作孽，把自己給作死了，她才重獲自由。

這位女先生不是誰都肯教，不過看沈蒼雪對女子受教育一事抱持積極的態度，便應允下來。進了郡主府之後，又見沈蒼雪叫了兩個農家小姑娘過來，免費供應她們讀書寫字，頓時對她心生佩服。

沈臘月有夥伴陪同，又有女先生仔細教導，每日在府裡頗為快活。

至於沈淮陽，他本身底子不差，從前就央求父親教他讀書寫字、教他看醫書辨草藥，不過前陣子荒廢了不少，畢竟忙著做生意，既沒有精力，也沒有時間。

不過沈淮陽終究喜歡讀書，即便私塾的老先生教書格外嚴厲，他也選擇留下。他堅信嚴師出高徒，老先生學識淵博，又有同窗相互砥礪，總比他一個人自學來得好。

每天送沈淮陽去讀書的活，也被興旺包攬了。

他把自己弄成了整個聚鮮閣裡最忙的人，跑堂、收錢、擦桌子、切菜，平常別人忙的他一樣不落，間或還得照顧沈家兩個小孩。

吳戚看著都累，可興旺卻樂在其中。

不為別的，只希望東家要是遇到什麼麻煩，頭一個點他的名讓他處理。若能如此，他便是靠著自己的努力混成了東家的得力助手，就算再苦再累，他也能大喊一聲「值」！

為了得到重用、讓自己臉上有光，忙一點又算得了什麼。只要東家器重他，別說一天忙到晚了，就算夜裡不睡覺也可以。

興旺以一己之力，讓整個聚鮮閣的氣氛為之一顫。那些老老實實做事的，哪見過這樣的架勢？崔瑾老實本分，並不願意同興旺起爭執，可是王台就看不慣了，總在背後腹誹興旺。

「難道就他一個會做事嗎，咱們都是糊塗東西。真這麼有能耐的話，何不一個人做十個人的活，還累不死他?!」

崔瑾看王台氣得鼻子都歪了，笑著點了點他。「你這話可就酸了，他雖然鬧得有些厲害，但總歸沒有搶了你的月錢。你該拿的一樣不少，有些活兒甚至變少了，這麼一想，豈不是樂得輕鬆？」

王台眉頭一鎖，想了一會兒才發現事情真是如此，頓時痛快了不少。畢竟占便宜的是他們，吃虧的是興旺。

興旺並未聽到這些話，哪怕是聽到了也會嗤之以鼻，覺得對方是在嫉妒他。

又過了月餘，沈蒼雪的那些辣椒終於長成了。

段秋生帶回來的辣椒品種是朝天椒，沈蒼雪掰開來嚐了一下味道，那味道確實辣得她雙頰通紅。

沈蒼雪許久都沒嚐到這麼正宗的辣味了。

吳戚給嚇了一跳，以為沈蒼雪中毒，硬是帶著她去了醫館。

辣椒這樣的新鮮東西，哪能那麼輕易被人接受呢？沈蒼雪並未解釋自己一切正常，反正說了他們也不信，只要去了醫館，不辯自清。

大夫看過那鮮紅的辣椒之後也頗感新奇。在野外，這種鮮紅的東西可沒人敢碰，生怕顏色越豔，毒性越強。這朝天椒顏色豔紅，味道也嗆，卻是無毒，讓人訝異。

看過大夫之後，沈蒼雪可算是能給自己的寶貝辣椒正名了。

當天晚上，沈蒼雪便下了帖子邀請段秋生來到莊子上，打算給他準備一份大餐！

她不信段秋生受得了這樣的誘惑，只要他心甘情願地加入她的生意，餐飲界的未來就看他們倆了。

段秋生聽說辣椒能收成之後，便一直期待著，等到了莊子，還沒進門便聞到一股衝鼻的異香。他深吸一口氣，步伐不自覺地加快許多，遠遠地將興旺等人甩到了身後。

沈蒼雪知道段秋生嗜辣，便用了不少辣椒。辣椒收成的量頗足，裡頭的種子她全都留下來了，轉頭讓屈禾想辦法育苗。沒辦法，手頭上的辣椒實在不多，若想有足夠的原料打開市場，少說得等到明年才行。今年天冷前還得把溫室建造起來，否則這裡的冬天可長不了辣椒。

若要弄溫室，又是一筆不菲的開支。值得慶幸的是她現在並不缺錢，有錢、有地又有人，此刻不努力衝刺拚事業，將來後悔都不知道上哪說理去。

請段秋生入座之後，沈蒼雪便讓餘下眾人也都坐下。

她挑的桌子夠大，等人到齊之後，宴席就開始了。

段秋生的目光沒離開過桌上的那口大鍋。桌面中間凹陷下去一塊，半個鍋陷在桌子底下，下面擱著爐子，火燒得旺旺的。

待沈蒼雪揭開蓋子之後，眾人才發現那口鍋別有特色——

一口圓鍋被一分為二，兩邊盛著湯底，一邊清澈，一邊豔紅。清澈的那邊是用高湯吊著的，裡面擱著紅棗、參片，看著便滋補；豔紅的那邊，顏色鮮紅，水中沸騰的氣泡破了以後，空氣中都瀰漫著辣味。

段秋生嚥了嚥口水，問道：「這是撥霞供？」

感覺跟兔肉鍋子有點像，但又不大相同。

道。

「算是吧，不過稍微改了改，味道應該不錯，大家都嚐嚐，看看可喜歡。」沈蒼雪招呼

這是沈蒼雪照後世的鴛鴦火鍋做成，湯底由她特調，不論是清湯還是辣鍋，滋味皆豐富有層次，她不信他們會不喜歡。

怕大夥兒不知道怎麼吃，沈蒼雪率先丟了一顆魚丸進去，又撿了幾片菜葉涮進鍋裡，同他們說放下後略等片刻便能吃了。

屈禾跟吳戚躍躍欲試，眼神發亮。

擔心眾人吃不習慣，沈蒼雪又交代說：「你們頭一回吃辣鍋，千萬記得別勉強自己。若吃不了辣，便吃旁邊的清湯，一樣有滋有味。」

「不用管他們了，他們肯定會量力而為的。」段秋生說著便動起了筷子，自己下了幾塊魚片到辣鍋裡。

魚片切得薄薄的，晶瑩剔透，泛著水光。下了鍋滾兩下，眨眼間便熟透了，顏色變成乳白色，邊緣微微捲曲，掛著紅油，煞是好看。再蘸上調好的醬料，鮮美異常。

段秋生迫不及待地將魚片塞進自己嘴裡，卻差點沒被燙死。齜牙咧嘴了一會兒，才品出味來——辣、香、鮮，強烈地刺激著味蕾，比他吃過的撥霞供美味許多。

沈蒼雪高深莫測地說道：「這下您總該相信了吧？」

段秋生又燙了些羊肉，一臉讚許道：「還是您看得準。」

「那開酒樓的事……」

段秋生想到了這些日子在聚鮮閣的經歷，雖然鬧騰了一些，卻不教人討厭。這裡頭壞心眼的人一個都沒有，萬喜更是對他百依百順，即便萬喜有所求，但人家只是為了提升自己的廚藝罷了，是個鑽研廚藝的癡人，同他沒什麼兩樣。

他在宮裡打滾這麼多年，抵不上在聚鮮閣這兩、三個月來的舒坦快活。若是往後都能如此，他在這裡工作也不是不行。

思及此，段秋生爽快地應承下來。「未嘗不可。」

沈蒼雪的臉上漾出笑容，舉起杯子道：「我以茶代酒，敬您一杯。」

段秋生微微皺了皺眉。「以茶代酒？這莊子上又不是沒有酒。」

萬喜的目光從鍋裡挪開，告誡起了段秋生。「大夫說了，您的身子骨不大好，不能喝酒。」

「少喝點有什麼要緊，我當年在宮裡可是千杯不倒。」

萬喜頭大了。都說好漢不提當年勇，多大年紀了，自己心裡沒數嗎？

好歹是自己的師父，總不能放著不管，萬喜硬著頭皮好言勸說。「您就別折騰了，回頭把自己弄進醫館可別後悔！上回就是這樣，還以為自己身體有多好是不是？」

段秋生嘴上念叨著「就你話多」，但心裡還是挺受用的。他無兒無女，連老伴也沒了，在這世上沒什麼親人，難得遇上對他關懷備至的徒弟，如今還有辣椒這樣的好物，他怎麼捨得走呢？

美美地吃著火鍋，即便配著沒什麼滋味的茶水，段秋生也痛快極了。

後頭的幾日，段秋生一直跟沈蒼雪研究辣椒如何入菜。

段秋生原是宮廷御廚，本就見多識廣，最知道那些養尊處優的人們喜歡哪一口。他為沈蒼雪指點一番後，菜還是同樣一道菜，鍋子還是那個鍋子，但是感覺似乎又完全不同，名字雅致了、擺盤精緻了，就連裡面的用料都稍有改進。

段秋生不得不承認一點。「雖然咱們嚐著覺得這味道好，但是臨安城內的百姓並不愛吃辣，若回頭做成這樣，只怕他們不太能適應。」

因此段秋生在辣味上又變了點花樣，有的菜看著鮮紅，其實只有一丁點辣味，還有些是辣中帶甜，滋味別具一格。有他在，沈蒼雪完全不必操心，她甚至都有點想當甩手掌櫃了。她不過是仗著後世的積累才做得出這些料理，可段秋生卻是因為有大半輩子的底蘊，才能這般游刃有餘。自己同他相比，還是差得遠了。

入冬之前，花了大把銀子的溫室便建好了。整個冬天沈蒼雪都在種辣椒，順便盤了一個新酒樓。

黃茂宣趕在下頭一場雪時跑去沈蒼雪的溫室見了一番世面。這段時間沈蒼雪忙，黃茂宣也一樣，所以他好一陣子沒過來湊熱鬧了。

進入冬季，沈蒼雪便讓黃茂宣停了每個月給她的分紅。她已不缺錢，而黃茂宣卻還在攢家底，他不打算用家裡給的錢娶媳婦兒，準備自力更生。

沈蒼雪對此表示讚許，說什麼都不讓他再送錢來了。

關於這件事，黃茂宣也沒糾結，他也知道沈蒼雪現在不缺錢，若是缺錢，怎麼會前後買了兩駕馬車？他們黃家作為下塘村的土地主，好不容易才供了一駕馬車，平日生怕那匹馬磕著、碰著，愛惜得不得了，可這樣昂貴的馬，沈蒼雪卻有兩匹。

黃茂宣還聽到自己母親酸了兩句呢。

不過這些閒話倒不必說了，黃茂宣如今好奇的是這溫室的辣椒。「妳這玩意兒竟然真的能在冬天種出來，稀奇稀奇。」

沈蒼雪洋洋得意地說：「這算什麼？只要溫室裡面夠暖和，什麼東西都種得出來，便是在冬天也一樣能吃到瓜果，只是口味稍微次一些罷了。」

黃茂宣環視一圈，也看得出這溫室造價甚高，算是用錢堆砌出來的，若不是家底殷實，誰家禁得起這麼破費？

他心中感慨，蒼雪這回可是下了血本的，為了這辣椒，竟做到如此地步。若是日後生意不好，還不知她要怎麼難過呢……

半晌後，黃茂宣又問：「新找的酒樓打點好了沒？」

「一切都妥當了，只是另有一些東西要添置跟修繕，前前後後也有不少事要忙活，至少要等年後才能開張。」

「聽說妳這新酒樓在王家酒樓對面？」

沈蒼雪點了點頭，滿不在乎地說道：「這不打緊，王家已經沒有威脅。」

那個地方原就是做酒樓生意的，但是這種大酒樓要麼門庭若市，要麼門可羅雀，呈現兩個極端，一旦經營不善，往後想要做起來就難了。這家酒樓的上一任老闆便沒能撐住，最後只能黯然離場。

他離開的時候，對面的王家人可是說了不少酸話，少了一個競爭對手，他們當然樂得很。

那位老闆朝王家酒樓啐了一口道：「烏鴉笑豬黑，也不看看你們是什麼德行！」

早晚都一樣要倒閉的，誰還能嘲笑誰了？

不過，在得知是沈蒼雪接了自己的盤之後，這位老闆的心裡好受了許多。

他莫名地相信沈蒼雪，她開過的鋪子，哪家不是日進斗金？

等到她的新酒樓站穩腳跟後，王家何去何從，答案也就清晰明瞭了。

眼下王家酒樓雖然還在，但已是日薄西山。酒樓裡頭但凡有些手藝的廚子早就另謀高就了，哪裡還會委曲求全待在這兒。就憑這狀況，不如直接倒閉，一了百了，總好過要死不活撐著。

王亥在牢裡掙扎，王松在外苦苦支撐，然而他撐得再久也沒人對他刮目相看，反而都等著看王家的熱鬧。

牆倒眾人推，便是這個道理。

又過了幾日，便是年關了。

沈蒼雪做了些臘肉往各處送禮，但是特地留了一份下來。

她叫來吳戚，問道：「你是否能將這年禮送去京城？」

吳戚眼睛一亮。沈姑娘終於想起他們世子爺了，真不容易，幾個月才見她憶起一回，上次想到還是她初封郡主的時候呢。

他滿口答應這差事，心裡卻想，世子爺收到這年禮之後，千萬別感激涕零，畢竟幾個月才來一次的關懷，大可不必感念。

按理來說，他們世子爺應當也不會不值錢成這樣吧……

好在，吳戚並不知道聞西陵的反應。

縱然聞西陵生生將自己活得一點也不值錢，也沒教吳戚目睹，不過倒是讓府上幾位管事大跌了眼鏡。說起來也是有意思，他們家世子爺每每遇到跟那遠在臨安城的沈姑娘有關的事，總會有些不尋常。

沈姑娘同世子爺之間本隔著「身分地位不對等」這道鴻溝天塹，然而因為一道聖旨，這差別已經無所謂了。管事們不知多少次明裡暗裡勸過聞西陵，倘若那沈姑娘真的這般好，世子爺便主動些將她迎娶回府，又有何不可呢？

他們總以為這件事只要世子爺開口便能成，殊不知這樣的話聽在聞西陵耳中卻格外扎心，連帶著收到年禮的喜悅也減弱了不少。

沈蒼雪並不願意來京城，只怕她也不喜歡權貴之家。聽吳戚說，她雖然獲封郡主，但是府裡卻沒請什麼人來伺候，不過是雇了幾個過得悽苦的女眷在府裡負責灑掃跟買菜、照看沈淮陽與沈臘月兄妹倆的起居罷了。她自己也不讓人照顧，只說是不習慣。

聞西陵深知，一旦來了京城，她不習慣的事物只多不少，而她也不想來，所以他每回都以同樣的藉口搪塞。「京城還不安寧，讓她過來反倒不好。況且，我如今是個『已死之人』，貿然說要娶妻，還不把別人嚇死？」

第三十七章 大刀闊斧

沒錯，聞西陵到現在還未露面，侯府也是關門謝客的狀態，鄭鈺雖然懷疑，但確實沒找到聞西陵的人，所以只能當他死了。

對聞西陵來說，藏於暗處比現身人前更方便辦事。這段時間京城動盪不安，幾方勢力此消彼長，鬥爭一刻未曾停下。

鄭鈺身為女子卻染指朝政，自然有許多老臣對她不滿，執意讓聖上除掉鄭鈺。

不過鄭鈺苦心經營多年，培養起來的勢力相當棘手，那些流言蜚語跟朝臣的抨擊，在她看來都不足為懼。早在她下定決心要奪權時，名聲於她已經不重要了。

鄭鈺不死，便是個禍患。

聞芷嫣不止一次進言讓鄭頙誅殺鄭鈺，可鄭鈺進宮哭訴一場，為自己辯白一番後，鄭頙便捨不得了。

鄭頙同聞芷嫣道：「朕與泰安畢竟是一母同胞，她縱然有錯，卻罪不至死。至於下毒謀害一事，找不出證據是她做的，朕也不信泰安會謀害手足，興許她是被人陷害的。」

聞芷嫣簡直不敢相信自己的耳朵。「陛下，這話您自己相信嗎？」

泰安長公主會被人陷害？她若是這樣的軟柿子，那朝中人人都單純如白紙了。這人城府極深，聞芷嫣多次在她那邊吃了悶虧，可是他們兄妹倆感情甚篤，每次都是聞芷嫣默默退讓。

過往之事聞芷嫣可以不追究，但這次下毒觸及了她的底線。她本以為鄭頙這次死裡逃生之後，會同她站到一邊，孰料事與願違。

剛醒來的鄭頙確實對鄭鈺非常忌憚，且深惡痛絕，他數次同聞芷嫣說日後有機會一定會殺了鄭鈺鞏固皇權。只是聞芷嫣等了許久，卻等不到自己要的結果，鄭鈺仍然好生生地在朝中攬權。

鄭頙又道：「泰安確實是驕縱了一些，可她本性不壞。她是姑娘家，先皇跟朕這麼多年來都寵著，將她的性子給寵歪了，加上她身邊又有不少心術不正的人，難免會做錯事。前些日子她進宮時跟朕談了不少，朕知道往後她會改的。」

聞芷嫣覺得自己像是個笑話。還是弟弟說得對，他們兄妹情深，反而襯得她這皇后像個外人。

連續幾日，聞芷嫣都失魂落魄、茶飯不思，把伺候的人嚇得夠嗆。

她身邊的大宮女連忙帶信給聞西陵，請他想想辦法。

聞西陵簡直不得安寧。

對於鄭頙不殺鄭鈺這件事，他早就預料到了。之前只是覺得他優柔寡斷、不夠心狠、難成大事，可這段時間他關在侯府裡，冷靜地分析了一番局勢之後，方才明白，鄭頙不殺鄭鈺，還有別的用意——他在防備聞家。

聞家有兵權，聞芷嫣更有有一位太子。鄭頲中毒許久，身子還沒調養好，即便多少能批閱奏章，朝政也大多倚仗別人處理。若是解決掉鄭鈺，就再沒有人壓得住聞家的勢力了。他害怕聞家有了反心，讓他禪位，扶持太子登基。

聞西陵疑心，鄭鈺那日進宮就是這麼挑唆聞家跟鄭頲的關係，否則以她這回犯的事，別說千刀萬剮，至少也該嚴懲一番才是。

託人打聽內情，發現情況確實如自己所推測的之後，聞西陵覺得實在沒意思。他不是能在朝中傾盡心力同別人爾虞我詐的性子，比起在朝廷跟那些文官互鬥，他更喜歡在戰場上布陣殺敵。然而如今為了這麼一個不中用且不信任聞家的皇帝，他還必須龜縮在此，不得見光。這個人既非明主，又生性多疑，阿姊嫁給他真是不值！

年關過後，聞西陵又寄了幾封信去臨安城。

他寫信事無鉅細，恨不得將自己一日三餐用了什麼都寫在上頭，每次信寄過去都是厚厚的一沓，收信的人得看個半天才行。

沈蒼雪回的信便簡單多了，只是報個平安，偶爾同他說一下新酒樓的進展，或是分享一下沈淮陽跟沈臘月的學習進度。

這些回信看得聞西陵眉頭直皺。

比起別人，他更想看到沈蒼雪說她自己的事，偏偏她對自身毫不上心。已經十五歲，該辦及笄禮了，怎麼一點成算也沒有呢？

可聞西陵轉念又一想，還是沒點成算才好。若是沈蒼雪早有成算，說不定這會兒都開始相看人家了。

沈蒼雪確實沒這個腦子，也想不了那麼長遠。她如今一心撲在自己的生意上，嫁人這種事不在她的計劃內。

她沒想法，沈淮陽卻時刻放在心尖上，連他去私塾讀書的時候，都會打聽打聽各家有沒有適齡的公子。

沈淮陽早就給他阿姊相中了一個，就是珍寶閣的韓攸，可惜他去京城開新鋪子了，據說半年都不會回來。

韓攸年紀不小了，卻沒娶親，誰知道這半年會不會在京城找到良緣？唉……終究是下手太晚錯過了，若不然，他是最合適的，何必另尋他人？

沈淮陽時不時地為他阿姊操心，活活把自己操心成了個小老頭。

吳戚笑話他。「你一天到晚皺著眉頭，是在思考什麼國家大事呢？」

沈淮陽撇了撇嘴，不太高興地說道：「雖不是國家大事，但對我們沈家來說是天大的事。」

吳戚洗耳恭聽，問道：「什麼事？」

沈淮陽咳了一聲，說道：「便是我阿姊的終身大事。告訴你也無妨，說不定你還能替我盯著。我阿姊年歲不小了，家中卻無長輩替她相看，只能由我來把關。可惜我認識的人實在不多，覺得不錯的那一個去了外地，不好親自登門拜訪，不知你那兒可有合適的人選？」

吳戚心裡一個「咯噔」。

不好，這蘿蔔頭竟然開始替自家姊姊找丈夫了！

吳戚哆嗦著問：「那你相看可有什麼條件？」

「當然有啊，我阿姊如今是郡主，雖然我們家不看重這些，但對方得是衣食無憂的人家，最好家境簡單、品德高尚、才貌雙全，還得是臨安城本地人。」

壞了！吳戚拍了一下額頭，他們世子爺可不是臨安城本地的！

吳戚支支吾吾地問道：「最後一條不達標該如何？」

「那便不考慮了，阿姊不去外地，她就喜歡臨安城。」

聽到他這麼說，吳戚那顆心啊，涼了。

沈淮陽本還指望吳戚能說出什麼來，結果等了半天卻只見他一副糾結惶恐的模樣，頓覺掃興。

罷了，回頭他還是問問王台跟興旺吧，這兩個人可比吳戚可靠多了，畢竟是本地人。

吳戚目送沈淮陽離開，開始琢磨要不要給他們家世子爺寫封信。

如果他們倆一直這樣隔著一層窗戶紙，誰也不主動戳破，那要不了多久，這個小蘿蔔頭說不定還真的成功給自己找了個姊夫。

其實吳戚多慮了，即便沈淮陽心急，可他動作也沒那麼快。

過完了年，沈蒼雪的酒樓也裝修完畢，不日便能開張。

這些日子以來，她一直在城中為新酒樓造勢，憑藉自己的名聲與聚鮮閣的口碑，可說是吊足了臨安城百姓的胃口。

關注度有了，現在要做的便是將一切打點好。

他們家料理的口味自然沒話說，可既然是開酒樓，那便不能只有料理出色，酒也必須令人回味無窮。

沈蒼雪在選酒一事上犯了難，總覺得市面上的酒都不太合適。

東家一籌莫展的時候，便是他興旺展露本領的時機。

興旺滿臉興奮地湊了過來，臉上寫著「我為東家分憂解難」幾個大字。

沈蒼雪樂了，說道：「氣勢很足啊，你這是要做甚？」

邊上的王台酸氣沖天。做甚？他這是又要上天了！

崔瑾用手肘頂了王台一下，讓他收斂一點。

縱然兩個人不對盤，也沒必要鬧到東家跟前，況且興旺這廝雖然張揚，但也確實沒做過什麼壞事，最多是那急於獻忠的態度教人不適罷了。

興旺笑嘻嘻地湊上前表忠心。「那得看東家想讓我做什麼，只要您一聲吩咐，上刀山、下油鍋，我興旺都在所不辭。」

王台暗暗腹誹了一句「狗腿子」，反正他是做不來這種諂媚的事。

沈蒼雪幽幽嘆道：「這件事只怕你也做不來，臨安城的酒都太淡了。」

雖然她在後世喝的酒度數也不高，但明顯不是如今的酒能比的。

段秋生說道：「我在京城的時候結識了一位老闆，他釀出來的酒味道格外烈，我曾慕名前去，結果三杯就喝倒了。那酒的味道真是不錯，濃香醇厚，別的酒同它比起來都太過寡淡，喝多了也沒什麼意思。」

這……聽起來像是後世的酒啊，沈蒼雪對那位釀酒的老闆產生了興趣。

可惜對方不在臨安城，眼下去京城打聽也來不及了，之後若有機會，她想親自去瞧瞧。

儘管有好的選擇，可一時半刻也喝不到，沈蒼雪只能退而求其次，選了些別的酒，除了一般常見的酒以外，她還進了大量的果酒。

現在的果酒種類很多，像是葡萄酒、棗酒、梅子酒、石榴酒等等，品項繁雜。

沈蒼雪之所以選用果酒，是為了招待女客。她這酒樓有上下兩層，底下是大廳，二樓則是雅間。

臨安城貴夫人眾多，從前在聚鮮閣時便發現有不少女貴客結伴而來，原想要尋一個僻靜之處單獨用餐，可惜當時的鋪子條件不允許，只能敗興而歸。她們身分貴重，壓根兒不願意同尋常客人一樣坐在大廳，沈蒼雪只能忍痛失去這些貴客了。

如今二樓有了雅間，沈蒼雪當然不想再錯失機會，連酒水都按照她們的喜好來定。

新酒樓的名字，沿用了「沈記」兩個字。沈蒼雪想將這間酒樓打造成她的招牌，最好能透過這裡將辣椒的生意推廣出去，讓人看到辣椒便想起沈記，看到沈記便想嚐嚐他們的辣椒。當初沈記包子便做得不錯，對於沈記酒樓，她也寄予厚望。

沈蒼雪有野心，不過根基尚淺，即便多了一個郡主的名號，她也覺得不夠。先有王家，再有京城的泰安長公主，不論是明面還是背地裡，她的敵人都不容小覷。家中無勢，沈蒼雪能緊緊握住的，也就只有事業跟金錢了。

有錢能使鬼推磨，這話可不是隨便說說的。

酒樓雖是沈蒼雪這段時間的心頭好，但是聚鮮閣那邊她也沒忘。那邊不少事都交給萬喜負責了，經過段秋生調教之後，萬喜的廚藝又精進了不少。沈蒼雪給了他幾道菜譜，靠著這些，聚鮮閣即便沒有她在，也能站穩腳跟。

聚鮮閣主打的是中階菜品，價格雖高但還算能接受，尋常人咬咬牙依舊能隔三差五地吃一頓。沈記相關的產品全以味道取勝，日後也會一如既往地貫徹這條路，給萬喜的那幾道菜譜，也都是口感出眾、食材易得的方子。

此外，沈蒼雪還將幾個人的月錢都調了一檔，給萬喜的分紅更多一些，畢竟他既要掌勺、又要管理外頭不少事，勞心又費力，不多給些，沈蒼雪於心不安，更怕他覺得不公允，不肯用心辦事。

新開一家酒樓，人手必定不夠。

沈蒼雪又招了些跑堂跟打雜的幫工，崔瑾跟興旺他們一心想跟著沈蒼雪，於是去了新酒樓忙活；王台因看不慣興旺，便跟著萬喜留在聚鮮閣。

聚鮮閣這邊也缺人，萬喜在問過沈蒼雪之後，將自己從前的幾個小徒弟叫過來幫襯。

沈蒼雪特地去看了看萬喜的小徒弟們。當初崔四娘一事讓她的同情心打折不少，現在萬喜招的又是從前的王家人，她不得不防。

所幸，這些孩子都很老實。手藝可以訓練，秉性可是難移，只要是作風正派、勤懇踏實的人，沈蒼雪都歡迎。

段秋生替沈蒼雪將醜話說在了前頭，他告誡萬喜。「你既然心軟將這些人招進來，往後他們要是糊塗犯了事，罪責你得一併擔下。」

萬喜爽快應下。「師父您放心，這幾個小兔崽子都管不住的話，我也沒臉叫您師父了。」

「滾一邊去。」段秋生毫不留情地踹了他一腳。

在餐飲這個行業，師父帶著徒弟再正常不過，正如萬喜說的那樣，要是這幾個人他都壓不住，以後也不必混了。

聚鮮閣一切全照舊，只是換了些人手，食材、味道一點都沒變，每日依然客流如潮。

飯館裡需要的眾多食材，有一些是每天大清早從下塘村運過來的，都是地裡最新鮮的那一茬，雞蛋、山貨也是最好的。供應沈記包子鋪跟聚鮮閣食材，已經成了下塘村很大的生計來源，哪怕家裡沒地，只要手腳勤快些，多去山裡打些山貨、野貨送去里正家換取一些錢，也能安穩度日。

沈蒼雪從黃茂宣那邊聽說，下塘村的人已經到了只差沒把她供起來當神拜的地步了，她不過笑了笑，並未太放在心上。她不過是顧念當初的收留之情，在自己力所能及之處多幫著點罷了，再多她也做不到。

兩家店鋪用的都是下塘村生產的東西，然而酒樓這邊，沈蒼雪便不打算再用了。村裡各家的好食材畢竟就這麼多，酒樓的材料用量更大，若是再從村裡購入，沈蒼雪擔心會有以次充好的情況發生，一來二去難免傷及情面，還不如直接不用。

如今酒樓的食材，是沈蒼雪透過封立祥的關係認識了一位專門種菜跟養殖的地主，由對方那邊供應，雙方簽了書契，每日皆由對方派人直接送來。

兩日後，便是開業的好日子。

已經不缺錢的沈蒼雪，為了一炮而紅可是耗費了不少私房錢，光是開業這一日請來助陣的就抵得上聚鮮閣半個月的開銷了，聲勢浩大，一時風頭無兩。

臨安城內的小飯館也就罷了，大一些的飯館今日直接減少了飯菜的供應量，免得賣不出去，回頭虧本。

沈蒼雪一個月之前便已放出風聲說酒樓今日要開業，眾人又聽聞這酒樓的菜別具一格，是宮裡一位老御廚研發的，別處都沒有，只臨安城才有，吊足了人胃口。

臨安城的人還真吃這一套，開業這日，沈蒼雪的酒樓外頭站滿了人，裡三層、外三層，圍得水洩不通。

沈蒼雪算準時辰，吉時一到，外頭的鞭炮、鑼鼓一道響了起來。

崔瑾帶著人，穿著統一樣式的衣裳在前頭迎客。他們前幾日天天練習如何迎賓，且沈蒼雪招進來的人大多長相過得去，稍一打扮，配上響亮的打招呼口號，精氣神十足，教人看了眼睛一亮。

看過舞龍舞獅的熱鬧之後，人潮便一窩蜂地湧進酒樓裡頭了。

有些人在門外踟躕不前，覺得這酒樓裡的飯菜肯定不便宜，他們又不是大富大貴之家，進去了也吃不起。

「走啊，這會兒吃不起，往後就更別說了，不如狠下心，今日還能嚐嚐鮮。」有人催促道。

「會不會很貴啊？」

「今日應該不會吧。」

剛剛他們聽得清楚，說是今日酒樓開業酬賓，所有酒水跟菜品一律半價。既然只收一半的錢，那能貴到哪兒去呢？

這樣的便宜，不占白不占。

第三十八章　獨占鰲頭

客人坐下之後，便詢問起了菜單。

崔瑾指著牆上掛著的幾大幅圖畫說道：「咱們酒樓主打的菜品都在上頭，左邊的口味偏辣，像是鴛鴦火鍋、水煮魚、辣子雞跟麻婆豆腐；右邊的口味清淡些，都是各地的名菜，最貴的是那道佛跳牆，是我們的鎮店之寶。」

鎮店之寶，一聽就很貴，再一問價錢，果然是普通人不能承受的。

幾人仔細看著牆上的彩色圖畫，左邊鮮紅豔麗，右邊清雅許多，光用看的，還是左邊的更引人饞蟲。那鮮紅的火鍋跟獨特的水煮魚值得一試，雖說降價之後仍是稍貴，但幾個人湊一桌也點得起。

不少人都點了左邊的，火鍋點得最多，其他各色料理也都有人踴躍嘗試。

沈蒼雪將前面所有事情都交給崔瑾跟吳戚他們，自己則跟段秋生在廚房忙得團團轉。

訂單如流水一般，忙得根本停不下來，若不是他們人手足夠，且火鍋的食材都提前備好，哪承受得住他們這麼點菜？

因為準備齊全，沈記酒樓的菜，比別處的上菜速度要快上許多。

沒多久，酒樓裡頭便瀰漫著霸道的香味——

辣子雞酸辣可口；回鍋肉爆炒煸香，氣味濃烈；麻婆豆腐染上鮮紅奪目的辣椒色，令人垂涎欲滴。

最教人驚豔的是那鴛鴦火鍋，鍋底也不知怎麼調的，又麻又香，肉、菜往下一涮，沒一會兒便熟透了，擱在調料碗中滾一滾後放入口中，那滋味真是絕了！

今日來酒樓的人可真是開了眼界，有人問道：「這鍋底究竟是何物？竟比生薑還辣。」有一人邊吃邊抽著氣回答。「別問了，說是獨家秘方。」

這鍋底辣歸辣，卻是臨安城百姓能夠接受的程度，吃著並不燒心，反而越吃越饞。火鍋吃完之後，還有免費的酸梅湯能喝，既解辣又解渴，喝上一口，別提多舒爽了。

這一頓吃得真是值啊！

等第一波客人離開之後，才是酒樓最忙的時候，因為除了一般客人，還有幾位貴客也來了。

崔瑾跟在沈蒼雪身邊，多少認識這些貴人，見她們過來，立刻將前頭的差事都交給興旺，自己則客客氣氣地將人引到了二樓。

他們東家可說了，這些貴客一人能頂幾十人，碰到這樣的大客戶，無論如何都要伺候好。

興旺眼中流露出的是赤裸裸的羨慕。

他恨自己不是女子，若是女子，這招待女貴客的差事也輪不到崔瑾頭上，甚至他往沈蒼雪身邊湊的時候都方便許多，不似現在還得顧及男女之防，既不能親近東家，又無緣結交這些貴夫人。

興旺在那兒大呼遺憾的時候，崔瑾已經成功安置好了一批客人，熟稔地為她們點餐，又記著東家的吩咐，推薦了不少果酒。

幾位夫人對崔瑾的體貼入微十分受用，有人甚至對著崔瑾道：「還是郡主會調教人，竟無一處不妥帖的，若妳不是郡主的人，我一定將妳帶回家去。」

崔瑾立刻說：「我見夫人亦深感親切，恨不能日日都在此見到夫人。」

夫人們聽了這話，不禁一陣輕笑。

當初剛進聚鮮閣幹活的時候，崔瑾可不像現在這樣口齒伶俐，可見是跟著沈蒼雪久了，耳濡目染之下學了些本事在身。

一如她們所言，崔瑾這樣機靈的人不管去誰家府上都能混得風生水起，不過郡主的人，還是不好要過去的。

陳孝天的夫人丁碧湖好奇地問道：「這果酒外頭那些人也愛喝嗎？」

「外頭男子不喜歡喝，但是女眷愛喝。我們東家說了，開酒樓可不能只做男子的生意，女眷一樣要照顧好。這果酒跟酸梅湯也是東家特地備好等著女客人的，剛好幾位夫人點的菜都辣，配著喝再合適不過了。」

眾人聽在耳中，更覺舒心。她們來外頭用餐，可不僅僅是為了嚐鮮，更是為了吃得舒坦，沈記酒樓的招待便讓人賓至如歸。

丁碧湖高興之下，又點了兩道店裡最貴的佛跳牆，至於其他菜，只要崔瑾說出名字來的，各樣都點一遍。

談話間，菜陸續送了上來。

雅間的桌子本來就大，可饒是再大，也架不住這麼多盤子擺在上面，崔瑾立刻要來了幾張推桌，直接擱在上頭，一時之間桌子周圍全是色香味俱全的料理，瞧著眼花撩亂。

崔瑾見她們一心盯著這些菜，便主動退了下去，還貼心地將門闔上，免得外頭的人打擾諸位夫人用餐。

剛走到轉角處，崔瑾就見雲曦領著方妙心一票手帕交過來了。

近來沈蒼雪對崔瑾倚仗得很，出門辦事時經常帶著，方妙心同她也混了個臉熟。如今見到人，方妙心就一把拉過崔瑾道：「你們家郡主如今還在廚房忙活？」

「可不是嘛，東家跟段御廚可是親自掌勺呢，換了別人，做出來的菜味道就不一樣了。」

方妙心佩服至極。「她都是郡主了，竟然還自己下廚。」

崔瑾道：「眼下生意不好做，我們幾個又不中用，只得由東家挑起大梁來。」

方妙心笑著對崔瑾說：「妳這話可不老實，你們家的生意怎麼樣都不會難做，我看方才還來了不少貴客，沒錯吧？」

崔瑾笑了笑，也沒瞞著，說道：「知府夫人也在此處。」

方妙心等人不禁倒抽了一口涼氣。好、好傢伙，知府夫人也來了？她們今日過來，本是為了給沈蒼雪撐場子，結果倒好，人家的面子大到臨安城的知府夫人都上門了！

臨安城貴夫人圈的頂級人物已經大駕光臨，還要她們這些小姑娘撐什麼場？

方妙心幾人胡亂找了一個雅間，又閉著眼睛選了幾道菜，打算趕緊吃完去邊上轉轉，說不定還能偶遇知府夫人。

算盤是打得好，可方妙心沒想到這鴛鴦火鍋如此美味。她從前沒吃過辣鍋，看到這鮮亮的紅油，本以為自己承受不起，誰知嚐了才知道辣味並不太重，相反的，那些辣味反而激發了食材本身的香味，再配上秘製的調料，誰吃了不說一聲「好」？

胃口大開之下，什麼知府夫人都拋到腦後了，結交大人物，哪有吃飯來得香？與她們僅有一牆之隔的貴夫人們也是這麼想的，擺什麼儀態？反正這兒也沒外人，吃飯嘛，過癮就行。

丁碧湖環視一周，越發滿意沈記酒樓裡有雅間。若是當初聚鮮閣也有，她就不會忍痛離開了，讓人打包回家跟堂食的味道還是有差距。

本來丁碧湖還慫恿丈夫一起過來，不過丈夫好面子，不想教人看到堂堂知府大人貪戀口舌之欲的模樣，說什麼也不肯來。

唉……真該讓他知道自己錯過了什麼。

丁碧湖一邊替自家丈夫可惜，一邊迅速地涮著羊肉，所有的肉裡頭，她獨愛羊肉。她旁邊的孫夫人對鴨腸很是癡迷，另一邊的鄒夫人則特別喜愛魚片，其他夫人也各有所好，實在比不出一個最出眾的。

若說火鍋已讓這些夫人們大開眼界，更別說後來端上來的佛跳牆了。這道佛跳牆是極為特別的珍饈，尋常酒樓從未見過這道料理。

丁碧湖算是見多識廣了，本就是高門大戶出來的姑娘，嫁了陳孝天之後身分更是往上爬了一階，見慣了世面的人，卻依舊為這一罈佛跳牆心折不已。

「怨不得這道菜定價如此之高。」丁碧湖大讚。

知府夫人親自到沈記酒樓捧場這件事，即便沈蒼雪沒對外宣揚，臨安城各家也都聽到了風聲。

知府夫人丁碧湖是臨安城貴夫人的風向標，她喜歡沈記酒樓，旁人勢必也會過來湊湊熱鬧。

得知丁碧湖最喜歡那道佛跳牆，不少夫人都跟著點了，味道的確出眾，鮮得人舌頭都掉了。不過這價格確實令不少人望之卻步，怪不得是鎮店之寶，不論是味道還是價格，都能鎮住一干人等。

開業前兩天，沈記酒樓裡的商品基本上是半價出售，不過即便如此，仍舊有得賺，客人也是絡繹不絕。

等到了第三天，沈記酒樓的鴛鴦火鍋掀起了一陣旋風，人人嘴裡談論的都是這個火鍋有多新奇。

臨安城的百姓不太能吃辣，沈蒼雪為了他們一降再降辣度，更符合臨安人的口味，因而登門品嚐的人越來越多，名氣也就越來越響亮。城裡人要是沒吃過這辣鍋，平常跟人聊天都容易接不上話。

至於辣椒究竟是何物，不少人也打聽出了名堂。聽說是外邦的作物，由那位段御廚帶過來的，如今種在沈老闆的莊子裡，為了這辣椒，莊子上還特地建造了溫室，一年四季都可以種。

有些人對辣椒起了念頭，想要跟沈蒼雪討些種子去，不過無人成功。

沈蒼雪並不是那麼小氣的人，她也打定要推廣辣椒的主意，不過眼下還不是時候，她沒大度到現在就將自己最賺錢的傢伙公諸於眾。

等她的酒樓和辣椒醬生意真正做起來之後，便是免費送給別人種也成。

沈蒼雪這邊春風得意、門庭若市，王家那邊卻格外蕭條、門可羅雀。

王松實在是要撐不住了，這兩天大半個臨安城的客人都被沈家酒樓給吸引過去，他們這兒本來就沒什麼生意，對面的新酒樓一開張，情況就更慘淡了。

到了現在，王松總算明白他爹為什麼如此憎惡沈蒼雪，這人天生就是來剋他們王家的，怎麼能不教人生厭呢？可惜人家現在搖身一變成了郡主，王家再沒有與之抗衡的能力了，王松縱然滿心悲憤，也無濟於事。

又過了幾日，王松看著毫無進項的帳本，琢磨著該不該關了自家酒樓。

這酒樓一開門便是個無底洞，每天都要往裡頭填錢。經過府衙上次那麼一抄，加上鉅額的罰款，王家已經沒了家底，著實禁不起這樣日復一日地耗著。

王松艱難地下了關店的決心，不過王家酒樓並不是他一個人的，這可是他爹的心血。哪怕他爹如今還被關著，王松也不想越過他擅自作決定，遂託了關係進入牢中。

他們父子能說話的時間並不多，王松過去之後，長話短說地交代了一下近期發生的事情。

他原不想告狀，但是王家這些旁支實在是落井下石，王松提起的時候難免有火氣，連王檀也被他臭罵了一頓；可說到沈蒼雪時，他又頹廢到不行。有一點不得不承認，他們王家的確沒有沈家爭氣，這是事實。

王亥聽說沈家在他們對面開了一家酒樓，還搶走了他們的生意之後，長長地吐了一口氣，疲態盡顯。他也意識到，王家真的撐不下去了。

時至今日，王亥早已後悔，他不該招惹沈蒼雪的。

王亥靠著牆，有氣無力地交代了幾句。「把酒樓賣了吧，往後好好過日子，別再跟沈家對上了。」

數日後的清晨，沈蒼雪剛打開酒樓大門，便發現對面的王家酒樓往來進出者眾多，且人人手上都搬著重物，似是要搬家一樣。

她抱著胳膊看了半晌，叫住了一個途經此處的幫工，問道：「這位小哥，冒昧請教一下，這王家酒樓是要挪地方不成？」

那人的回答讓人有些意外。「不是挪地方，是往後都不開了，今日關門，正在搬東西呢。」

沈蒼雪愣了愣，又問：「王家不做酒樓生意了？」

「聽那位少東家的話，應該是這樣沒錯，酒樓日日賠錢，他們家實在禁不住這樣消耗。」王家江河日下，只剩個空殼子而已，對於這一點，他們這些幫工心裡都有數。

酒樓裡值錢的物品已經不多了，據說有好些都被典當換成現銀，剩下的都是些不值錢的東西，可即便不值錢，那位少東家也沒捨得扔，都差人收了起來。

那位幫工補充道：「這酒樓已經賣給別人，對方說是要改做金玉生意，這些桌椅、凳子也都不需要了。」

沈蒼雪謝過這人，站在門邊觀望良久。

看來看去都沒看到王松的人影，也不知他是沒來還是躲在別處，始終不見人。

豈料剛過沒多久，王家酒樓旁忽然來了一群討債的人，裡頭有以羅業輝為首的廚子幫工，也有得知王家酒樓被賣，趕來想分一杯羹的王家旁支。

由於到處找不到王松，他們心中不服，便圍在酒樓外頭搗亂。

王家旁支有人喊道：「這酒樓既然是王家的，那便是王家所有人的產業，同是王家人，怎麼你王松說賣就賣？問過我們沒有？」

一旁有幫工好意提醒道：「少東家今日不在。」

羅業輝聲音洪亮。「搬家這樣勞師動眾的日子，他怎麼可能不在？興許此刻正躲在什麼角落裡等著偷溜呢。快叫他出來，欠了咱們的月錢都得如數支付！」

來幫忙搬東西的人與來討債的人互不相讓，一邊要趕緊搬完拿錢走人，一邊怕他們搬得太快，回頭找不到王松，仍是不讓。雙方人馬拉拉扯扯、吵吵嚷嚷的，後來還是府衙的人出面調停，兩邊才止住了爭吵。

近來不少麻煩事都同王家有關，府衙對王家早已經心生厭惡，如今又聽說王家人鬧事，便絲毫不留情面，直接將所有人都帶去了府衙。

王家酒樓欠了員工月錢，人家上門討債也就罷了，可那些王家旁支只敢在背地裡叫囂，拿捏拿捏王松這個軟蛋，真的到了府衙裡頭，他們卻是連個屁都不敢放。

說起王家酒樓舊址的新買主，沈蒼雪碰巧認識，便是從前曾替她仗義執言的韓攸。韓攸遠在京城，卻讓臨安城家中的潘管事過來拜訪沈蒼雪，對自己不得前來祝賀沈記酒樓開業表示歉意，甚至還送了禮。

沈蒼雪不好意思收，潘管事卻道：「我們家少爺說了，遠親不如近鄰，兩家鋪子同在一處，難免有互相麻煩、需要彼此照應的地方。郡主您千萬不要客氣，往後要走動的地方可多了，這禮您就收下吧，是我們少爺的一番心意。」

吳戚湊了過來，眼神警戒道：「你們家是做金玉生意的，該不會是送什麼鐲子或簪子吧？」

要是真送這些，那個韓攸就是司馬昭之心，路人皆知了。

潘管事搖了搖頭，道：「哪會是這些，盒子裡放的是我們少爺過去經過西域時偶然所得的一塊玉料，因為玉質好，所以一直留到現在。」

無事獻殷勤，非奸即盜！吳戚呵呵一笑，又問：「既然料子好，怎麼不雕成鐲子或玉墜之類的，白放著豈不可惜了？」

潘管事解釋道：「我們家少爺說，他一直未曾想好要用這玉料雕什麼，只能靜待有緣人。此番郡主新店開業，少爺整理舊物時恰好看到這玉料，覺得冥冥之中自有定數，此物合該是送給郡主的。」

沈蒼雪沒再推辭了，畢竟她對韓攸的印象一直很不錯，這樣又機靈又踏實的年輕人已經不多見了，遂謝過潘管事，準備回去之後也找個值錢的東西當回禮。

第三十九章 暗流湧動

見沈蒼雪收下了東西，吳戚的警戒心頓時急速升高。

要是他記得沒錯的話，韓攸這個名字似乎在沈淮陽口中出現過。這小傢伙一直沒放棄給自家姊姊尋個姊夫，不過從私塾裡頭打聽到的幾個人選他都不滿意，唯一覺得不錯的，便是珍寶閣那位韓攸韓公子了。

眼下對方的確不在臨安城，可人家老家就在這裡，長得一表人才不說，家底也雄厚，最關鍵的是，他似乎還對沈姑娘有意！

不管怎麼看，對方都比他們家世子爺更符合沈淮陽的擇姊夫標準，世子爺危矣！

送走潘管事之後，吳戚在一旁踟躕了半天，最後還是按捺不住，上前試探沈蒼雪。「東家，您覺得那位韓公子……如何？」

沈蒼雪頗為詫異地說：「你問他做甚？」

「沒什麼。」吳戚不甚在意地揮了揮手。「不過是覺得他們過於殷勤罷了。」

沈蒼雪反駁。「他只是送了一份禮，怎的就是殷勤了？當初酒樓開業，茂宣也送了禮過來，你為何不說他殷勤？」

吳戚一陣無語。他還沒開始挑刺呢，這便護上了？

本來吳戚還在猶豫要不要將沈淮陽的打算告知他們世子爺，如今韓家人都已經登門造訪了，沈蒼雪又明顯袒護對方，他再不告訴世子爺便太遲了。

入夜，吳戚直接修書一封送去京城。

京城那頭回信很快，他從未見過回得這麼快的信。

信一展開，裡頭內容格外簡短有力，就是讓他盯著韓家。

雖然講了重點，聞西陵仍覺不夠，末了又強調。「不可讓韓家與沈蒼雪過於親近。」

吳戚不禁抓耳撓腮，問題是人家已經成為鄰居了，所謂近水樓臺先得月，他們家世子爺還沒開始便已經輸人家一頭了。

怎麼樣才能阻止這件事呢？

吳戚連連嘆息，將那封回信給燒成了灰燼。世子爺憂心的，也正是他擔心的。留在臨安城的這些日子，吳戚是真覺得沈姑娘跟他們家世子爺很匹配。

京城裡頭的大家閨秀過於嬌氣，可世子爺是戰場上出來的，顯然不是一路人。像沈姑娘這樣能當家作主、獨當一面的，與世子爺才最為契合，也最適合如今四面環敵的侯府。

既然要幫他們世子爺守住沈姑娘，那以後勢必要採取積極的作戰模式了。總而言之，不能讓韓攸同沈姑娘有什麼碰面的機會。

韓公子啊韓公子，你可不要怨我擋了你的姻緣，我不過是為了自家主子罷了。

好在韓攸一時半刻回不來。京城幾方勢力博奕，連做生意的商賈都受到了影響。韓攸原本只預備去半年，如今看來得多留一些時間才行。

他不在，光靠幾個管事來回蹦躂又能如何？

又過了大半年，沈記酒樓的名聲漸漸在外地傳開了，隔壁府城便有不少人特地尋到此處，就是為了嚐一嚐沈記酒樓的鴛鴦火鍋。來客吃過之後便沈迷其中，這種與眾不同、能強烈刺激味蕾的味道，讓人欲罷不能，以至於恨不得沈記酒樓也能在自家附近開一間。

沈蒼雪就聽到了好些誠摯的建議，對此，她只能遺憾地表示，沈記暫時沒有餘力去別的府城開分店，不過一、兩年後或許有可能。

那些期盼沈記展店的人不禁有些失望。一、兩年後……這是遠水救不了近火呀。回頭他們要是想吃這辣鍋，還是得長途往返兩地，實在不便。

沈記酒樓的名聲太大，一時傳得有些遠，連京城那邊也有耳聞。

大夥兒都在好奇，究竟是什麼樣的火鍋能讓臨安人如此鍾愛，以至於有些嗜辣的文人墨客為此作了不少詩詞書畫，有些曲子更是傳唱開來，風靡一時。

辣椒也成為眾人議論的對象，京城有些達官顯貴恨不得重金求購一顆種子栽來賞玩，甚至真有人不遠千里求到沈蒼雪這兒。

沈蒼雪聽說此人的主家是京城的聶侍郎，也是位高權重。聶侍郎平常不愛別的，就愛新奇的玩意兒，聽說了辣椒的事之後，實在心癢難耐，一定要讓人至少尋一顆種子過去給他瞧瞧。

要是幾個月之前，沈蒼雪肯定不會給，可是如今她的酒樓已經徹底立起來了，辣椒醬的生產再過一季也可以提上日程，不過是給一株辣椒而已，並不礙事。

即便聶侍郎存了別的心思，故意留種培育，那也無妨，畢竟沒有一年半載的工夫，這一株辣椒也成不了什麼氣候。

沈蒼雪不過稍微思索了一下，對方便擔心價格不合她心意，於是又默默地往上加了兩成。

看見擺在桌子上的銀兩時，沈蒼雪眉頭一跳。

賣！這些錢夠讓她再買好些地了，傻子才會拒絕！

沈蒼雪立刻讓興旺去莊子挑一株長勢甚好的辣椒，再用一只漂亮乾淨的花盆裝好，客客氣氣地送給那位來自京城的「友人」。

這麼做是有原因的，沈蒼雪指望他們回去多說些好話，若是能引來別的冤大頭，那就更好了。

多多益善！

即將進入臘月前，京城的聶侍郎家辦了一場賞花宴，現在這個季節，聶侍郎家開得最美的花是紅梅，不過他讓人賞的卻不是紅梅，而是高價從臨安城請回來的豔紅辣椒。

這辣椒在沈蒼雪莊子的溫室裡養得正好，但是移出來之後卻有些萎靡。這一路上，聶家人不知想了多少法子，才讓這盆嬌貴的寶貝勉強維持住原樣。

不順時節之物，強留不住的。

聶侍郎知道這東西在他家裡養不長久，所以一接來府上後立刻辦了一場宴會，邀請親朋好友一塊兒賞玩。說是辦宴，其實是為了炫耀。

現今朝中的爾虞我詐日漸加劇，聶侍郎這種不敢站隊的總是謹言慎行，生怕不慎給自家引來災禍。不過他還是得找個地方發洩壓力，於是脫了朝服後，私底下也是怎麼熱鬧怎麼來，同在朝中那小心翼翼的模樣相去甚遠。

客人收到請帖後紛紛到來，大夥兒圍著一株辣椒看得嘖嘖稱奇，甚至還鼓動聶侍郎把這一盆辣椒做成菜，讓他們也嚐嚐。如今外頭都說臨安城的辣鍋如何美味，可惜他們是京官，無詔不得外出。

然而聶侍郎才不願意呢，他可是花了大錢才買到這盆的，就這麼白白地做給別人吃？他還沒那麼缺心眼！

炫耀夠了，聶侍郎讓人隨便弄了幾道菜跟幾壺酒打發那些客人。

等人走了之後，聶侍郎才謹慎地摘下成熟的辣椒，交代廚房晚些時候做成菜送去給他，還特地叮囑裡頭的辣椒籽可不能扔。

現在商人們對辣椒這東西趨之若鶩，他轉手賣給別人，不說小賺一筆，回本肯定沒問題，左右不虧。

聶家鬧出這麼大的動靜，聞西陵怎麼可能不知道？他返京之後一直沒露面，一方面是在觀察鄭頙，一方面也在暗中蒐集鄭鈺勾結朝臣、結黨營私，甚至豢養私兵的證據。

結黨營私這件事好查，但是鄭鈺對豢養私兵一事藏得很深，更有右相元道嬰相助，聞西陵至今仍無法找到什麼有用的訊息。

元道嬰一直是鄭鈺的擁護者，而左相劉尚賢，也就是劉子度的父親，卻對鄭鈺嗤之以鼻、針鋒相對，可說是朝中反對鄭鈺的頭一員大將。

在聞西陵眼裡，元道嬰這人表裡不一，不過他總覺得，若想徹底解決鄭鈺，突破口興許就在這位元丞相身上。

查不到的先別管，至於已經到手的證據，若是換成尋常的皇帝，早就夠定鄭鈺死罪了，但是他們這位嘛……

聞西陵冷笑兩聲。

他的屬下吳兆見他遲遲未曾言語，又盯著手中的證物出神，便問：「世子爺可是要將這些證據交到宮中？」

「交吧。」聞西陵將東西撂在桌上。這厚厚的一沓，都是鄭鈺結黨營私、陷害忠良的鐵證，希望交上去之後，那位聖上能多少給些反應。倘若他繼續充耳不聞，那真得想點別的法子了。

他已暗中蟄伏了這麼久，總要有些成效，要是徒勞無功，那他何必繼續委屈自己，依舊蜷縮在見不得光的暗處？

若鄭頙真的鐵了心想保住鄭鈺，用她來對付聞家，那也不值得他聞西陵追隨。沒了鄭頙，還有他的外甥呢，鄭頙既然忌憚聞家有反心，何不如他所願？

況且，這裡還有個現成的揹鍋人選——泰安長公主鄭鈺，她想要上位的野心已是昭然若揭。

鄭頙能在她手上栽一次，為何不能栽第二次呢？

被聞西陵盯著的鄭鈺也不好受，這大半年來，朝中攻訐她的人越來越多了，言官處處挑釁，劉尚賢也步步進逼，更奇怪的是，不論她做什麼，都會有人暗中阻撓。她不知這是誰的手筆，與元道嬰調查許久也沒查出端倪來，只覺得事情透著古怪。

得知北疆戰事獲得勝利，定遠侯聞風起再獲封賞的消息之後，鄭鈺便一直感到不安。

皇后跟太子都不足為懼，但定遠侯手握重兵，一旦北疆穩固、定遠侯歸京，她便是弄死了自家皇兄，也很難鬥贏聞家。畢竟邊關若是失守，朝中就沒有第二個定遠侯替她平定疆土了。

至於殺了皇后跟太子……鄭鈺有些投鼠忌器。聞西陵已經死了，若是聞芷嫣跟鄭翊也被害，她擔心定遠侯暴怒之下直接起兵謀反。

「這定遠侯果真了得，原以為北疆起碼要四、五年後方能安定，未想他竟然只花了兩年。這樣的老將若能為本宮所用，咱們也不必費盡心機謀求大位了。」

元道嬰坐在下首，面容無悲無喜，只是在鄭鈺扼腕嘆息之際，提醒她道：「殿下從前便不該兵行險著，給聖上下毒。」

鄭鈺嘴角一扯。「你懂什麼？」

她被這個皇兄壓在頭上這麼多年，早已怨氣沖天。

鄭鈺恨世道不公，斷了女子的青雲路，也恨她這個皇兄無能，即便坐上了皇位，仍一如既往的窩囊，甚至被她這個長公主玩弄於股掌之間。那個不中用的皇兄，本就不該坐在那九五至尊的位置上，該由她取而代之。

儘管一開始鄭鈺不想做得太絕，然而野心矇蔽了理智，讓她下了重藥，想直接送走他。一旦聖上駕崩，朝臣們自然會擁立太子登基。新帝年幼，屆時朝中還不是她說了算？

聞家雖勢大，可只要北疆不穩，定遠侯便不會捨下那邊來京城給女兒跟外孫撐腰，最多只會派聞西陵來助陣。

區區一個聞西陵，鄭鈺並未放在心上過，這樣一根腸子通到底的少年人，她見過太多了，隨便設個局，便能讓他葬送性命。

要尋能解她皇兄身上奇毒的藥丸？行，儘管去吧，她會讓他有去無回。

可是鄭鈺千算萬算，卻沒算到聞西陵人都已經沒了，她皇兄竟然還能拿到解藥，更沒算到北疆這麼快就平定了。

想到這裡，鄭鈺眸中閃過一抹狠戾。「當初就該讓沈家人都葬身火窟的，元道嬰，若不是你，本宮也不至於落到如今這兩難境地。」

元道嬰注視著鄭鈺許久，這一、兩年來，他是越發看不懂她了。

他並未因為她的責怪而心生怨懟，只是換了個態度，淡淡道：「那位沈神醫曾是妳的救命恩人。」

「那又如何？成大事者，本就不該婦人之仁。」鄭鈺嗤之以鼻。

元道嬰嘆了一口氣，有些無奈地說：「泰安，萬事不可做絕。」

鄭鈺彷彿聽到了什麼笑話一般。「元道嬰，你也配說這句話？當初若不是你——」

話說到一半，她猛然止住。

高傲如鄭鈺，並不願舊事重提。

元道嬰也自知失言，並未揪著不放。

這件事過去之後，只要鄭鈺交代的事情別太離譜，元道嬰都儘量滿足她。

鄭鈺怎麼說，他便怎麼做。

從公主府返家之後，元道嬰一如往常般前去探望病中的妻子。

元夫人季若琴的年歲同鄭鈺差不多，然而比起鋒芒畢露的鄭鈺，她溫婉許多，甚至藏著幾分悽苦。

她見丈夫回來，便細細地瞧了一眼，只見丈夫眼神飄忽、愁眉不展。

季若琴微微咳了一聲，扶著床沿問道：「你去見長公主殿下了？」

往常只要元道嬰從鄭鈺那邊回來，幾乎都是這個模樣。

元道嬰沒有否認。

季若琴心中彷彿壓了一塊巨石，年復一年，讓她快透不過氣來，不過，她早已習慣了這樣無助又荒謬的窒息感。

平復了一下情緒，季若琴才又說：「你不該去見她的，長公主殿下是女眷，又與朝中牽扯太深。你三番兩次幫她，難道不知在旁人眼中，你早已與她是同一條船上的人？」

「我不過是同她說了一會兒話，妳怎麼又生出這麼多抱怨來？」

季若琴只覺得可笑。「我不過是提醒，難道你連真話也聽不得了？你不要命便罷，但也該想想府裡上上下下百來口的人。」

元道嬰已經沒了耐性。「行了，這些難道我不會考慮嗎？」

季若琴閉上眼，無力至極。

話雖如此，她還是存了一點期盼，於是又問：「若我讓你從今往後斷了跟長公主殿下的聯繫呢？」

「我同她本就沒什麼。」

「若一定要斷呢？」

元道嬰難以理解地看向她，末了，只道：「我不知妳為何對長公主殿下有如此多的偏見，我同她不過是公務上的往來，既然是公務，如何斷得了？妳便是因為多思多慮才壞了身子，往後還是將心思放在該放的事情上吧。我和她清清白白，妳莫要隨意揣測。」

他義正詞嚴，可季若琴卻全然不信。

自己的丈夫十幾年如一日地幫著外頭的女子，不容她有絲毫微詞。元道嬰啊元道嬰，你同她就真的那麼乾淨嗎？

季若琴不甘心，可她又找不出證據，只能日復一日看著這個男人冠冕堂皇地說著這些話。

她比誰都想知道元道嬰為何如此擁護泰安長公主，以至於為了她，置滿府上下於險境。

季若琴的質問令元道嬰不快，夜間他索性宿在書房裡。一盞燈、一卷書，便是一夜。

他對妻子永遠這般，即便再生氣，也只是冷幾日而已，並不會真的動怒。

一雙兒女得知此事之後，便跑來勸母親不要同他們父親嘔氣。

元家長子元荻勸的那些話，是些陳腔濫調。「母親，您別疑神疑鬼了，以父親的地位，倘若同長公主殿下真有什麼的話，也不至於等到今日。」

季若琴嘆道：「怎會沒有？只是沒被人看到罷了。」

元家長女元蓁覺得母親有些無理取鬧。「真有私情還能藏十幾年？母親，沒影的事您追究什麼？」

這些話聽了不知道多少次，著實讓季若琴厭煩，她揮了揮手讓他們退下，不願再同這一雙兒女計較。

說到底，沒有誰是真正站在她這一邊的。莫說是元家，即便是娘家人，也一再勸她忍讓，還說元道嬰是難得的好夫君。

興許在外人眼裡，元道嬰就是個正人君子，而她這妻子，是個不知滿足的妒婦。

第四十章　吹皺春水

也不怪別人這麼想，畢竟元道嬰只有她這麼一個正妻，兩人成親多年，他未曾納過一個小妾，即便他多次出手幫助泰安長公主，可他們在外人面前一向「光明磊落」。右相元道嬰潔身自好、不愛女色，這是整個京城都知道的事，加上他身分貴重，便是做錯了事，旁人也會替他開脫。

可季若琴不甘心就這樣糊裡糊塗地過一輩子。都說元道嬰不納妾是因為尊重妻子，可若當真尊重她這個妻子，便不會動輒冷待她。

對，元道嬰不會對她惡言相向，可不論她懷抱多少疑問、又是多麼傷心，他都會高高在上地否認她的一切質疑，教她不要胡鬧。

元道嬰在她面前永遠那麼鎮定自若，哪怕他對她有一絲一毫的真情，她也不會疑心至此。

她季若琴也曾捧著一顆真心待他元道嬰，可不珍惜的人是他啊！

季若琴無力地躺回床上，默默流下了眼淚。

元府上上下下已經習慣白家夫人時常賭氣、鬧小性子了。他們這夫人也不知是怎麼回事，隔三差五地就要鬧一場，逼得丞相大人只能去睡書房。平常人家還有小妾，他們府上連個妾室跟姨娘都沒有，夫人一鬧，丞相大人只能受委屈。

這些下人雖然嘴上不說，但心裡都覺得夫人小題大作，實在沒有當家主母的風範。

元府出的這件事，恰好被鄭鈺給聽說了。

翌日見到元道嬰時，鄭鈺甚至嘲諷道：「你那夫人還真是十幾年如一日的小肚雞腸。她盯你盯得這麼緊，莫不是擔心你我之間有首尾？」

元道嬰冷淡道：「不必管她。」

鄭鈺不禁嗤了一聲。果真絕情啊，這才是他們這位元丞相的本性。

當初他們兩人情投意合，甚至已經私定終身，可是為了自己的前途，元道嬰最後還是拋棄了她。因為尚了公主，便等同於斷了自身的仕途，先帝不會允許駙馬入朝參政的。

再之後，元道嬰嘴上說著後悔、對不起她，但鄭鈺都只是聽聽而已。在一個地方栽一次就夠了，再栽第二次，便是太過愚蠢。

鄭鈺向來不是個耽於情愛之人，當初看上元道嬰，不過是相中了那副皮囊而已。如今兩人之間早沒了感情，只剩下利益。

不過這麼多年下來元道嬰還算聽話，鄭鈺也就懶得動手了。

「近來多盯著朝中一點，若有不聽話的大臣，該解決的就要解決。」

元道嬰沈默了一瞬，說道：「今年已經有兩位朝臣死於非命了。」

「那又如何，成王之路總是要流血的，他們不犧牲，往後就是本宮遭殃。」鄭鈺對這些臣子沒有絲毫憐憫。

她苦心得來的成就，在他們看來卻是僭越之舉；她那皇兄不過是順應嫡長繼承的既得利益者，雖無能，卻被他們奉為仁君。

真是可笑。

鄭鈺靜靜望著皇宮的方向，眼裡的渴望與偏執讓元道嬰為之駭然。

他比任何人都希望鄭鈺停下，可又比任何人都清楚，一旦鄭鈺停下，將步入萬劫不復的境地。

冬日悄然過去，一轉眼便又是一年。

沈蒼雪的辣椒園已經初具規模了，莊子裡有兩百畝地都種上了辣椒。至於一百畝上等水田則維持原狀，那畢竟是屈禾他們精心照顧的好地，沈蒼雪顧念他們對這塊地感情非常深，不會輕易更動。

辣椒種不下之後，沈蒼雪又在旁邊買了不少地，連成了一塊。

栽種面積變廣了後，就不太適合再用溫室了，於是今年開始改為春秋兩季播種，夏天跟秋後可以集中收成兩批。

沈蒼雪琢磨的辣椒醬早就調好了配方，但是她還沒想好如何大量生產。

若開一個作坊，費錢、費力又費工，管理起來也是一大難事；可若是找人代為加工，又擔心品管不能過關。

沈蒼雪一時之間無法決定這件事，便先擱置了。

這一日，酒樓裡頭有一位遠道而來的客人。對方從京城來到此處，為的就是嚐一嚐沈記酒樓的辣鍋。

沈蒼雪得知此事之後，親自帶人將火鍋送去了雅間，本想對這位客人表示一番感謝，結果話還沒有說兩句，便見對方盯著自己的臉出了神，許久沒有動靜。

見狀，沈蒼雪不禁眨了眨眼。

那人稍稍回過神，目光卻還落在沈蒼雪臉上，眼中的探究絲毫未減。

過了一會兒，那位夫人才開口說道：「都說汝陽王府的郡主是個美人胚子，依我看，遠不如城陽郡主。」

這話沒能解開沈蒼雪的疑惑，反而加深了她的不解。

若單單說是因為相貌，方才這位夫人也不至於一副震驚又錯愕的模樣了。

不過沈蒼雪當下並未追究，只回了一句「過獎」，便介紹起了酒樓裡頭的好菜。

所幸那位夫人頗給面子，沈蒼雪說什麼，她便點什麼，除了原先點的菜之外，又加點了一些，甚至添了一道佛跳牆。

沈蒼雪看了菜單一眼，道了一聲「失陪」，便回廚房做菜去了。

她聽力甚好，關上雅間的門，走至拐角處的時候，還聽到那位夫人問崔瑾。「你們東家今年多大了？」

沈蒼雪忍不住停下了腳步。這位京城來的夫人，真是好生奇怪。

她同崔瑾打聽沈蒼雪，沈蒼雪便同吳戚打聽她。

吳戚不愧是在京城混了多年的，消息靈通得很，沈蒼雪剛問一句，他便回道：「那位是大理寺卿林大人的妻子趙氏，她提起的那位汝陽王府郡主，乃是她的外甥女。汝陽王妃同趙氏是一母同胞的姊妹。」

沈蒼雪一邊做菜，一邊問道：「如此說來，趙氏豈不是同那位郡主很親厚？」

「非也。」吳戚一臉高深莫測地說道：「原先這兩家關係的確不錯，不過近兩年似乎鬧了些齟齬。趙氏有位長子，模樣品行都不錯，趙氏一心想讓林府同汝陽王府結親，只是那位郡主心有所屬，兩家鬧了許多不愉快。」

就因為這個？沈蒼雪詫異地看向吳戚。

吳戚點了點頭。結親不成可是大事，不知道多少人家因為結親不成，最後結成了仇。

「趙氏性情剛強，不論是年輕時還是嫁人後都有些離經叛道，她的想法不是一般人能琢磨透的。」

「真是費解。」沈蒼雪沒有追問，專心做自己的菜，不過她總覺得，「汝陽王府」這個名字有些熟悉，似乎在哪兒聽過，但是又找不到源頭。

至於那位趙氏，沈蒼雪沒從她身上感受到什麼惡意，也就不管她見到自己時的反應為何如此誇張了。

此刻的趙月紛，心中早已掀起了驚濤駭浪，不過她表面上還端得住，並未顯露出多少情緒來，簡單問了問崔瑾後，便讓她退下了。

趙月紛此番下江南，是隨丈夫來辦事的，她早對沈記酒樓的名聲有所耳聞，這回便迫不及待地一探究竟。

如今菜上齊了，滿屋都是醉人的香味，丫鬟準備伺候趙月紛吃飯，她卻頓時沒了心思。那張臉，她太熟悉了。

長姊趙卉雲年輕的時候，便是這麼一副花容月貌，那小姑娘除了比當時的長姊要消瘦一些以外，其餘幾乎沒有分別。

京城的人都說，汝陽王府的大郡主貌若天仙，可依她看，鄭意濃比她長姊年輕時差得遠了。

趙月紛本以為鄭意濃隨了鄭家的相貌，沒有繼承長姊的容貌，如今見到沈蒼雪，她瞬間推翻了從前的想法。

菜都點了，趙月紛終究還是動了筷子，匆忙用過飯後，她便在丫鬟的陪伴下離開了。

夜間，大理寺卿林度遠回來後，趙月紛便找他要了人，準備仔細打聽一下這位城陽郡主。

林度遠問道：「好端端的，妳打聽她做什麼？」

趙月紛興奮起來，拉著丈夫的袖口道：「我今日見到了她，那張臉蛋長得與我長姊年輕時一模一樣，若說這兩人沒有關係，簡直天理難容！」

林度遠卻覺得這話荒謬至極。「她們兩人一個在北、一個在南，若說有關係，才是滑天下之大稽。」

趙月紛卻反駁道：「你知道什麼？無巧不成書。」

反正她相信自己的眼睛，如果是真的，那汝陽王府裡的那個丫頭就慘了！

趙月紛向來離經叛道，林度遠自然知曉。此番她興致來了，要調查城陽郡主，林度遠也隨她去，只要別鬧得過分，便是出了點事也無妨。

至於趙月紛所言，林度遠只當是聽了一個笑話，根本不信。京城與臨安城相距甚遠，這兩個人應當只是恰好生得有些相似，這世上相似的人多了去了，總不可能每一對都有血緣關係吧？

然而趙月紛對此事卻有種超乎尋常的執著。這些日子林度遠在外辦事，她便多番光顧沈記酒樓，有心同沈蒼雪交好。

皇天不負苦心人，還真就被她查到了。

原來城陽郡主的生父，便是當年名噪一時的沈神醫。

多年前，泰安長公主患了重病，太醫束手無策，恰好沈神醫夫婦路過京城，贈了一顆藥丸，救了泰安長公主一命。

先帝為了答謝沈神醫，欲賜予他太醫院院使的官銜，望其留在京城替皇家效命。不過沈神醫不慕名利，不願在京城逗留。

他們夫妻原本想立即離開，不料發現沈夫人懷了身孕，由於胎象不穩，沈神醫不得不暫留京城，準備等沈夫人生下孩兒之後再返鄉。

到這裡為止，一切都看不出異樣，不過趙月紛卻從陳年往事中翻出了一些蛛絲馬跡。

她長姊趙卉雲生鄭意濃那一年，恰逢大旱，京城外頭聚集了不少流民，後來流民組成叛黨，一度破了城門，汝陽王府的人也暫時撤離宅邸。

趙卉雲當時懷有身孕，最後在逃難的過程中生下了孩子，同她一道在寺廟中分娩的，還有一位大夫的夫人。

那位夫人跟趙卉雲都是早產，一度危在旦夕，幸虧那位大夫醫術高超，兩人才得以各自平安地誕下女兒。

生下女兒之後，那位夫人便昏睡了過去，而當時外頭傷亡的百姓實在太多，那位大夫照看過妻子之後便去救人，沒給趙卉雲機會詢問對方大名，只知道那大夫姓沈。

汝陽王鄭毅不希望剛生產的妻子跟剛出生的女兒待在人多的地方，匆匆向那位沈大夫道過謝後，便離開了寺廟，另尋地方讓趙卉雲休養。

叛黨被平定後，趙卉雲帶著女兒回到汝陽王府，等到終於調養好了身子，想向沈大夫夫妻道謝時，京城再無他們一家的身影，這件事，成了她的一大遺憾。

如今想來，應該就是在那時抱錯了孩子。汝陽王府的鄭意濃應該是沈神醫的女兒，而這位城陽郡主，則是鄭家流落在外的骨肉！

天啊，趙月紛豁然開朗。

趙月紛天天上門，沈蒼雪又不是傻子，怎會看不出她別有用心？

這日，在打發走了為韓攸說好話、妄圖成人之美的沈淮陽後，沈蒼雪叫住了趙月紛。

從外貌上看，這兩人有種隱隱的相似感，只是沈蒼雪多了些堅忍，趙月紛則流露出微微的跋扈。

趙月紛款款走來，停在沈蒼雪面前，細細地望著她。她們趙家的姑娘都有一副好相貌，柳葉眉、桃花眼，光是長相便足以撼動人心。

她們才是一家人，汝陽王府的那個，不過是鳩占鵲巢之輩。

這麼一想，趙月紛便不自覺地表露出了長輩的慈愛。「蒼雪，可否借一步說話？」

沈蒼雪挑眉，她們之間似乎還未熟到這個分上吧？不過她也想知道趙月紛葫蘆裡究竟賣的是什麼藥，便沒有拒絕，引著她去往後頭的院子。

趙月紛抽空打量了一下周圍的環境。這酒樓後頭的院子算是別有洞天，收拾得格外雅致，右側是一個葡萄架，下面擱著兩張躺椅；月桂樹下搭著一架鞦韆，下頭還有不少小孩玩的小玩意兒。

看得出來，沈神醫夫妻將沈蒼雪教育得極好，否則她不會這般堅忍不拔，不僅照顧好了一對弟弟妹妹，還能有這番成就。

沈蒼雪示意趙月紛先在石桌前坐下，親自為她斟了一盞茶。

趙月紛最近在酒樓裡花的可都是真金白銀，若是她沒有不良的意圖，倒是一位極好的主顧。

沈蒼雪知道事情並不簡單，如今只盼著她不要說出什麼讓自己為難的話。

然而，趙月紛一開口，便讓沈蒼雪後悔自己今日招惹了她。

趙月紛開門見山道：「蒼雪，我是妳姨母。」

沈蒼雪不由得感到疑惑，這是什麼新的找碴方式啊，從前怎麼沒聽過？還是說……是詐騙集團？

她往身後看了兩眼，吳戚呢，吳戚去哪兒了？待會兒趙月紛若是胡攪蠻纏的話，不會沒人替她撐人吧？

趙月紛不顧沈蒼雪的驚疑不定，一把握住她的手說：「我知妳難以接受此事，可這是真的。倘若妳不相信，我們可以立刻回京滴血驗親。」

沈蒼雪果斷抽回了自己的手。「先不說夫人所言乃無稽之談，即便真有血緣關係，滴血驗親也是不準的。」

趙月紛一愣，滴血驗親向來被奉為查明血緣關係的圭臬，怎麼可能不準？

沈蒼雪不知道該怎麼跟她解釋這方法並不科學，只道：「真的不準，夫人還是斷了這個念頭吧。」

「那依妳所言，就沒有別的法子了？」

沈蒼雪只能說「抱歉」，辦法是有，可如今做不到。

趙月紛愣了許久，險些讓沈蒼雪忽悠了。她今日過來並非為了滴血驗親一事，而是為了讓沈蒼雪跟她一道回京。

吸了一口氣，趙月紛重新找回重點，道：「即便滴血驗親不準，也總有證人能證明，妳只管跟我回去，待妳這張臉出現在汝陽王府，查都不用查，妳父母便知道當年抱錯孩子了。」

這張臉同她長姊一模一樣，若說不是親生的，誰都不信。

趙月紛說完，也不管沈蒼雪能否接受，便將自己的想法強壓在她身上。「孩子，我就是妳的姨母，貨真價實。妳本是汝陽王府的郡主，是皇室宗親的血脈，金枝玉葉，只因當年發生錯誤才流落民間。快些同我回京吧，我領妳去王府認祖歸宗，王府大郡主的身分，本來就是妳的，一個外來的占了這麼多年，總該讓她還回來。」

沈蒼雪眉頭緊皺。

趙月紛說的話，她完全聽不懂。在「沈蒼雪」的記憶中，父母恩愛，對她也格外疼寵，除了那一場火災讓她失去雙親之外，「沈蒼雪」一直過得無憂無慮、幸福快樂。

她從未想過自己不是沈家的孩子。

沈蒼雪冷靜道：「夫人所言可有證據？」

「自然有。」趙月紛連忙將自己調查出來的事，加上記憶中長姊分娩時的情況講給她聽。

沈蒼雪默默聽完，說不感到震撼是騙人的。

假設趙月紛無事生非好了，那這麼做的理由為何？林府位高權重，汝陽王府更是皇室宗親，沒必要編出這樣一戳就破的謊言來騙她。

可是沈蒼雪壓根兒不願意摻和這件事，她正了正臉色，道：「即便如此，也不過是林夫人的臆測罷了，我不可能因為您的幾句話便上京。」

趙月紛著急地問道：「妳難道不想恢復身分？」

沈蒼雪笑了。「我如今是聖上親封的城陽郡主，有府邸、有良田，手中還握著臨安城首屈一指的酒樓和飯館，財運亨通、日進斗金，哪裡需要恢復什麼身分？」

第四十一章　死裡逃生

即便這件事是真的，沈蒼雪也不覺得汝陽王府是什麼好歸宿。

雖然她擺脫不了「汝陽王府」這四個字帶給自己的熟悉感，但這不妨礙沈蒼雪對它的警戒。

趙月紛恨鐵不成鋼。「妳可知道多少人想要這身分還不能呢，京城那位鄭姑娘，便是同妳抱錯的那個孩子，就仗著這身分驕縱奢靡，從不將別人放在眼裡。」

「甲之蜜糖，乙之砒霜，我所求的不過是安穩度日罷了。」話已至此，也沒什麼好交代的了，沈蒼雪站起身，又道：「況且林夫人所言有幾分是真心、幾分是報復，也未可知。」

既已曉得趙月紛同汝陽王府那位郡主不睦，她便不會去當趙月紛用來對付別人的一把刀。

她如今過得很好，只要那位被抱錯的姑娘別來招惹她，沈蒼雪可以不追究。

對她來說，養恩大於生恩。

沈蒼雪匆匆離去，獨留趙月紛在原地氣急敗壞。

甩開趙月紛之後，沈蒼雪便將這事暫且放下，回頭帶著吳戚跟興旺兩人要去莊子採辣椒。

路上沈蒼雪不提趙月紛說了什麼，可吳戚卻從這幾日的觀察中看出了一些苗頭，畢竟沈蒼雪長得同趙月紛也有些像。

如果事情真如自己推斷的那樣，吳戚還是希望沈蒼雪能回京城，他並未直接挑明，只是又說了許多汝陽王府的事。

沈蒼雪聽得煩了，但是又覺得他說的這些內容也似曾相識，於是問道：「王府裡的那位大郡主叫什麼？」

吳戚認真回憶了一下，幸虧他從前替聞西陵打探各家消息，要不然他也想不到。「似乎叫……鄭意濃，聽說還是個才女。」

「鄭意濃……汝陽王府……」

沈蒼雪念過了兩遍之後，腦海中忽然閃過一個畫面。

她想起來了，這不是自己從前無聊時，為了打發時間而看的一本小說中的角色嗎?!

沈蒼雪還未回過神，馬車忽然被逼得停了下來，外頭的興旺像是被嚇到了，要喊卻喊不太出來。

吳戚一把扶住沈蒼雪，厲聲吼道：「怎麼回事?!」

興旺嚇得渾身發抖。「救、救命——殺人啦！」

「妳在此待著不動。」吳戚放開沈蒼雪，抽出放在馬車底部的長刀奪門而出。

沈蒼雪死死地扯著車窗上的流蘇，嘴唇顫抖。

她不是第一次遇到這種事了，若說第一次是因為聞西陵，那麼這一次又是為什麼？主謀是誰？是那位泰安長公主，抑或是……汝陽王府？

外面傳來了打鬥聲，興旺在被吳戚吼過之後，就邊喊邊爬進馬車裡，嚇得對著沈蒼雪哇哇直哭。「不知道哪兒來的五個賊人，一靠近就抽出刀要砍，若不是我逃得快，這會兒已經沒了。東家啊，您打哪兒惹來這麼多殺神啊？」

興旺哭哭啼啼的，沈蒼雪被他惹得心煩意亂。打鬥聲還沒停止，她不知道吳戚能否以一敵五，但她實在不能出去。

出去，不過是添亂。至於興旺這個男子，還不如她鎮定呢。

沈蒼雪遞了一把匕首給他，是聞西陵送的。

興旺抹了一把眼淚，後知後覺地問：「這匕首給了我，您拿什麼呢？」

「拿這個。」沈蒼雪掂量了一下車裡的擀麵杖。這擀麵杖是沈臘月放上來的，她做手工時會用上，如今正好拿來防身用。

「擀麵杖能打人？」

沈蒼雪目光堅定，冷靜道：「別小看了廚子的腕力。」

只要有勁，即便是一根木頭也能防身。

她話音才剛落，忽然有把刀戳穿了車壁，險些劈向沈蒼雪的腦袋。

不過下一刻，馬車外的人便迅速被吳戚拿下。

興旺被這突如其來的變故嚇得鬼哭狼嚎，艱難地爬到沈蒼雪背後躲著。

沈蒼雪握著擀麵杖，一顆心漸漸發緊。

對方人多勢眾，吳戚一人擋在前頭也無濟於事，沒多久，車門便受不住了，衝進一個紫衣男子。

他正作勢要刺向沈蒼雪，不過沈蒼雪先下手為強，舉著擀麵杖，對著他的太陽穴狠狠一擊。

那人沒想到沈蒼雪會反擊，更沒想到她的手勁會這麼大，一擊過後，他便翻了個白眼，無力地倒在車上，隨後被沈蒼雪用力推滾了出去。

吳戚焦急的聲音從外頭傳來。「東家沒事吧？」

「都還安全。」沈蒼雪儘量保持情緒平穩。

這五人本以為今天勢必能得手，卻沒料到吳戚這個平凡無奇的幫工竟然深藏不露，招招狠絕，都是殺人的路數，比他們這些殺手還要厲害，像是受過訓練似的。

一番激烈的打鬥過後，吳戚負了傷，可那五人非死即傷，活著的也沒了力氣，直接躺在地上動彈不得。

之所以沒讓他們全都上西天，是因為沈蒼雪開口，說要留兩個人問話。

一切平息了之後，沈蒼雪才小心翼翼地從裡面出來。

興旺本來不敢亂動，但是看沈蒼雪離開了，怕自己被丟下來，趕忙顫顫巍巍地跟了出去，結果出去一看，人差點沒被嚇暈。

他興旺只看過殺雞，沒看過殺人啊！雖然這幾個殺手的確該死，但是看到鮮血滿地的樣子，他還是乾嘔連連，趴在車邊吐個不停。

沈蒼雪先走到吳戚身邊問道：「傷到哪兒了？」

吳戚動了動胳膊說：「右臂跟左腿傷得比較嚴重。」

方才打鬥的時候不覺得疼，這會兒打完了，痛覺忽然湧了上來，疼得他連走路都不能。

「你先去車上歇著，我去搜一搜。」沈蒼雪忍住噁心查看了一番。

這些人身上並沒有字條這一類明顯的證據，也瞧不出是什麼人交代他們行凶的。

私下審問得承擔風險，這種關乎人命的大事，沈蒼雪決定還是交給府衙的人去審。

這裡離莊子不過幾步路，沈蒼雪讓興旺照顧吳戚，便轉身走去莊子，叫來屈禾等人將活著的兩人捆綁好，至於已經身亡的三人，屍體也會一道送去府衙。

馬兒傷著了，油壁車更是被砍得破爛不堪，這架馬車已無法使用。沈蒼雪用的是莊子上的牛車，抵達醫館之後，興旺扶著吳戚去包紮，待他們兩人下車後，她就帶著屈禾去府衙。

陳孝天來臨安城多年，還是頭一次碰到這麼惡劣的案子。一次雇了五個殺手，這是非置人於死地不可，且聽沈蒼雪所言，這些人似乎還同京城那邊有些關係。

沈蒼雪知無不言，她比誰都想確認這件事究竟是何人所為。目前只有兩個懷疑對象，一個是泰安長公主，一個是汝陽王府的大郡主，沈蒼雪一一暗示給了陳孝天。

說完，她仔細地觀察陳孝天的反應，幸好陳孝天並無半分推諉的意思。

自己治下出了這樣的事情，陳孝天當然不會坐視不管，他同沈蒼雪道：「郡主放心，此事府衙定會給您一個交代。」

不論是何人所為，只要做了，便能查到線索。陳孝天可不管對方官有多大、地位有多高，敢將手伸進臨安城，就別怪他不留情面。

交代案情過後，沈蒼雪遂跟陳孝天道別，準備回去看看吳戚。

不想才出了衙門，沈蒼雪便同趙月紛迎面碰上。

趙月紛慌慌張張地趕過來，見沈蒼雪人好好地站在這兒，才長吁了一口氣，撫著胸道：「我快嚇死了，方才得知吳戚進了醫館，趕忙跑了過來，還好妳安然無恙。」

說實話，沈蒼雪竟然有一絲絲感動。

雖然趙月紛想讓她回京的目的不純，但的確是關心她的。

趙月紛的心安了，下一刻又惡狠狠地說道：「那些賊人何在？可要妳姨父親自審問？」

「已經在牢裡關著了。」

趙月紛氣憤不已，怒道：「光天化日之下竟敢行凶，簡直狂妄！這些日子見妳行事得宜，未曾與旁人有任何過節，今日卻遭此大難，必是有人知道什麼，想要殺妳滅口。」

沈蒼雪不禁覺得好笑，這就挑撥離間起來了？

雖然那個鄭意濃嫌疑確實很大就是了。

她沒有在府衙門口議事的習慣，索性坐上趙月紛的馬車，將牛車交給屈禾，讓他回去替自己將辣椒摘好，明日上午再送過來。

事情安排妥當之後，沈蒼雪才問趙月紛。「不知那位鄭姑娘是什麼樣的人？」

趙月紛冷笑道：「她啊……心狠手辣、表裡不一，最擅長蠱惑人心。原先不過是目中無人了一些，倒也還算天真，可不知為何，兩年前落水醒來之後像是變了個人，報復心極重。「先前京城有一位姑娘同她過不去，幾個月之後，那位姑娘被發現與人有染，名聲徹底壞了，被她爹娘匆匆嫁去了外地，從此抬不起頭來。這件事她將自己摘得一乾二淨，可細究起來，卻處處都有她的身影。這麼大的變化，她爹娘竟絲毫不覺，我好意去提醒，反而惹了一身腥。」

趙月紛說著，美目一閃。「說來也不怕妳笑話，我過去還想將她同我家長子配成一對，打的是親上加親的主意。可現在看來，這樁親事幸好沒成，否則如今頭疼的便是我了。要說這件事是她指使的，那定然錯不了，依她這性子，若是知道當年抱錯孩子的真相，定會將妳除之而後快。」

對趙月紛而言，結不成親原本不至於結成仇的，是鄭意濃那丫頭變化太劇烈，讓她有所警戒罷了。不過在外人看來，只認為是婚事沒談成，兩家翻臉了。

此刻的沈蒼雪，心亂如麻。

她知道這不過就是趙月紛的片面之詞，但又忍不住細究，萬一這真的是鄭意濃做的呢？

沈蒼雪不禁回想起自己當年看的那本小說。

那是以鄭意濃重生復仇的角度來寫的。假千金鄭意濃重生歸來，迅速籠絡人心，以至於等真千金躲過重重追殺跑去京城後，卻不被王爺與王妃所喜。

在沈蒼雪看來，這故事寫得糟透了，哪有這麼降智的王爺跟王妃？

她本就看不下去，囫圇吞棗地翻了兩章之後，發現女配角的名字同她一模一樣，更覺得難以忍受，直接放棄不看。

時隔多年，她本來已經忘了這本小說，卻因聽到「鄭意濃」跟「汝陽王府」這兩個關鍵詞，意外地想了起來。

穿越過來的時候，她只知道原主的名字碰巧跟自己一樣，完全沒聯想到跟這本小說有什麼關係，可現在得知這個事實之後，她才明白老天的安排有多麼驚人——她不僅穿越了，還穿書！

太離譜了。

至於這個故事的結局，她是一點印象也沒有，畢竟她壓根兒沒看到最後。

原主真正的身分，是不被親生父母疼愛的女配角，可如今她沈蒼雪來了，總不能讓人一直壓著吧？

若此事查明真是鄭意濃所為，沈蒼雪絕對要殺去京城，給她一個教訓。

如今她已不是從前那個家徒四壁的沈蒼雪了，不論是鄭意濃想讓她死，抑或是故事的走向要讓她死，都得看看她這個「女配角」願不願意被操控。

趙月紛怕沈蒼雪心生怯意，連忙緊握她的手，急促道：「既然有了第一次，便有第二次，與其躲在臨安城，不如直接殺回京城。哪怕不能將她繩之以法，也能讓她的境遇急轉直下，等她沒有了倚仗，還拿什麼跟妳鬥？」

說完，趙月紛又添上兩句。「總好過如今她在暗、妳在明，形勢對妳太不利了。」

沈蒼雪閉上了眼睛，滿臉倦容道：「待我想想。」

待沈蒼雪返回酒樓時，眾人都還驚魂未定。方才興旺扶著吳戚從醫館回來，可把他們嚇得夠嗆，一問之下，才知道原來他們竟然是遇刺了。

這事聽著本就嚇人，尤其旁邊還有興旺這個膽小鬼渲染，更顯得凶險非常。

一見到沈蒼雪，大夥兒一窩蜂地湧過去問她好不好，一個個抖得連話都說不全，反而是沈蒼雪這個差點被弄死的最鎮定。

幾個人還要問她話，沈蒼雪都三言兩語將他們打發走了，沈臘月也是。她天真單純，比別人更好糊弄一些，沈蒼雪騙她，說這回的人是因為聞西陵而來的，她便信了。

只見沈臘月哭得抽抽搭搭，讓沈蒼雪抱了一會兒，便哭著睡著了，睡著後還握著沈蒼雪的手，既可憐又可愛。

沈蒼雪擰了條溫帕子，將她的小花臉擦乾淨後，將人抱進房間裡。

臘月這關好過，不好過的是淮陽。

沈蒼雪才剛將沈臘月放床上，剛剛為她蓋好被子，沈淮陽便進了房間。他在私塾讀了一陣子的書，性情越發內斂，偶爾流露出來的神態壓根兒不像是他這個年紀該有的。

龍鳳胎歲數一般大，可兩個孩子的性情卻是天差地別，若能勻一勻就好了。

沈蒼雪抬起手指「噓」了一聲，讓沈淮陽先別說話，免得吵醒了沈臘月，自己則領著他去了外頭。

坐定之後，沈蒼雪見他板著一張小臉，不禁笑出聲道：「我們家淮陽幾時變成小老頭了？」

沈淮陽立刻拉長了臉道：「阿姊，妳怎麼這樣？」

見沈蒼雪依舊嬉皮笑臉的，沈淮陽無奈地說：「這已經不是第一次了，若第一次是因為那位世子爺，那麼如今呢？若說還是因為他，未免太荒謬了些。阿姊騙得了臘月，可騙不了我，這其中還有別的緣故，是不是？」

沈蒼雪嘆了口氣，擰了一下他的腮幫子，在沈淮陽快要炸毛的時候，終究還是點了點頭道：「就數你最聰明了。」

聞言，沈淮陽不禁憂心忡忡。「同那位林夫人有關？」

瞧沈蒼雪神色凝重，沈淮陽低下頭，心頭悶悶的，有些不敢看沈蒼雪的眼睛。良久，他才啞著聲音問：「阿姊才是汝陽王府的大郡主，對吧？」

這些日子以來，不僅是沈蒼雪覺得趙月紛形跡可疑，就連沈淮陽也認為此人別有所圖。他擔心趙月紛會對自家姊姊不利，於是悄悄跟蹤了她一段時間。

也不知是他運氣好，還是趙月紛故意想讓他知道，總之沈淮陽聽到了趙月紛同她丫鬟的對話，得知了整件事情的來龍去脈。

朝夕相處的阿姊並不是他真正的親人，沈淮陽瞬間覺得天都塌了。

他慌忙逃開，一直不敢正視這件事，直到今天，阿姊遇刺了。

他直覺這同京城有關。

「阿姊是不是要離開？」他輕飄飄地問出了一句教人絕望的話。

沈蒼雪不知道沈淮陽是怎麼得知一切的，她心一緊，下意識地否認。「不會，我同汝陽王府沒有半點干係，我的親人只有你跟臘月。」

見沈淮陽垂眸不語，沈蒼雪心疼地將他抱進懷裡。

「你這麼小小的一個人，怎麼偏偏有這麼多想法？不管你是從哪兒聽來的，這都是大人之間的事，跟孩子們無關。阿姊同你保證，不論是過去、現在或是將來，咱們三人都是親人，這一點永遠不會改變。

「即便日後查出來，我同那位鄭姑娘確實是抱錯了，我也不會回汝陽王府。高門府邸向來不受我喜愛，你也是知道的。」

她堅定地保證。「我會陪你們一起長大，看著我們淮陽成家立業，看著臘月出落得亭亭玉立。」

沈淮陽忍不住眷戀地靠著他阿姊。

他知道自己的想法太自私，畢竟只要回了王府，阿姊的日子肯定過得比他們現在更富貴。

可是他捨不得。這是他的親人，從他懂事起便一直依靠、信賴、維護的親人，他不想放手。

沈淮陽再次確認。「真的不會回去嗎？」

第四十二章 王府會面

只見沈蒼雪失笑道：「我也不瞞你，若此事真的是汝陽王府所為，我會將你們安排妥當，隻身去京城查明此事，要個公道。等事情定下後，我會回來的，臨安城才是咱們的家，酒樓跟飯館是我一手經營出來的，你們倆也是我一手照顧的，你們的分量遠高於一個毫不重要的汝陽王府。別說是王府了，就算是皇宮，我也不稀罕。」

沈淮陽聽完之後，感到安心之餘，又開始提心吊膽。「怎麼能去京城呢？那不是羊入虎口?!」

「若是不去，便放任他們作踐嗎？」沈蒼雪拍了拍他的後背，安撫道：「反正我現在好歹是個郡主，朝廷多少會給我些面子的，我只求公道，別的都不要。」

沈淮陽囁嚅道：「我跟臘月可以跟著嗎？」

搖搖頭，沈蒼雪無奈道：「你們跟著，我還要分神照看你們。就不能信任一下阿姊嗎？我會很快解決這件事的。」

沈淮陽不說話了，再一次對自己年紀小這個事實感到不滿。

若是他年紀大一些，足夠自保，也不會被阿姊留在臨安城了。

沈蒼雪對沈淮陽說的這些，不過是自己的打算罷了，畢竟她如今不過是猜測買凶殺人的主使是誰，並未獲得證實。

然而，很快的，府衙那邊便有了答案。

陳孝天派人請沈蒼雪過去，說是審出了消息。趙月紛得知之後，便同沈蒼雪一塊兒進了府衙。

看到趙月紛時，陳孝天一點都不意外，因為近來趙月紛囑託林大人在他這兒打聽了不少城陽郡主的事。

林大人雖然沒有露底，但在他的隻言片語中，卻暗示了趙月紛的疑心。有這樣的事情在前頭，陳孝天對此案的真凶是誰，心裡多少有點數。

被押過來的兩個活口，雖然身上沒搜出什麼證據，但在嚴刑拷打之下，總算是鬆了口。

他們是接了雇主給的差事過來滅口的，按照他們所言，那人同汝陽王府有些關係。

「找上門的是個男子，對方並未表露身分，但他們自己查了出來，那是汝陽王府的一個採買管事。據說王府的人已經不是頭一次暗中找殺手了，由於前一回行動失敗了，加上城陽郡主正受人矚目，好長一段時間都沒人願意接這個活。這回他們會應下，實在是因為缺錢，而王府那邊給得也夠多。」

說著，陳孝天拿出供詞給沈蒼雪過目。

趙月紛探過頭看了半晌，道：「那管事只怕也是奉命行事。」

至於是奉了誰的命，不言而喻。

趙月紛又慫恿起沈蒼雪。「這件事估計王爺跟王妃毫不知情，若不揭穿真相，他們豈不是要一輩子被蒙在鼓裡？如今證人在此，妳何不直接上京討個公道？」

陳孝天也道：「若有需要幫忙的，本官也義不容辭。」

這可是在臨安城內犯的事，陳孝天心裡也窩火得很，恨不能親自上京將幕後黑手給揪出來示眾。

沈蒼雪想起頭一回險些被殺害的場景，便暗暗發狠。

虧她一直以為自己是因為聞西陵才遭殃的，原來在更早之前，汝陽王府的人便盯上她了。

鄭意濃……真是跟條毒蛇一樣，陰魂不散。

沈蒼雪回憶了一下那本小說的劇情，她雖然早早就將書丟到了一邊，但依稀能記起故事簡介——女配角死裡逃生了幾次。

重生一回，打算「復仇」的女主角，自然不同於以往的不諳世事，變得工於心計、心狠手辣、毫不留情，主打的便是一個「爽」字。

可是憑什麼，憑什麼她要成為女主復仇路上的犧牲品？她同鄭意濃往日無冤、近日無仇，從來沒虧欠她，難道只因為不巧互換了身分，便構成她殺人的理由？

不管鄭意濃上輩子有多少苦難，都同她沈蒼雪無關。

她是有血有肉的人，不是劇情跟女主角能左右的。

有一就有二，有二就有三。她若繼續忍讓，回頭怎麼死的都不知道，唯有破釜沈舟地拚一回，事情才可能有轉機。

沈蒼雪本來就已經有了打算，這次很快便點頭。「好，我們上京！」

趙月紛歡天喜地道：「妳總算是想通了！我這邊先寫信回去，讓長姊提前盯著些。」

「不必。」沈蒼雪立刻打斷她。

她不信汝陽王府，不管是王爺跟王妃都一樣。「真的假不了、假的真不了，何必打草驚蛇呢？等去過之後便都知道了。」

趙月紛先是一愣，隨即歇下了這個念頭。

罷了，這外甥女好不容易同意要去京城，便都聽她的吧。

脫口說出自己要去京城的那一剎那，沈蒼雪便知道有些東西必須捨棄了。她往日的確追求平凡安穩，可也不能任由人欺負。

此番前去京城，興許會鬥個魚死網破，要先做好心理準備。

沈蒼雪既下了決定，便不再耽誤。

吳戚被沈蒼雪留了下來。鄭意濃都能從京城買凶到臨安城殺自己了，難保她不會對淮陽跟臘月出手。為保萬一，留吳戚照看兩個孩子才是上策。

至於她自己，則跟著趙月紛一道回京。

吳戚總覺得不妥，想要跟著她，沈蒼雪卻慎重道：「你將他們兩人照顧好，才是對我最大的幫助。這些日子以來多虧了你，等我回京料理好這些事，必定好生謝你。」

吳戚斂眉。「何須言此？」

他幫沈蒼雪，既是因為世子爺的命令，也是因為沈蒼雪值得。時至今日，吳戚已是心甘情願地留在臨安城。

雖然，這樣想實在有些對不起世子爺。

沈蒼雪慶幸聞西陵當初給她留了這麼一個幫手，免得她隻身負京，還要擔憂淮陽他們的安危。

多說無益，沈蒼雪迅速安排好所有事情。

沈臘月不知內情，相信沈蒼雪進京是為了給酒樓物色酒水，可沈淮陽卻知道緣由。比起天真不知愁的沈臘月，沈淮陽顯然承擔得更多。

臨行之前，沈蒼雪跟沈淮陽談了許多，之所以這麼做，也是為了安他的心，這孩子太缺乏安全感了，總擔心她在京城會出事。

沈蒼雪只能一遍遍保證，自己一定會平安回來。

翌日，林度遠與趙月紛啟程回京，沈蒼雪帶著行囊，隨他們踏上前往京城的路。

才坐上馬車，沈蒼雪便掀開了車簾，對著眾人揮了揮手。

段秋生領著大夥兒站在酒樓門口，默默為沈蒼雪送行；崔瑾則攬著沈淮陽兄妹倆，輕聲安撫他們。

沈蒼雪慶幸自己結識了這麼多人，有他們在，這臨安城便永遠是自己的靠山。

「啟程吧。」趙月紛對外頭說道。

不同於沈蒼雪，趙月紛對臨安城毫不留戀，而是歸心似箭。她已經迫不及待地想看看京城那邊的人會有什麼樣的反應了，肯定會「很有趣」。

趙月紛側過頭去，原想跟自己的外甥女說一會兒話，結果卻見沈蒼雪仍舊支著一隻手，車簾自始至終都沒放下來過。

她的目光望向車外，似乎在看同一處，又似乎沒有焦點，不過無論是哪一種，她的眼眸裡滿滿都是悵然若失。

趙月紛莞爾一笑道：「真有這麼捨不得？」

「這裡都是我的家人。」

「京城那兒亦有妳的家人。」

沈蒼雪但笑不語。

「家人」這兩字重若千鈞，可不是誰都擔得起的。

趙月紛似乎篤定只要她去了京城便會留在那兒，可沈蒼雪卻真沒有這樣的心思。

她不過是為了自己討個公道，順便了結書中的因果。倘若可以，她也想查清原主父母被害的真相。

天理昭昭，報應不爽，犯了錯的人總不能一直逍遙法外。要是律法懲治不了這些高高在上的凶手，那私下制裁將會是她唯一的選擇。

沈蒼雪輕笑一聲。

趙月紛忽然察覺整個馬車裡涼颼颼的，讓她不自覺地縮了一下身子。

她將這個外甥女帶去京城，應該沒錯吧……

沈蒼雪這一出門，對沈記酒樓跟聚鮮閣來說是不小的打擊。一連兩天，兩邊的人都無精打采，彷彿失了主心骨一般。

只要沈蒼雪在，他們不管做什麼都有倚仗，可目前主事的人不在，往常再熟悉不過的活，現在也做得格外小心謹慎，生怕行差踏錯，回頭沒人兜底，教旁人看了笑話。

段秋生冷眼看了兩天，最後實在忍不住，將眾人召集起來好生訓斥了一頓，其中最該罵的就是萬喜。

「沈老闆將聚鮮閣交給你，便是信任你的能力。她這才剛離開多久，你們便萎靡不振，不僅白費了她的用心良苦，也讓她錯看了你。你若實在不行，趁早退位讓賢，免得讓我看著生厭！」

聞言，萬喜羞愧到恨不得找個地洞把自己給埋了。

他原先渾渾噩噩的，討了一頓罵之後才想了個明白，知道自己沒擔任好領頭的角色。

萬喜趕忙認錯。「是我犯渾了，從今日起，我必定好好照顧飯館，保證跟東家離開之前一模一樣。」

段秋生冷笑兩聲，又看向其他人道：「你們也是一樣。從前怎麼做，往後便怎麼做，沈老闆不過出門辦事，幾個月便能回來。若不好好替她看守鋪子，也用不著她回來料理，我先將你們全都攆了。」

一番嚴辭教訓之下，沈記酒樓跟聚鮮閣的人都既羞愧又後悔。

自這日起，眾人便恢復了活力，更加認真面對自己的工作。

不過，龍鳳胎著實沮喪了許久。

沈臘月是希望阿姊趕緊回來，沈淮陽則是害怕汝陽王府會對沈蒼雪不利。

如今沈淮陽除了痛恨自己年歲尚小，無力改變事實，便是後悔自己當初沒有給阿姊找一個位高權重的姊夫。

他從前為阿姊物色對象時，不看重門第，也不看重權勢，現在想來，還是偏頗了。

一定要找個厲害的人，才能在這波詭雲譎的世道裡護住阿姊。

沈淮陽同吳戚分享自己忽然轉變的心境。

吳戚靈機一動道：「家世好、門第高，那我們家世子爺如何？」

沈淮陽皺起了眉頭。「你是說聞大哥？」

「正是。」

沈淮陽認真地想了想，半晌後問道：「他能保護好我們阿姊嗎？」

「那是必然的，我們家世子爺文武雙全，既能提槍上陣殺敵，也能挽袖洗手作羹湯，天底下像他這樣的好男兒已經不多見了，淮陽你好好考慮一下。」

吳戚賣力地推銷他們家世子爺，渾然不知在京城眾人的眼中，他們世子爺如今還「死」著呢。

不過這只是一時的，因為聞西陵已經籌謀妥當了，不日便能現身於人前。

沈蒼雪等人安然無恙地橫跨南北，抵達京城。

長江一過，兩岸的景色便迥然不同。江南水鄉是詩情畫意，天子腳下則是富麗堂皇。

趙月紛這一路上都在為沈蒼雪惡補京城的世家情報，那龐大又錯綜複雜的姻親關係網，換成別人可能已經崩潰了，可沈蒼雪竟然硬生生地記了下來。

順利抵達了京城，沈蒼雪雖然身體有些倦怠，精神卻相當亢奮。

趙月紛很清楚後頭會有什麼好戲，比沈蒼雪還要坐不住。

在林度遠問及她們兩人是否要回府休息時，趙月紛立刻拒絕。

「休息做甚？既然回到了京城，便該先發制人，否則走漏了風聲，又該有人想要將蒼雪除之而後快了。」

她一把牽起沈蒼雪的手道：「走，姨母帶妳去王府討公道！」

趙月紛一聲令下，便帶著一隊人馬浩浩蕩蕩地趕往汝陽王府。

今日趙月紛能如此張狂，仗的便是沈蒼雪這張臉。若說她不是她長姊的血脈，那人必定是睜眼瞎子。

趙月紛氣勢洶洶地帶人上門，鄭意濃似是感應到了。

鄭意濃今日一早起身之後便一直心神不寧，方才出房門時更因沒看清路，直接崴了一腳。

痛是不痛，卻格外心慌。她總覺得今日會有大事發生。

事情比鄭意濃想像中來得更快，還沒等她琢磨清楚，門房便有人來報，說是趙月紛帶著一位肖似王妃的姑娘登了門，要替這位姑娘討個公道。

鄭意濃心一沈，指甲深深地陷入自己的掌心。

「可曾說了那位姑娘姓甚名誰？」

「不曾說，不過王爺跟王妃已經去接見了。」

不好！鄭意濃忍著腳上傳來的痛意，快步出了屋子。

錯了，又錯了，沈蒼雪怎麼會在這個時候上京？她為什麼還沒死呢？自己分明派了人過去啊！

沈蒼雪，妳若是死了大家都清淨，可妳為什麼就是不乾脆一點呢？

蘭蕤廳內，趙月紛攜沈蒼雪坐在下首，汝陽王鄭毅與王妃趙卉雲坐在上首，左右兩側立著侍茶的丫鬟。

現場分明有十幾來個人，卻無一人言語，只聽得見沏茶的聲響。

小丫鬟將茶水奉上，微微抬眸，目光悄悄地放在眼前這位姑娘身上。

映入眼簾的是一張熟悉的臉，眉眼盈盈，既嬌柔又堅忍。

單看面容，似一朵盛開的牡丹，但是瞧氣質，又像是櫛風沐雨的青竹，讓人想探究她的經歷。這兩種截然不同的氣質摻雜在一個人身上，顯得她特別與眾不同。

至於穿戴方面，平凡無奇卻顯得清雅宜人。一身水綠色衣裳，頭上無朱釵頭面，只梳著垂鬟，襯得人霧鬢雲鬟、冰肌玉骨，越發靈動飄逸起來。

這位從小地方過來的沈姑娘，並不似他們以為的那般不堪呢。

小丫鬟看完後，才發現對方正噙著笑回望她，似乎在問她看好了沒有。

這小丫鬟臉一紅，不好意思地低下頭，忙收起茶托回邊上站好。

本來她是不敢再看的，可是沒過一會兒，視線又不由自主地飄向了那一處。真好看啊，比他們大郡主生得都好看。

沈蒼雪不動聲色地觀察起了汝陽王爺跟王妃。

拋開那本寫得亂七八糟的小說不說，沈蒼雪更願意相信他們是生活在真實世界的人，既然是人，便有自己的考量、有自己的感情。

她不求眼前的親生父母能全心全意地信任她，只希望這兩人心中有律法、有仁義、有是非道德，其他的，她並不奢望。

趙卉雲數次望向沈蒼雪，整個人坐立難安。

有些事明明顯而易見，可身處其中的人卻怎麼都不願意相信，趙卉雲顧左右而言他了起來。「小妹，妳不是才從臨安城回來，不回府歇息，怎麼先到我這處來了？想妳一路奔波，定是累了，要不先下去梳洗一番吧？待歇息過後，咱們再來說話？」

趙月紛冷笑，右手搭在紅木長椅的把手上，搞事的氣焰直衝雲霄。「不必，我過來是有話要說，說完便走。」

鄭毅不是沒看到沈蒼雪那張臉，但他向來對趙月紛不喜，只道：「那妳倒是說啊。」

「不急，有人還沒來呢。」

趙月紛的話音剛落，外頭便響起一陣腳步聲。

說曹操曹操到，鄭意濃進入了廳內。

沈蒼雪側過身子，第一時間搜尋起了這位女主角的身影。

目光相互碰撞的那一瞬間，兩個人都頓住了。

沈蒼雪彷彿在對方身上看到了臘月的影子，從五官到臉型，無一不像；鄭意濃瞧見那張跟汝陽王妃像是同一個模子印出來的臉，拚命壓抑幾乎要噴射而出的濃烈恨意。

這輩子的沈蒼雪同上輩子完全不一樣。

前世的她因獻藥有功被送來京城，卻是一副唯唯諾諾、患得患失的模樣。因為常年吃苦，整個人瘦骨嶙峋，即便模樣生得好，也沒反應在儀態上。

可今日再見，沈蒼雪哪有當初印象中的畏縮？

變化太大，以至於鄭意濃懷疑，是不是除了自己還有人重生了，如若不然，實在解釋不清兩世以來的變化。

第四十三章　不死不休

沈蒼雪已回過了神。

不過是皮相相似罷了，鄭意濃比不過臘月天真可愛，臘月長大了也不會如她這般表面純良、內心邪惡。

趙月紛笑著說道：「唷，從前不知道，待我去了一趟臨安城，才發現我這外甥女同沈家的么女竟生得這般相像呢！」

鄭意濃愣住了。她上輩子壓根兒沒見過那一對龍鳳胎，更不知自己竟然與其中一個生得容貌相似。

趙月紛說完，還求證似的問沈蒼雪。「是很像吧？」

沈蒼雪緩緩地點頭道：「確實有些像。」

「何止是有些?」趙月紛看著已經變成了一根木頭的親姊姊，再次戳破這層窗戶紙。「她跟妳家妹妹是一個模子印出來的，妳跟我長姊也長得一模一樣……唉呀，天底下哪有這麼巧的事?!」

說完，趙月紛又將沈蒼雪的經歷說了一遍。

從她在福州長大，因為饑荒而逃難，九死一生抵達臨安城，再來做吃食生意養家餬口，後因獻藥有功受封郡主，成為臨安城人人喜愛的城陽郡主、沈老闆。

趙月紛每說一句，趙卉雲心中的愧疚就多一分。

她的目光流連在沈蒼雪身上。

答案呼之欲出，趙卉雲一顆心揪了一下，不願相信自己寵愛這麼多年的女兒竟是別人家的孩子，她質問趙月紛。「小妹，妳說這些沒頭沒尾的話，究竟是什麼意思？」

「自然是要糾錯了。長姊，我記得當年妳是在外面逃難時生下意濃的吧？巧了，這位城陽郡主的母親同妳在一處分娩，她便是當年救了妳的大夫妻子。」

趙卉雲神情複雜地看向沈蒼雪道：「妳爹是大夫？」

「正是。」

趙卉雲目光幽遠，再次問道：「妳娘耳垂後邊，是不是有一顆胭脂小痣？」

「不假，眉心也有一顆美人痣。」

聞言，趙卉雲捏緊了帕子，態度猶豫起來。

與她相反，鄭毅得知沈蒼雪成了有封號的郡主後，對她高看了幾分，道：「妳爹娘如今何在？讓他們前來對質即可。」

汝陽王府早已沒落，可若是有一個頗得聖上青睞的女兒認祖歸宗，倒也不是壞事。

沈蒼雪據實以告。「我爹娘因意外離世，只怕不能來作證了。」

不知為何，趙卉雲鬆了一口氣。「既然如此，這事一時半刻也查不清楚，不如先緩一緩，妳同我家小妹先回去，待我問清了當年舊事，再回妳如何？」

堂下伺候的丫鬟們都是一愣。

兩人面容相似，抱錯孩子的可能性極高，若是換了她們，必定要將人留下，怎麼王妃反而要將人攆走？

趙月紛怒道：「緩什麼緩？人都來了，自然該一鼓作氣將案子查清楚。長姊妳也說那對夫妻品行高潔，斷然不會做出故意換孩子的事，想來搞鬼的人定在王府裡。當年同妳一道逃難的還有兩個姨娘吧，將她們請上來，即刻問罪。」

心一急，趙卉雲高聲呼道：「她們不在！」

她的反應太大，讓鄭毅都不禁詫異了幾分。

此刻的趙卉雲心慌意亂得很。

這兩個姨娘平常為非作歹，不知惹出了多少禍事，又對她這個正妻多有怨懟，要說她們惡意調包孩子，趙卉雲是信的。

正因為相信，才不敢讓她們來。

萬一真相大白，她疼寵了多年的女兒要如何自處？同陸家的婚事又要怎麼處理，難道要讓給這個沈蒼雪？兩個都是她的孩子，但人總是偏心的，血脈親緣終究比不上朝夕相處的情分。

鄭意濃懸著的心落到了地上，看來母妃這輩子全心全意向著她，不枉她這些日子費心討好，做足了孝女姿態。

不過趙月紛可不是那麼好糊弄的，她可是因為鄭意濃跟自家長姊正式鬧翻了，如今得讓整個王府替鄭意濃賠罪才行。

趙月紛強勢道：「前兩個月我來府上時，這兩個姨娘尚且跟我打過照面，今日怎麼偏偏不在？也罷，妳告訴我她們在何處，我派人去接便是了。」

不料趙卉雲回道：「小妹，即便這件事確實有可疑之處，可說到底是王府的家事，妳何必如此咄咄逼人？」

趙月紛嗤笑道：「這混淆的可不僅僅是姊姊跟姊夫的女兒，也是我們趙家的子孫。身為趙家子女，當然不忍心讓自家後代流落在外。況且，汝陽王府乃是皇親，蒼雪同鄭意濃若是真的弄錯了身分，這混淆皇室血脈的罪名，也不是區區一聲『家事』便能交代過去的。」

說完，趙月紛狠狠地拍了一下桌子道：「我知道你們夫妻兩人護著誰，可蒼雪是我帶回京的，我是她的親姨母，今日過來就是要為我這外甥女撐腰，你們誰也別想欺負她！」

鄭意濃怒斥道：「事情都還沒查清楚，姨母便公然幫著外人了？」

趙月紛忍不住氣笑了。「就憑這張臉，我不該幫嗎？」

她叫來自己的丫鬟跟婆子，吩咐道：「去，直接去內院將那兩個姨娘叫過來，我親自來審。」

「慢著！」趙卉雲忽然站了起來，直接離席，逕自走到沈蒼雪面前。

這孩子，真是十足十的像她，同她年輕的時候一模一樣。

趙卉雲平生最遺憾的事情，便是意濃不像她，可如今來了一個同她一模一樣的，她卻避之唯恐不及。

她輕輕地執起了沈蒼雪的手，笑得溫婉。「妳叫蒼雪是吧，歲寒蒼雪，真是個好聽的名字，妳爹娘定是疼妳、愛妳至極吧？」

沈蒼雪靜靜地瞧著她，只是微微頷首。原主爹娘很疼愛原主，不比趙卉雲愛鄭意濃少。

趙卉雲知道這樣對面前這孩子不公，但世上哪有絕對的公允呢？這種時候，她只能保一個、捨一個了。

稍稍一頓，趙卉雲道：「從前妳在外頭受了些苦，我同王爺有心彌補妳一二。只是王府畢竟不是普通的小門小戶，這樣大的事情，即便查清了，也可能帶來很大的影響。世家之間皆是牽一髮而動全身，我們實不敢貿然糾錯。

「可若妳真的是我們家的孩子，我們也不會虧待妳，來日便認妳做乾女兒。意濃有的妳也有，絕對不會少了妳的，如何？過去犯下的錯，現在何必追究？都已錯了那麼多年了，再追究也沒意思。」

沈蒼雪聽完，低聲一笑，拂開趙卉雲的手。

趙卉雲臉色一變。

鄭意濃差點脫口而出「妳不要給臉不要臉」，可目光觸及趙月紛護犢一般的模樣，才閉上了嘴，壓抑住情緒。

趙卉雲不悅地問道：「妳非要計較這些名分上的稱呼？」

沈蒼雪看著這對母女臉上的表情，忽然覺得自己沒必要這麼客氣。既然好言好語說不通，那就兵戎相見吧。

她後退一步，拉開同這對母女的距離。「王妃娘娘該不會以為，我稀罕這王府大郡主的名號吧？」

趙卉雲同鄭意濃都怔住了。

「我是聖上親封的郡主，有自己的府邸、幾百畝的良田，手頭的家底足夠我衣食無憂一輩子，王府的這點小恩小惠我還不放在心上。」

鄭意濃臉色奇差。「那妳來此究竟是為何？」

「只為討一個公道。」沈蒼雪目光灼然，鏗鏘有力道：「前些日子我被人追殺，險些喪命，押送他們見官之後，方才得知，那些人是得了汝陽王府的令，意圖取我性命。」

鄭毅跟趙卉雲錯愕地盯著沈蒼雪，皆不信會有這種事。

沈蒼雪冷著臉看向鄭意濃道：「那些人經由臨安府衙扭送至京兆府，今日便開庭審理。倘若此事確與汝陽王府有關，那草芥人命、心狠手辣的人，總該付出點代價。」

今日她大張旗鼓地帶著人過來，就是為了看住眼前這三個人，讓他們沒時間殺人滅口。

趙月紛不禁呆住了，臨安府衙直接將殺手送到了京兆府？

她怎麼不知道?!

這丫頭究竟做了幾手準備?

鄭意濃則是呼吸一窒,險些暈過去。

她努力穩住了身子,故作鎮定道:「簡直是一派胡言,汝陽王府多年清譽,豈容妳三言兩語便能誣衊的?」

沈蒼雪淡淡道:「是與不是,得看證據。」

鄭毅同趙卉雲也逐漸意識到情況不妙。這件事若是私下解決,不論真相為何,總是能大事化小、小事化無;可若是對簿公堂,回頭便一發不可收拾了,興許還會讓外人看笑話。

趙卉雲忙溫言軟語相勸。「蒼雪,這裡頭想必有什麼誤會,汝陽王府的人一向品行端正,絕不會做出如此歹毒之事。妳若還有什麼想查的,只管告訴我,我這便讓人徹查,大可不必往外頭鬧。

「方才我的意思妳或許沒聽明白,從今往後妳也是王府的小姐,我們待妳跟待意濃一視同仁,絕不會虧待妳。」

說完以後,趙卉雲眼神中流露出一股篤定。

她似乎以為,這便是沈蒼雪背後真正的目的,為的不過就是堂堂正正進入汝陽王府罷了。

沈蒼雪漠然道:「王妃娘娘莫不是以為我是在威脅您?」

趙卉雲有些遲疑了。難道不是？

沈蒼雪扯了扯嘴角道：「我如今是在告知。」

像是為了驗證她的話一樣，沈蒼雪話音剛落，便有門房來報，說是京兆府派了官差過來，要捉拿府上所有的管事聽審。

鄭毅猛然站起身，怒不可遏道：「妳竟然真的報官了?!」

沈蒼雪心想，她不真報官，難道要在這裡虛張聲勢？

這對夫妻倆傾刻間便冷下了臉，不復方才好言相勸的態度，接連說了好幾句「胡鬧」，就連趙月紛也被趙卉雲給遷怒了。

趙卉雲直接斥責道：「妳也不知道攔著些，難道王府出醜對妳有什麼好處不成？」

聞言，趙月紛靜默不語。

她也沒想到沈蒼雪還藏了這麼一手，過來這裡之前，沈蒼雪讓她多帶些人，趙月紛原以為是為了提升氣勢，沒想到她還另有打算。若是人帶得少了，還不一定攔得住眼前這夫妻兩人。

趙月紛不打算插手。

當初別人以為林府為了親家結不成而跟汝陽王府翻臉時，不知訕笑了他們家多久，也沒見汝陽王府出來說一句公道話。

既然這個姊姊只顧自己開不開心，她又何必顧及什麼姊妹情分？

京兆府的人沒多久便上門了。

鄭毅上前去寒暄，裝腔作勢地準備讓他們就此打住，不料京兆府的人並不買帳，公事公辦，要求王府將所有管事交出來。

「這……」趙卉雲不知如何是好。

鄭毅再次試探道：「我同你們家大人也有幾分交情，此事能否稍微通融一下，給個方便？」

「王爺還是不要為難咱們了。」帶頭的官差並不給面子，直接道：「這會兒是京兆府前來辦案，若是王爺多番阻攔，回頭這案子便要移交給刑部了，屆時宮中跟朝中人盡皆知，對王爺反而更不好。」

鄭毅頓時煩躁不已。他轉過身，不耐地向趙卉雲道：「將家中所有管事都叫過來。」

官差又補了一句。「煩請帶著府上人員的名薄，須得一一比對。」

趙卉雲知道逃不過了，嘆了一口氣，只好讓人照辦。

汝陽王府大大小小的管事集合之後，京兆府的人又對著名簿一一比對過，確認一個不少，方才領著他們出門。

不過鄭毅好面子，非要他們從後門離開，還用了幾駕馬車將人送出去，免得旁人看了議論紛紛。

沈蒼雪對他這份堅持實在看不懂。

倘若真的這般在意名聲，難道不應該悉心教導家中兒女，以防他們做出什麼有損家族聲譽的事嗎？養兒不教，鬧出這樣的醜事，如今方知要面子，未免太遲了些。

她轉過身，與趙月紛一同坐上馬車，進了京兆府。

鄭家三人隨行，方才當著眾人的面，趙卉雲並未細究，等上了馬車，她才開始試探鄭意濃。

今日趙月紛跟沈蒼雪打得他們猝不及防，冷靜下來之後，趙卉雲才覺得整件事透著古怪。

她與王爺肯定不會做出這種事，可是沈蒼雪又口口聲聲說此事是王府之人所為，她真的很害怕是自己寶貝女兒出的主意。

鄭意濃當然矢口否認。

趙卉雲見女兒說得毫不心虛，心中安定了不少。「既然不是咱們所為，這中間必然有誤會，等去了公堂將誤會解開，就能還咱們一個公道。」

鄭意濃靠在趙卉雲身上，緊緊地扯著自己的衣袖道：「怕就怕，這件事是有人故意算計好的……母妃，只有我覺得今日這件事太巧了嗎？興許是那位沈姑娘設的圈套，刻意離間我們母女感情，或是別有用心，想要借此進入王府，給父王添亂。」

趙卉雲一時無言。她也覺得此事甚是巧合，但是沈蒼雪的臉蛋卻是鐵證。雖然趙卉雲對這個半路跑出來的女兒的愧疚感已差不多煙消雲散，但是對著那張臉，實在很難否認她們之間的關係。

鄭意濃再道：「難道母妃真的要因為她而棄我於不顧？」

「瞎說什麼呢。」趙卉雲拍了拍她的手，安慰道：「我們意濃才是名正言順的汝陽王府嫡長女。」

鄭意濃擠出一絲笑意，只是臉上在笑，心中卻擔憂不已。

上輩子，她母妃也曾說過這樣的話，可是後來呢？再深的感情也抵不過血脈親緣。她還是太過軟弱了，若是大膽一些，直接將那兩個姨娘也弄死，那這件事便死無對證。

京兆尹楊鳳鳴鐵面無私，未對到場的汝陽王府等人有半分優待，一切比照尋常百姓。將那兩個追殺沈蒼雪的賊人帶上公堂之後，楊鳳鳴便讓人押著他們一一認過王府管事們的臉。

鄭意濃提心吊膽地站在邊上，心中祈禱能安然無恙地挺過去，最好這兩個人誰都不記得了，可是老天爺偏偏不站在她這邊，他們沒多久便認出了當時下訂金的管事——是汝陽王府裡頭負責採買的曹管事，他一家人都在王府當差，平日很受重視。

指認無誤之後，鄭毅臉色鐵青，震怒地看著曹管事，質問。「你是受何人指使？竟然敢給王府抹黑！」

曹管事悄悄看了鄭意濃一眼。

鄭意濃壓抑著內心的忐忑，漠然回望，警告地看了他一眼。

曹管事遂咬了咬牙，死不認罪。

官差將曹管事拖下去打了二十板子，原想等他撐不住自己招了，結果十板子下去人便暈了過去。

潑了水之後，曹管事依舊不招。

他不招供，此案便定不了，暫時也無法繼續往下審。

見狀，鄭意濃稍稍放下了心。

要拿捏住這些下人，她有得是辦法。

楊鳳鳴同沈蒼雪交換了一個眼神。

沈蒼雪知道今日大概就到此為止了，若想要曹管事招供，非解決他憂心的事情不可。

思及此，沈蒼雪遂道：「大人，一日工夫想來審不出什麼東西，不妨將曹管事先打入大牢，日後再審。」

鄭意濃鬆了一口氣，幸好……

然而，沈蒼雪接著又道：「不過為了防止幕後主使威逼陷害，還請大人將這位曹管事的家人暫時看守起來，以免他們落入歹人之手。」

楊鳳鳴看多了這類案子，連連點頭道：「這是自然。」京兆府的人方才便已經去尋曹管事一家了，不過這家人都是汝陽王府的家生子，此事還得汝陽王點頭才行。

楊鳳鳴側身問鄭毅。「不知王爺可有何意見？」

鄭毅冷哼一聲。

事情都鬧成這樣了，他還能有什麼意見？當然是趁早查清，還他們王府一個清白最好。

鄭毅問心無愧，便也以為家中眾人也清白，於是道：「你們只管查，只求別冤枉了好人。」

「王爺放心。」

第四十四章 火上加油

鄭意濃見他們三言兩語，頃刻間敲定了事情，內心越發難安。曹管事一家人便是她手中的籌碼，現在這個籌碼也沒了，她實在憂心自己的未來。

導致這一切的罪魁禍首便是沈蒼雪，她不明白，沈蒼雪的命怎麼就那麼硬，兩次追殺都能死裡逃生，她為何就不能老老實實地去死呢？

沈蒼雪察覺到一道怨毒的目光。

抬頭望去，不出意外地看到了鄭意濃的臉。對方已經懶得再遮掩什麼了，那傾洩而出的恨意，教人心驚。

沈蒼雪著實好奇，上輩子究竟發生了什麼，才會讓鄭意濃瘋狂成這樣？

不過，追究這些也沒什麼意思，她此番進京，本來就是為了給自己討公道。既然要討公道，勢必會有一人身敗名裂，她同鄭意濃，本來就是不死不休的關係。

趙月紛方才一直沒說話，此刻卻忽然跳出來道：「還有王府的兩位姨娘，也得好好審一審。我總覺得，這案子與當年抱錯孩子一事有莫大的干係。」

鄭毅頭疼不已，趙卉雲更是開口阻止。「夠了，這是王府的家事！」

「可不盡然。」趙月紛看熱鬧不嫌事大。她這個好長姊啊，這會兒知道急了，可惜已經晚了。當初她就不該為了袒護鄭意濃下了她的面子，是她先不顧姊妹之情的。

「大人，當年我長姊同沈神醫夫婦一室產女，孩子卻被人惡意掉包。沈夫人高風亮節，定不會做出這種事，那麼有嫌疑的，自然就落到伺候我長姊生產的兩位姨娘身上。大人請她們過來審一審便知真假了，錯抱了這麼多年，總該還這兩個孩子一個公道。」

鄭意濃憤憤道：「這與本案有何相關？」

趙月紛掩面一笑。「當然有關，難保不是有人得知當年的真相，為了掩人耳目，殺人滅口。」

鬧吧鬧吧，最好鬧得沸沸揚揚，滿城皆知。

趙月紛有些得意，面對鄭意濃時身板格外挺直。

鄭意濃拿她實在沒辦法，只得閉上嘴。

京兆尹楊鳳鳴同臨安城陳孝天私交甚篤，陳孝天多番叮囑過他，他也有心為沈蒼雪查明真相，便應趙月紛的要求，讓那兩個姨娘進府衙問話。

鄭毅尚且端得住，可趙卉雲卻擔憂地看向女兒。

抱錯孩子與否，他們夫妻兩人心裡跟明鏡似的，她只怕真相大白，寶貝女兒意濃會無地自處。

趙卉雲低聲質問沈蒼雪。「妳真要將意濃逼到這個分上嗎？」

沈蒼雪連頭都懶得回，只道：「我這人一向有恩報恩、有仇報仇，要怪只怪有人先招惹了我。」

「意濃稟性善良，絕不會做出這種糊塗事，何必拿這些莫須有的罪名栽贓陷害她？」

這些話讓沈蒼雪聽了覺得格外刺耳，譏諷道：「若她當真清清白白一個人，您何必緊張？」

趙卉雲被噎了一下。

沈蒼雪接著道：「可見您也不信她。」

既然不信，又哪來的臉替鄭意濃開脫？她沈蒼雪可不是軟包子。

趙卉雲對沈蒼雪縱有滿腹抱怨，可不過說了幾句話便只能退下。

這沒養在自己身邊的就是不貼心，即便這件事是她占理，可鬧到這個地步，往後還能指望闔家美滿嗎？

沈蒼雪知道這對夫妻只怕已經恨起她了，可她全然不在意，她上京城本來就不是為了認親的，這樣的親人，她可消受不起。

沒多久，王府的兩位姨娘便被帶上公堂。

她們兩人終日困在內宅，沒見過什麼世面，剛進府衙便被嚇破了膽子。一聽到京兆尹楊鳳鳴帶頭審問當年掉包孩子的事情，立刻面露惶恐。

趙卉雲暗恨。她太了解這兩個姨娘了，光是看那兩人的表情，便知道這件事肯定錯不了，她們竟然真的敢！

趙卉雲的確是不怎麼喜歡沈蒼雪，但不代表她可以任由自己被人愚弄。

楊鳳鳴拍了一下驚堂木，道：「速速從實招來！」

兩個姨娘互相看了一眼，有些拿不定主意。

楊鳳鳴略微思索一番後，便讓官差將她們兩個帶去刑房，分開審問。

那兩人剛走，趙月紛便嘲弄道：「用不著半炷香的工夫，這兩個不成氣候的便會全招了。」

沈蒼雪好奇道：「會這麼順利嗎？」

「妳且看著。」

趙月紛能掐會算、料事如神，半炷香的工夫都還沒到，在官差分別對兩人說對方已經招供、且指認對方是主謀時，兩人便將事情說了個明白。

這件事其實單純得很，完全是兩個人嫉妒主母，臨時起意。

逃難當時人人自危，王妃的貼身丫鬟被人流沖散，她們便負起照顧王妃的責任。王妃早產的時候兩人其實暗自竊喜，認為她躲不過這關，誰料卻碰上了沈大夫。

沈夫人自生產之後便一直昏睡，王妃也累得暫時睡過去，沈大夫更是忙著去救人，她們一找到機會，便將兩個孩子掉了包，想讓朝思暮想著生女兒的王妃失去真正的骨肉。之後她們一直守口如瓶，從未對他人提起過。

供詞出來之後，趙卉雲第一個反應竟不是心疼自己的親生女兒流落在外，而是急於幫鄭意濃開脫。「既然她們從未對他人言及此事，便沒有第三人知曉，王府之人如何因此事而想殺人滅口？還望大人明鑑。」

趙月紛噗哧一笑，懶懶地用言語刺激趙卉雲。「長姊啊，妳的親生女兒受了這麼大的委屈，妳不想辦法安撫，反而替旁人開脫，真是個好母親。鄭意濃有妳這樣的母親，不曉得是積了幾輩子的陰德才換來的呢。」

話裡話外，趙月紛都在說幕後凶手是鄭意濃，趙卉雲目光凶狠，巴不得撕爛趙月紛這張嘴。

趙月紛不禁「嘖嘖」兩聲道：「我不過是打抱不平了幾句，長姊又何必生氣呢？」

「肅靜！」

楊鳳鳴一發話，兩人便立刻打住了，只是心裡還是不痛快。趙卉雲恨趙月紛多嘴，趙月紛怒長姊狠心。

既然真相已經大白，考慮到被換的人是沈蒼雪，楊鳳鳴便問沈蒼雪可要追究，或是要換回身分。

趙卉雲同鄭意濃死死地盯住她，生怕沈蒼雪貪心太過，想藉著在公堂的機會堂而皇之地進入王府，奪走王府嫡長女這個位置。

不想沈蒼雪卻道：「當年故意掉換兩個孩子，確實是這兩位姨娘不該，該怎麼判，按照律法來便是。不過換回身分就不必了，鄭姑娘在王府享受了十多年的榮華富貴，小女也在沈家體會到了十多年的溫情，如今小女與她各有親人，還是不要改變為好。」

鄭意濃微微瞪大了眼睛。

怎麼會……沈蒼雪真的不願意回王府嗎？她該不會是在欲擒故縱，惹母妃憐惜吧？

沈蒼雪這番話已是出乎鄭意濃意料，然而舊事重提更令她心驚膽戰。「大人，小女此番進京不是為了所謂的嫡長女身分，更不在意王府的那點名號，只是見不得有人仗勢欺人、草菅人命。曹管事已經落網，想必不日就能揪出幕後指使，還望大人多費心一些，早日還小女一個公道。」

她說這話的時候，眼神一直落在鄭意濃身上，鄭意濃下意識地迴避。

楊鳳鳴點頭道：「這是自然，曹管事一家已從王府接出來了，他遲早會招供的。」

出了京兆府之後，沈蒼雪欲同趙月紛一道離開，鄭毅卻主動叫住了沈蒼雪，問了她兩句。

沈蒼雪本是為了客套才回話，結果他越問越多，問的都是獻藥一事，甚至明裡暗裡打聽她可還有別的神藥。

這令沈蒼雪頓時不耐起來。「那藥丸只有一顆，早已獻給朝廷，王爺便是想要，我也變不出第二顆來！」

鄭毅訕訕道：「本王不過關心一二，妳又何必動怒？」

「我同貴府的關係，還用不著『關心』兩字。」沈蒼雪的視線越過鄭毅，掃向他身後那對母女。

趙卉雲跟鄭意濃真是舐犢情深，這本與她毫不相干，但如果趙卉雲想阻攔她問罪，那以後她也不必對這位生母客套了。

「多餘的話我不想再說，有工夫在這兒審我，不如好好查一查你們府中的內鬼。回頭丟人丟到朝中，可別怨我手下不留情。」

沈蒼雪說完，不再逗留。

才轉身，便同一行人擦肩而過，為首那人一身靛藍色衣裳，襯得他氣質極好。

陸祁然本是來尋未婚妻的，瞧見沈蒼雪，望著那張神似汝陽王妃的面容，不禁有片刻失神。

鄭意濃見狀，忙喚了他一聲，陸祁然這才收回目光。

沈蒼雪坐上馬車之後問趙月紛。「方才那位是王府的大公子嗎？」

趙月紛笑了一聲道：「怎麼會？那位是陸家公子，同鄭意濃有婚約的未婚夫。」

說完，趙月紛上下打量了一番沈蒼雪，又道：「鄭意濃之所以能得到這門親事，說到底是沾了王府的光。豪門聯姻，身分自然要對等，可她已不算是王府的郡主了。這事能捂得了一時，往後可捂不了，世上哪有不透風的牆，回頭這婚事落在誰的頭上還不一定呢。妳也瞧見了吧，這陸家公子可稱得上一表人才，可堪配妳？」

「莫要說笑，我對他沒有半點想法。」

趙月紛還想揶揄幾句，可是見沈蒼雪神色不似作假，可見陸家公子那副皮相確實不足以蠱惑她，頓時覺得無趣。「妳這性子也太板正了。陸公子稱得上少有的俊才，這都瞧不上，京城裡頭還有誰能入妳的眼？」

沈蒼雪眼前忽然浮現出一個傲嬌的身影來。

她搖了搖頭。怎麼忽然想起他了？

不過，自己都來到京城，總要見一見故人吧，不知他是在宮中還是在侯府，若有機會，必定要登門拜訪。

當初他救了自己一次，留下的吳戚又救了自己一次，毫無疑問是她的大恩人。

沈蒼雪已經將匆匆一瞥的陸祁然拋到了腦後，可是鄭意濃卻頗為在意，她擔心陸祁然會移情別戀——因為上輩子便是如此。

見陸祁然問起了沈蒼雪，鄭意濃三言兩語便糊弄了過去，不讓他再追問。

陸祁然倒也沒什麼別的想法，他只是覺得剛才那姑娘同汝陽王妃長得很相像，僅此而已。

既然自己的未婚妻不想討論這位姑娘，他不問便是，不過今日之事他仍覺得奇怪。「我過來時聽聞，京兆府派人前去王府捉拿不少人，可有此事？」

趙卉雲同鄭意濃交換了一個眼神，彼此都知道對方的意思，她遂為女兒和起了稀泥。「無事，不過是王府的管事在外頭犯了事，被人告了一狀，也是我們疏於管教，才讓這些人鑽了空子，也丟盡了王府的臉。」

陸祁然一聽，便以為此事沒什麼大不了的，反而安慰道：「既然是府裡管事做的，讓他認罪便是，同王府干係不大，你們不必憂心。」

鄭意濃又懸起了心。

同王府干係不大，同她卻有莫大的關係。曹管事即便是個硬骨頭，又能撐到幾時呢？

今日種種，無論是汝陽王府上上下下抑或是鄭意濃，全都三緘其口。

陸祁然當下未曾細究，可他並不是傻子，若真的只是王府的管事犯了點小錯，也不至於驚動京兆府，甚至讓府衙的人罔顧王府顏面堂而皇之領著人進府，不僅盡數帶走王府的管事，更將王爺和王妃都請到了公堂上。

回府後，陸祁然沈思半晌，還是叫來心腹下屬，叮囑道：「去查查汝陽王府發生了何事。」

陸家是朝中清流，最重名譽，陸祁然唯恐王府出了什麼事，最後禍及陸家。

今日隨陸祁然一道出門的小廝湊上前，同自家主子道：「方才在京兆府門口見到的那位姑娘，少爺認得嗎？模樣生得真是出挑，她身邊跟著大理寺卿夫人，莫不是趙家的？」

陸祁然再次回想起那位姑娘的臉龐，搖了搖頭說：「趙家這一輩只有一個五歲的小姑娘，並沒有這般年歲的。」

小廝快人快語道：「那真是奇了，世上還有如此相像的兩個人。便是鄭姑娘站在王妃跟前，也沒那位姑娘那麼像王妃。不僅如此，她的耳垂還像王爺，很有福氣的模樣。」

陸祁然的眉心狠狠地跳了一下。外人都能輕而易舉看出來的事，若說沒有內情，他是不信的。

想到這裡，陸祁然再次開口。「那位姑娘也好生查一查。」

那位姑娘是同趙月紛一塊兒離開的，姿態甚是親暱，可趙月紛並無女兒，便是有，也不至於長得同汝陽王妃一模一樣。

陸祁然在查汝陽王府跟沈蒼雪，鄭意濃也在遲疑要不要將曹管事滅口。

為防萬一，這是最好的選擇，可是他如今關在牢裡，別說是他了，就連曹管事的家人都被接了過去，鄭意濃有天大的能耐，也只能在私底下使，哪能在京兆府掀起什麼浪花來？

她為了想對策，整宿睡不下，這事若想靠她一人解決，簡直是癡人說夢。

可是若要和盤托出，告知父母，她撒嬌賣乖經營出來的好印象豈不付諸東流了？屆時母妃會怎麼看她，父王又會怎麼看她？

目前他們的確堅定地站在自己這一邊，可一旦得知此事，鄭意濃害怕他們會對沈蒼雪心存憐惜，最後跟前世一樣，百般補償沈蒼雪。

夜裡輾轉反側，鄭意濃終究想不出一個十全十美的應對法子。

此時的汝陽王夫妻，兩人已經相顧無言許久了。

相處了十多年、也疼寵了十多年的女兒，竟然不是自己親生的。如今突然冒出一個從未相處過，卻同他們有血緣關係的女兒，夫妻倆都有些接受不了。

「看到那孩子的一剎那，我便知道她定是我們家的，她生得那麼像我，眉眼處簡直一模一樣。我從前便總想著要生一個和自己相似的女兒，意濃出生以後，我一直覺得她不像自己，不知有多遺憾，甚至想再生一個女兒，可惜遲遲沒能懷上。」

鄭毅深深地看了妻子一眼，道：「我以為妳不喜歡她。」

趙卉雲嘆道：「她若是不那麼咄咄逼人，我倒是能試著接受。她的臉長得像我，耳垂像你，若是從小就養在王府，不知道跟我們會有多親近，不像現在，她瞧咱們彷彿跟陌生人似的，比對我那小妹尚且不如。

「我看見她，總擔憂她會排斥意濃，她入府後，意濃該如何自處？兩個人都在王府裡，我也擔心自己長久地對著那張臉，會下意識地偏愛，進而忽略意濃的感受，可我……著實不希望意濃受委屈啊。

「認乾親是權宜之計，若是那丫頭同意，我自然不會虧待她。可她性子太過強硬，硬是將事情鬧成這般不可收拾的地步，實在太不懂事了。」

趙卉雲說完，又責怪了起來。「從小不在京城長大，同王府也沒什麼感情，難怪會做出這種事來，說到底還是意濃貼心，絕不會讓王府蒙羞。」

鄭毅沈默半晌，忽然說了一句。「若是曹管事那件事是意濃所為呢？」

趙卉雲臉色一僵。

第四十五章 走投無路

鄭毅幽幽地道：「總不會是妳我吧，棠兒就更別說了，兩個姨娘雖然知道內情，可她們使喚不動人，唯一可能的只剩意濃了。況且，曹管事一家同她親近得很。」

「意濃一向乖巧聽話。」

「她嫌疑最大。」

趙卉雲很想替自己疼寵的女兒辯解，然而思來想去，卻找不出一句反駁的話來。

鄭毅又道：「此事若不早些解決，鬧大了才是真正讓王府蒙羞，妳明日還是好生問問意濃吧。」

趙卉雲一肚子悶氣，聽見丈夫這麼說，更覺得煩躁。這不是逼著她負責想辦法解決嗎？他倒是把自己給摘得乾乾淨淨。

心中不快，趙卉雲便說：「罷了，睡吧。」

「妳不管了？」

「夜深了，明日再說。」她賭氣道。

趙卉雲扯緊被子，閉上了眼。

理智告訴她，這件事應該是鄭意濃做的，可是情感上，她又不願意相信自己養了十多年的女兒，會有如此歹毒的心腸。

翌日起身，趙卉雲到底還是走到了蘭芝院，這是鄭意濃的居所。

下人看到她便要通傳，趙卉雲抬起手制止她們，放輕腳步進去了。

鄭意濃眼底青黑、精神不濟，像是一夜間被抽乾了精氣神一般，丫鬟因為不小心灑了一點水在地上便遭怒斥，已經罰跪在地上半個時辰了。

今天鄭意濃不想出去見人，藉口身體不適將自己關在了屋子裡，可她不出去，卻也架不住旁人來找她。

趙卉雲見女兒這般情況，心下明瞭了幾分。

她屏退眾人，也讓那犯了錯的丫鬟下去休息，獨獨留下自己同鄭意濃。

趙卉雲許久沒有好好審視自己這個愛女了，出事之前，她是全心全意信任女兒的，可是昨日之事一樁樁、一件件都直往女兒身上引。

在外人面前，趙卉雲自然要維護女兒的名聲，可是關起門來卻不妨礙她質問鄭意濃。

「意濃，妳老實告訴母妃，曹管事雇凶是不是妳下的令？」

鄭意濃心裡一慌，可嘴還硬著。「不是我，母妃，您為何會這麼想女兒？」

「曹管事的娘子是妳的乳母，他們一家向來同妳親厚，曹管事之所以在府中得臉，也是沾了妳的光。他們一家都是土生土長的京城人，從來沒去過外地，當然也不會同那沈蒼雪結仇。

「這屋凶屋得莫名其妙，總得有一個人同她有仇，只是這府上能吩咐曹管事的，一隻手都數得出來，不是我，也不是妳父王，還會是誰？」

鄭意濃想將此事推到自己的哥哥鄭棠身上，然而轉念一想，這樣漏洞百出的謊言壓根兒禁不起推敲。

她沒有別的藉口，但是又不願意承認，只好狡辯道：「反正不是我，我同那沈蒼雪往日無冤、近日無仇，昨日也是頭一次見。我知道自己占了她十多年的榮華富貴，也搶了父王與母妃的疼愛，她恨我情有可原，可她不該故意算計我！

「母妃，沈蒼雪的惡意昭然若揭，她分明是聯合姨母做出這樣一個局，為的就是離間咱們的母女之情，難道母妃連這也看不透嗎？」

趙卉雲真被她說得動搖起來，可是很快地，她便意識到女兒是在強辯。

相處這麼多年的情分不是假的，趙卉雲也不想逼她太過，最後只能長嘆一聲，道：「母妃只是不希望妳被牽連，妳若是不說，回頭他們查到妳身上，妳還能全身而退嗎？」

「母妃，您……」鄭意濃難以置信地睜大了眼。母妃這是什麼意思？難道說，母妃在懷疑自己之後，依舊站在她這邊？

難道這輩子，沈蒼雪終於比不過她了？

趙卉雲輕輕撫摸著女兒的臉頰，這張臉縱然不像她，可是也疼愛了這麼多年，維護這個孩子幾乎成了本能。

只見趙卉雲呢喃道：「意濃，妳也是我的女兒，誰忍心讓自己的女兒受罪呢？便是妳一時鬼迷心竅，做了錯事，那也是我沒教好妳，不盡然是妳的錯。」

鄭意濃鼻頭一酸，傾刻間便淚流滿面，連同上輩子所受的委屈一同發洩出來。

「母妃，我錯了，您救救女兒吧！」

今日京兆府暫無消息，想是尚未撬開曹管事的嘴。

趙月紛早起送丈夫出門後，便去尋沈蒼雪說閒話。「那位曹管事真不愧是鄭意濃的得力助手，京兆府動刑一向殘酷，聽說十惡不赦的大惡人進去沒兩天就會受不住折磨全招了，他這普通身板竟然能捱過一日，也不知鄭意濃許了他多少好處。」

沈蒼雪正在做點心，她一邊用模具印花，一邊漫不經心地回道：「意料之中的結果。若是那位管事輕而易舉就招了，鄭意濃也不會放心將這等要命的事情交給他做。」

趙月紛湊過去，但見她手裡拿著一個牡丹花樣的精緻點心，那餅皮晶瑩剔透，帶著淡淡的粉色，細聞起來還有一股青草香。

她有些羨慕沈蒼雪的手藝，目不轉睛地看了一會兒，才問：「妳就一點也不擔心？」

「我再擔心也無濟於事，王府位高權重乃是事實，倘若他們執意要以權壓人，我便只能另尋他法。如今只盼那位京兆尹大人剛正不阿，並不會為權勢所迫，要我摸摸鼻子吞下。」

趙月紛笑了，說道：「這妳放心，楊鳳鳴此人頗為愛惜羽毛，因為他出身寒門，所以對權貴的惡形惡狀一向痛惡，便是泰安長公主都曾被他教訓過兩句，更何況區區一個汝陽王府。」

若是他在明知真相的情況下，還要幫鄭意濃，那……那便更有意思了。

當初她不過是說了鄭意濃幾句，鄭毅夫妻便責怪她不知輕重，若是他們這回還不認錯，她定要回娘家請人，讓族老們登門，罵不死也要羞死這對不要臉的夫妻。

趙月紛光是想到那場面，整個人便樂不可支。

她慣於興風作浪，這樣還不夠，又道：「那位陸公子跟鄭意濃結親也是轟動京城一時的大事，妳真不管他？沒準他也要幫鄭意濃呢。」

沈蒼雪不明白趙月紛為何一而再、再而三地提起那個陸家公子，自己分明對他毫不在意不是嗎。

她放下點心，認真道：「我可不想同鄭意濃的未婚夫沾上一絲一毫的關係，她的東西我不稀罕，更不想讓王府的人覺得我來京是別有所圖。」

「可那本就不該是她的。」趙月紛強調。「她從前就恨妳入骨，覺得妳搶了她的東西，妳何不坐實了這個名聲，也好過自己被冤枉。」

沈蒼雪面露嫌棄道：「別再提這個了。」

儘管沈蒼雪一點都不感興趣，可趙月紛卻格外執著。既然沈蒼雪不願意搶別人的，那鄭意濃也別想要。

陸家的人她很清楚，最注重的便是名聲，待她過去添一把火，再似是而非地散布兩句話，這門婚事應該就吹了。

不說別的，趙月紛就是想給汝陽王府添堵罷了，誰讓鄭毅夫妻得罪她，如今便藉這件事給他們長長教訓。

趙月紛在趙家排行么女，頗為得寵，行事向來隨心所欲。趙家老夫人從前就罵她是天魔星、攪家精，難聽的話不知道說了多少，可趙月紛不以為恥，反以為榮。她管別人怎麼想呢，自己高興不就得了？

人生在世，自然要有恩報恩、有仇報仇，在這一點上，她同沈蒼雪這個外甥女如出一轍。

在趙月紛的推波助瀾下，陸家很快便打聽到了真相，待消息呈到面前時，陸祁然盯著回話的僕從，出神許久。

沒一個人敢上前打擾，這消息對任何人來說都是匪夷所思的，畢竟誰能想到王府的大郡主還能被人掉包呢？

陸祁然從前就極為滿意自己的未婚妻，鄭意濃的家世出挑不說，更是容貌秀麗、才情出眾，外人都道他們兩人是天生一對。

不僅如此，鄭意濃還處處妥帖，他考舉人那陣子，她比他這個應試者還緊張，連夜為他做衣裳、準備吃食，聽說差點熬壞了眼睛。

陸祁然感動不已，越發期待兩人成婚之日到來。然而距離婚期只剩兩個月，卻出了這樣的事。

一時之間，陸祁然心中百轉千迴，向來運籌帷幄的他，竟不知該如何應對此事。他同鄭意濃感情甚篤，且兩家早已互換庚帖，六禮都快走完了，他不願意因為此事退婚，免得陸家背負落井下石的名聲；可若是不退婚，此事鬧開了兩家都面上無光。

最要緊的是，根據陸祁然打聽出來的消息，有些內容對鄭意濃極為不利，甚至已經不是暗示，而是明示了，那位城陽郡主被追殺一事是鄭意濃所為。

其實也不難理解，一個人為了原本擁有的榮華富貴與血脈親情，確實會行差踏錯，做出一些極端的事。可一旦這件事同自己的未婚妻扯上關係，陸祁然便沒辦法接受了。

印象中，自己的未婚妻一直溫柔善良，連踩死一隻螞蟻都會告罪半天，這樣溫柔的一個人，會買凶殺人？可要說是王府其他人做的，便說不通了。

意濃啊，妳可真是給陸家出了好大一個難題。

思緒紊亂之下，陸祁然出了家門，不知不覺間便行至汝陽王府。

來都來了，陸祁然為了解惑，便上門求見。

門房聽他說完，只道他們家大郡主今日不在家中。

陸祁然眉頭微蹙道：「那麼王妃可在？」

「王妃娘娘同大郡主一道出去了。」

「可說了去何處？」

「未曾。」

陸祁然心事重重地在汝陽王府門邊等了一會兒，最後仍沒等到人。在這風口浪尖上，她們會去何處？他心底的疑惑更重了。

門房所言不虛，趙卉雲今日確實帶著鄭意濃出了門。

鄭意濃同趙卉雲坦白，只道自己前些日子得知了真相，因害怕沈蒼雪回京會搶走自己的父母，這才鬼迷心竅，做出此等傷天害理之事。

可她只承認這一次的，對於上一次雇凶殺人卻矢口否認。畢竟這回是被捉到了活口，上次可是全軍覆沒，死無對證，只要她不承認，誰能將這件事賴到她頭上？

趙卉雲信了，她雖然罵女兒糊塗，卻不得不替她善後，因為除了自己，沒人會管。鄭意濃再不好，也是她自小養到大的，她欠了沈蒼雪，一時半刻沒辦法彌補，可是鄭意濃這兒若是撒手不管，她定會悔恨終生。

為了解決掉曹管事，趙卉雲動用了王府的關係，企圖買通獄卒，然而，事情遠不如想像中順遂。

汝陽王府雖說掛著一個「王府」的名號，但因為鄭毅沒什麼上進心，王府早已經日薄西山了。平常還能用這個名號糊弄一下外人，真遇上京兆府這樣的鐵板，便不夠看了。

汝陽王妃的人鎩羽而歸，鄭意濃見母妃的計策不行，便著急道：「母妃，咱們何不問問父王？」

趙卉雲靜默無言。

按照丈夫昨晚的意思，顯然是想坐視不管了。她清楚地知道自己的丈夫是什麼德行，若是靠他，只怕曹管事沒毒死，還要倒賠不少人手進去。

「罷了，去求一求妳外祖母吧。」

鄭意濃一聽，便知道母妃其實走投無路了。

趙家是顯赫不假，可是規矩也大，外祖母疼愛母妃，更寵愛趙月紛。若是知道此事的原委，未必會幫她們。

遲疑了一瞬，鄭意濃還是將心底的話說了出來。「母妃，不如咱們去求長公主殿下吧。」

趙卉雲深感詫異。她知道女兒同長公主親近，也知道最近連丈夫態度都鬆動了，與長公主有所往來，但是這樣要命的事求到長公主頭上……女兒竟這般信任她？

鄭意濃擔心母妃多慮，咬了咬牙道：「母妃，如今只有長公主殿下能救女兒了。」

她知道如何說動長公主，正好也能藉著這一手，徹底將王府綁在長公主的那條船上。

趙卉雲別無他法，終究遂了女兒的願。

沈蒼雪做好了點心，帶著護衛出了林府的門。其實她並不想如此勞師動眾，但她擔心汝陽王府會對自己下手，為防萬一，還是小心為上。

趙月紛對沈蒼雪說過，自從聞西陵失蹤之後，便杳無音信，京城的人都當他已經沒了。沈蒼雪自然知道此事並不為真，聞西陵早已在京城，還與她書信往來，怎麼可能會沒了？他之所以不在人前露面，應該是在計劃著什麼大事吧。

她不指望能見到聞西陵，將東西送到定遠侯府上便是了。

沈蒼雪的馬車行進速度並不快，饒是如此，還是稍稍碰撞到了人。

聽到動靜之後，沈蒼雪連忙出來，發現他們撞到一位貴婦人。她的衣著華美光鮮，一副養尊處優的模樣，只是身形略微消瘦，且神色頹唐。對於被碰撞到這件事，她恍無所覺，只是繼續往前走。

沈蒼雪環視一圈，不見她身邊有家丁或丫鬟，於是趕忙上前問道：「罪過罪過，夫人有沒有撞傷？」

季若琴回過了神，看著眼前突然出現的貌美姑娘。

若不是她攔住了自己，季若琴都不知道自己竟然被撞了。也是她方才沒看路，橫衝直撞，沒被馬車撞出個好歹來，已算是老天保佑。

季若琴動了動胳膊，發現疼痛難耐，掀開衣袖一看，手肘處已經青紫了。

沈蒼雪嚇了一跳，說道：「我送夫人去醫館吧。」

季若琴從家中出來，可不是為了去醫館的，她看了沈蒼雪的馬車一眼，忽然道：「我有一個不情之請，還望姑娘成全。」

重新坐回馬車後，沈蒼雪悄悄打量起眼前這位貴婦人，有些憂心自己是否引狼入室。她今日本來只想去一趟定遠侯府，如今卻又生了是非。

她既不清楚這人的來路，更不知道她所為何事，最讓沈蒼雪擔憂的是，這是不是汝陽王府所設的局？

不是沈蒼雪草木皆兵，而是汝陽王府那群人並非什麼好東西。

就算季若琴情緒再低迷，也察覺到了沈蒼雪的不安。

她強行扯了扯嘴角，笑得很勉強。「姑娘莫怕，我不過是想去確認一些事情罷了。」

見她臉上的哀慟不似作假，沈蒼雪心軟了一些，取出抽屜中的點心。這雖不是她特地做給聞西陵的，不過味道確實不錯。

沈蒼雪遞了點心過去，委婉地問道：「夫人真的不用先去醫館嗎？」

「心死之人，哪在意這點傷痛？」季若琴說完這句話，便未再開口了。

沈蒼雪越發莫名。這位夫人，瞧著好生怪異啊……

季若琴原本在家中養病，這些日子，丈夫回府的時間越來越少，對她也越來越冷淡。明知道她病著，也不回房探望，每夜都宿在書房裡，只教大夫精心照看著自己，彷彿只要她不死，他便能繼續扮演深愛妻子的模樣。

旁人確實是這樣看他的，坊間如今還在稱頌高高在上的丞相大人如何寵妻，她倒想問，寵在何處？外人哪裡知道她的悲哀?!

傷心的次數多了，季若琴的心也漸漸死了。直到今日，她忽然得到消息，說自己的丈夫早在十多年前便同鄭鈺有了首尾，鄭鈺甚至珠胎暗結，生下一女。如今那孩子養在京外的一棟宅子裡，而她的好丈夫，每日都會抽出時間去探望他與鄭鈺的女兒。

在此之前，季若琴對這些全然不知。過去每每提到鄭鈺，元道嬰都會指責她善妒、惡意揣測兩人的關係，可誰知道他們倆早就私通了！

第四十六章 久別重逢

季若琴得知這個消息之後生生嘔出了一口血。她不知道傳遞訊息給她的人打著什麼樣的算盤，可能是想拉鄭鈺下馬，或是想讓丞相府步入萬劫不復的境地，可是季若琴還是入局了。

她費盡心思從家裡逃了出來，只為了求一個真相。她還是不願意相信，自己這麼多年來忍氣吞聲，竟是個笑話。

很快的，馬車來到了城南的一處別院附近。

季若琴一改先前的頹然，猛地起身，掀開車簾便跳了下去，像一陣風似的。

沈蒼雪嚇了一跳，生怕她摔出個好歹來。

這位夫人的情況顯然不對，貿然跟上去恐怕會徒增自己的煩惱，可沈蒼雪的好心腸又發作了，想著反正自己今日帶的人多，就摻合一回吧。

沈蒼雪只猶豫了一下，便立刻朝那位夫人的方向過去。

看到季若琴竟然要硬闖，沈蒼雪連忙將人拉住。

不顧沈蒼雪的阻攔，季若琴執意想要往前一探究竟。

沈蒼雪好不容易才將她拉住。「我雖不知夫人要做什麼，可這方圓幾里只有這麼一處大別院，定是大戶人家的莊子，守衛必然森嚴。您隻身一人，如此進去豈不是要吃虧？」

季若琴直勾勾地看著那扇紅木門道：「我只是求一個結果。」

「稍微再等一等吧，也不急在這一時。」沈蒼雪拉著她的手，加強了力道。

疼痛讓季若琴回了神，終究沒有貿然行事。若這是鄭鈺的別院，說不定她真的會直的進去、橫的出來。

她不明不白地死了，豈不是便宜了那對姦夫淫婦?!

季若琴隨著沈蒼雪的引導，找了一個隱蔽處靜觀其變。

也不知等了多久，這別院都沒有一個人出來，直到有兩個人騎著馬停在了門前。

沈蒼雪低下頭，目光落在這位夫人搭著樹幹的那隻手上——

枯乾且毫無血色，可見這夫人應當是常年纏綿於病榻，眼下這隻手被凹凸不平的樹皮磨出了血絲，她卻渾然不覺，只是死死地盯著一處，面色慘白地一笑。

沈蒼雪順著她的視線望了過去，見來人是一位中年男子，他後頭跟著的應當是家丁。只看背影，就能感受到那男子一派儒雅氣息，看他的穿著打扮，應當是位文官。

那人在門口略停了停，緊接著府門便從裡面被打開，走出一位十四、五歲的姑娘，模樣天真爛漫、嬌俏可愛。

她笑著說了幾句話，瞧那口形，像是在喚對方「爹爹」。

原來是一對父女啊……幸好幸好，沈蒼雪還以為這位大人在外頭幹了什麼見不得光的事，像是包養女人之類的。

聊了幾句話，那幾個人便都進去了。

這場景看來一切正常，可當沈蒼雪再去瞧季若琴的時候，卻見她臉色煞白，呼吸也變得急促，整個身子不自覺地往後仰。

沈蒼雪一把將人扶住，喚人過來將她抬到馬車上，又道：「速去尋一家醫館，找最近的。」

說完，沈蒼雪便催車夫立刻出發。

季若琴再次醒來時，已是一個時辰之後。

她一上馬車就暈了過去，如今清醒過來，季若琴還覺得胸口一陣陣發麻。

眨了眨眼睛，季若琴又想起自己方才看到的那一幕。那個小姑娘的一雙眼睛，長得跟她的女兒一模一樣。

她女兒的眼睛並不隨她，而是同元道嬰如出一轍，那兩人的關係，顯而易見。

季若琴摸著心口，那處現在還隱隱作痛。她真的是個笑話，兢兢業業替他守著內宅多年，結果他竟然瞞著自己，跟權傾一時的泰安長公主勾搭在一起。

想起以往自己勸元道嬰莫要同鄭鈺有所牽連時，他那副義正詞嚴、不可冒犯的樣子，季若琴便覺得噁心！

他哪裡來的臉說他跟鄭鈺清清白白？

沈蒼雪不敢立刻開口說話，見這位夫人心情平復得差不多了，才輕聲問道：「夫人，您還好嗎？」

季若琴吐出一口氣，視線往上抬，落在沈蒼雪身上。「多虧姑娘搭救，讓我僥倖撿回了一條性命，若不是妳，只怕我已含恨而終了。」

沈蒼雪不好意思地說道：「若不是我的馬車撞到了夫人，也不會有後面這些事，說到底是我的罪過。」

季若琴輕輕搖了搖頭說：「有罪的另有他人。」

她看了沈蒼雪一眼，又道：「方才我的言行實在太過冒昧，還未曾問姑娘怎麼稱呼？」

沈蒼雪連忙自報姓名。

季若琴想了想，說道：「聖上之前封過一位城陽郡主，名字與姑娘一樣，只是那位郡主人在臨安城。」

沈蒼雪道：「就是我，之前是待在臨安城沒錯，不過有些事需處理，就來了京城。」

「郡主如今住在何處？」

「正在大理寺卿林大人家借住。」

季若琴有些疑惑。原先還不覺得，可是一聽到林家，她便想到了汝陽王府。原只覺得這位沈姑娘有些面熟，這麼一聯想，便發現她同汝陽王妃長得很像。

不過季若琴並未多問，只道：「姑娘的恩情我記下了。」

說著她便要起身。

沈蒼雪可真是怕了這位病懨懨的夫人，連忙上前幫忙，不過還是勸道：「夫人，要不再躺一會兒？您這身子還有些虛弱，大夫說不能多動。」

季若琴撐著一口氣道：「姑娘放心，我自個兒的身子，我心裡有數。」

她身體好不好已經不重要了，重要的是，她得回去好好籌謀如何揭露那兩個不知恥的狗男女！

前半生，她因為他們而過得憋屈不已；下半生，她要讓元道嬰跟鄭鈺償還欠她的一切。

總不能只有她一個人置身地獄，是吧？

沈蒼雪攔不住季若琴，只能按照她的話將她送回家。

等送到她口中的地址時，沈蒼雪才驚愕地發現，對方竟然是丞相夫人?!

根據趙月紛讓她惡補的世家情報，這位夫人名為季若琴，娘家也是有頭有臉的高門大戶。

季若琴讓沈蒼雪莫要再送。「城陽郡主，咱們就此別過吧，等過些日子我再去尋妳。」

經過這麼一番折騰，時辰已近中午。

車夫探過身問道：「姑娘，咱們還去定遠侯府嗎？」

「去。」沈蒼雪毫不遲疑。

她可是費了不少心血才做好點心，若是沒送出去，著實可惜。

沈蒼雪並未大張旗鼓地拜訪定遠侯府，打聽了一番後，便決定直接將車停在原處，獨自跑去後門口。

按理說，直接去正門口請人通報最方便，可是那樣太引人注目了。沈蒼雪雖然不知道聞西陵在做什麼，但她可不希望自己壞了他的事。

此處小門緊閉，裡頭興許沒人守著，也不知得等到什麼時候才能碰到有緣人從裡頭出來。

沈蒼雪決定先敲門試試看，結果剛敲了一下，裡面的人就像是早有預料似的，立刻開了門，速度快到她都愣住了。

「郡主您總算是來了。」

沈蒼雪不禁有些匪夷所思。這人竟認得她？

吳兆熱切地看著沈蒼雪，未語先笑，直接請她進去，等人一進去，又忙不迭地關上門，身手快到只剩殘影，沈蒼雪覺得自己彷彿在他身上看到了吳戚的影子。

吳兆扣好門，確認一切沒問題，轉過頭又道：「郡主這邊請，我們世子爺一早就在等您呢。」

沈蒼雪挑眉道：「你們家世子爺莫非是神機妙算，一早便知道我今日要過來？」

「世子爺自然是料事如神。」

沈蒼雪失笑。鬼扯什麼呢，真要是料事如神，當初也不會被鄭鈺的手下圍攻，負傷躲起來，然後在她鋪子裡當上好一陣子的小工了。

短短的一路上，吳兆拚了命地為他們世子爺說好話。

沒辦法，世子爺身邊的人都知道，這位城陽郡主在他心中的地位非同凡響。世子爺對人家念念不忘，就連郡主送過來的書信也是珍惜再珍惜，時不時還要拿出來細讀一番。人家姑娘不常寫，不過世子爺倒是寫得挺勤快的，這上趕著的模樣，教人不忍見。

這回城陽郡主進京，對他們世子爺來說是千載難逢的好機會。錯過了這一回，沒準人家回臨安城就要訂親了，將來後悔都不知道找誰說去。

吳兆說了半天，不過為了凸顯兩件事——

一，這偌大的侯府沒有女主人。

二，他們世子爺時時刻刻都念著城陽郡主。

這些話聽得沈蒼雪雞皮疙瘩都起來了，她可不信聞西陵會這麼肉麻。

兩人見面的地方並未安排在客廳。

聞西陵這回總算是長了點腦子，不用旁人提點，也知道把見面地點挪到後花園裡。此處的水榭清幽、環境雅致，且無人打擾，最適合談心說話了，天知道他有多少話想要同沈蒼雪說。

分別之前，他介意兩人身分懸殊；分別之後，方知後悔。他等了一、兩年，早在沈蒼雪進京的時候，便開始計劃見了面要說什麼、做什麼，直到昨晚都還一直在思考。

聞西陵正打著腹稿，忽然聽到一陣腳步聲，他迫不及待地回頭，不出所料地見到了自己日日思念之人。

枝葉深處，小徑盡頭。沈蒼雪提著食盒，站在水邊，笑盈盈地看著聞西陵。水光盈盈，折出來的光線映在人身上，連身影也朦朧了幾分，如夢似幻，讓人看不真切。

聞西陵如墜夢中，猛然忘了自己要說什麼。

在沈蒼雪眼中，聞西陵還是原先那個人，只是這傢伙竟把自己給餓瘦了，難道侯府的菜色不好？也是，這裡的廚子如何比得過她的手藝。

她逕自走了過去，俏生生地立在聞西陵跟前，揮了揮手。「回神了。」

聞西陵臉上一陣火燒。

她長高了不少，也變得更漂亮了，他甚至不敢多看幾眼，生怕唐突了。

早已默念過千百遍的腹稿，現在忽然卡住了，聞西陵不禁恨自己像個啞巴。

吳兆在邊上急得團團轉，恨不得多長出一張嘴來替他們家世子爺開口。

關鍵時刻，還是得靠沈蒼雪，她將食盒放下，回頭瞧著聞西陵道：「你要在那兒乾站著到什麼時候？」

「喔……」聞西陵如夢初醒，連忙轉身在她身邊坐下。

沈蒼雪取出自己做好的點心，一塊塊水晶似的點心整齊地放在碟中，好看極了。

聞西陵嗜甜，見狀立刻伸手捏了一塊放入嘴裡——清甜可口，甚至還能吃到花香，比宮裡御廚做的點心還要好吃。

他立刻大讚。「許久不見，妳的手藝又精進了。」

沈蒼雪得意地說：「那是自然。」

得，總算開始說人話了，不復方才情竇初開的蠢樣。吳兆放下心，輕手輕腳地退下，將場子留給他們家世子爺發揮。

久未見面導致生疏這種狀況，沒發生在這兩個人身上，除了聞西陵一開始的緊張，之後雙方相處一如從前那般自然。

沈蒼雪說了不少臨安城那邊的事，包括她新開了酒樓、扳倒了王家等等，其實這些事她已寫信告訴過他，不過都是一筆帶過，箇中細節如今才補齊。

說完這些，沈蒼雪親口謝過聞西陵。「這封郡主、賜良田的美事，少不了你在其中出力，我早就想親自過來道謝了，之前沒有找到合適的時間，今日才得以如願。」

聞西陵心裡甜滋滋的，嘴裡還道：「這算什麼，妳可是救了聖上的命。若不是他小氣，還能要得更多。」

他話語坦誠，沈蒼雪聽來卻覺得奇怪。從前在臨安城的時候，聞西陵提起聖上多少還謹慎一些，如今再見，便成了鄙夷不屑。

沈蒼雪不禁好奇，這段時間京城究竟發生了什麼事，聞西陵又經歷了什麼？諸多問題浮上心頭，她一時不知該如何問起才好。

此時沈蒼雪忽然想到自己順利登門一事，便問：「聽侯府的人說，你似乎早就知道我今日會過來？」

「的確早就猜到妳會來，但知道妳『今日』過來，卻是巧合。」

沈蒼雪托著下巴，等他解釋。

聞西陵娓娓道來。「我目前雖在京城中，卻一直未曾露面，是以旁人皆以為我早已身亡。雖說這樣躲躲藏藏的實在憋屈，可也藉著這個方便查到了不少訊息。

「從多年前開始，右相元道嬰便一直為鄭鈺搖旗吶喊，我本就覺得奇怪，最近才查出原來這兩人早就暗通款曲，連女兒都偷生下來了。虧他這麼多年總是裝出一副清心寡慾的樣子，若不是我查明白了，還真被他騙了過去。」

聞言，沈蒼雪不禁一臉震驚。

她今日看到的那個中年男子，莫不就是聞西陵口中的右相元道嬰?!

那季若琴……天哪，她何其無辜！

「所以你派人告知了季若琴？」

聞西陵輕笑一聲道：「只是提點提點她。」

「地點都透露給人家了，只是提點？」分明就是引導別人過去的。

沈蒼雪這下明白了，季若琴出了元家之後的一舉一動，全都在聞西陵的監控之下，她碰巧載了季若琴一程，自然也被盯上了。

所以，聞西陵才早早地知道她今日要拜訪定遠侯府。

只是沈蒼雪想不通一點。「你想借季若琴之手對付他們兩人？可我看她身子似乎不大好，稍一動怒便會暈過去，能做什麼事呢？」

聞西陵搖了搖頭道：「非也非也，元夫人委屈了這麼多年，一朝真相大白，便是身子再差，她也能將元家攪得天翻地覆。」

哪怕不能，聞西陵也會逼著她能，有些事情，只有藉著季若琴的手才查得出來。

元道嬰為人太過謹慎，鄭鈺又生性奸詐，他持續調查鄭鈺豢養私兵一事，卻一無所獲，不如從季若琴這兒入手，興許會有轉機。

沈蒼雪輕聲問：「可需要我做什麼？」

「不必。」聞西陵目光溫柔，說出來的話卻絕然。「有些事情，只能我來做。」

不能髒了身邊親近之人的手，像是阿姊、翾兒，還有她。

他回過神，又同沈蒼雪道：「妳那兒若是有要幫忙的地方，只管開口。汝陽侯府那位大郡主不是什麼好東西，更有陸家幫襯，妳的事只怕有得磨。」

「只要能夠將惡人繩之以法，多等一些時候也無妨。」

聞西陵也希望多等等，這樣沈蒼雪便能在京城待得久一些。然而這樣的念頭太卑劣了，稍稍一想，聞西陵便將這想法拋到了腦後。

沈蒼雪並未在定遠侯府停留太久。

京城各大家的馬車都有標誌，林府也是，沈蒼雪顧忌著聞西陵的大事，不敢多待，以免惹來猜疑。

聞西陵只能憋屈地看著她離開。他還有好多話沒說呢……

沒有沈蒼雪，他總是藏在幕後也無所謂，可如今沈蒼雪都來到京城，彼此卻不能自在地相見，這感覺真是糟透了。

還是快些解決這些糟心事，也讓自己早日「死而復生」吧。

沈蒼雪離開了定遠侯府之後，遇上了攔住馬車的不速之客。

待看清楚那人的臉龐，沈蒼雪立刻就認出了他。

哪怕沈蒼雪私心覺得這人比不過聞西陵，然而這一副好皮相卻也是不多見的。

只是……他來找自己做什麼？

第四十七章　一肩扛責

沈蒼雪尚未開口，林府的車夫倒是先嘟囔了起來。「這一天怎麼盡遇上形跡可疑的人。」

早上那位夫人橫衝直撞，非要撞到他的馬車上，還將自已給撞傷了；下午又來了一位陸公子，一上來就說要見城陽郡主。他就奇怪了，這位陸公子怎麼知道這裡面坐的是城陽郡主？

陸祁然的臉色有一瞬間的不自然。他在京城頗有才名，還是頭一回被人如此嫌棄。

沈蒼雪並未下車，只是用手撐著車簾，居高臨下地掃了路邊這位清風朗月般的公子一眼。

這可是鄭意濃的未婚夫，尋她做什麼？

沈蒼雪漠然道：「不知公子所為何事？貿然攔下別人的車駕，可不是君子所為。」

陸祁然身後的右手微微捏緊了些，冒昧道：「可否請郡主下車一敘？」

「我與公子素不相識，公子不覺得這樣有些失禮嗎？旁人都道陸府是書香禮儀之家，今日一見，只怕盛名之下，其實難符。」

陸祁然頭疼不已。這位城陽郡主對他的惡意究竟是從哪兒來的？他們兩人不過是一面之緣，無冤無仇，可是城陽郡主還是不肯對他多說一句好話。

對陸祁然來說，自己受女子追捧是常態，他以為沈蒼雪會同京城其他閨秀一樣向他示好，可不過短短幾句交談，便讓陸祁然悔之不及。

他確實不該這麼攔下她的，哪怕下個帖子去林府，也比今日這樣唐突了人家來得好。

然而終於見到了當事人，陸祁然並不願意這麼白走一遭，他堅持道：「我問兩句話即可。」

「你有話，去問汝陽王府便是，與我何干？」

「我若問得出來，也不必來尋郡主了，還請替我解惑。」

這理所當然的語氣，教沈蒼雪冷笑一聲。替他解惑？哪來的臉？

難道他以為，只要賣弄自己的一張臉，便能讓她知無不言、言無不盡？

對同鄭意濃有關的人，沈蒼雪向來沒好臉色，這個汝陽王府的未來女婿亦然。別說替他解惑了，就連多說一句話，她都嫌浪費口舌。

沈蒼雪乾脆放下車簾。「問不問得出來那是公子的本事，若是連這點事情都查不清楚，陸家未免太丟人現眼了。」

「我並無惡意。」

「你同汝陽王府有婚約，就好比是一根繩上的螞蚱，這對我來說，便是最大的惡意。」

說罷，沈蒼雪又同車夫道：「咱們走吧，往後若有不相干的人過來攔車，繞路離開便是，不必管他們。」

車夫早就想走了，一聽這話，立刻駕著車前進。臨走前，還故意朝著陸祁然的方向靠了靠。

沒撞到人，但是湊得近，馬兒的氣息直接噴在陸祁然面前，溫熱又帶著一股腥味，讓人作嘔。

陸祁然不禁連連後退。

車夫仰頭大笑，甩著鞭子離開了。果然就跟他們家夫人說的一樣，跟汝陽王府沾上邊的沒幾個好人，一個個假惺惺的，就是欠教訓。

林府的人深受趙月紛影響，對汝陽王府的人一概沒有好臉色。

沈蒼雪離開後，陸祁然身後的一個小廝怒罵道：「到底是鄉下來的，小門小戶，言行無狀，便是被封為郡主也改不了，真是丟人現……」

還沒罵完，話卻止住了，因為小廝看到了熟人——汝陽王府的大郡主，他們家公子的未婚妻。

後面這個身分目前還沒更動，可前面那個身分卻成了未知數，是與不是，都在汝陽王府的一念之間。考慮到兩家婚約尚在，兩個小廝明知鄭意濃心情不佳，還是上前行禮問安。

鄭意濃的心情的確壞透了，明晃晃地寫在臉上。

她千防萬防，就是防著沈蒼雪進京見到她的親人跟未婚夫，結果這兩人還是碰上了。鄭意濃害怕舊事重演，陸祁然再次捨下她，奔向沈蒼雪。

縱然心中不痛快，她還是走到陸祁然身邊，面露委屈，咬了咬唇道：「祁然哥，你怎麼會同她在一塊兒？」

陸祁然面對鄭意濃像個小可憐似的模樣，下意識放緩了語氣。「不過是路上撞見了。」

「可我在旁邊看得一清二楚，你們說了好一會兒話。」鄭意濃不安極了，扯著陸祁然的衣袖，囁嚅道：「你們不認識吧，方才說了什麼？」

陸祁然忽然用一種難以言喻的神色看著她說道：「意濃，妳真要我說出來？」

鄭意濃心猛然一跳，但她還是故作鎮靜道：「不管你問了什麼，她說的話一概不能信。這個沈蒼雪來了京城以後，就給王府招惹了不少禍事。我與她不曾有過半點糾葛，可她卻厭惡我至深，她說的話句句挑撥，你可要小心。」

見陸祁然毫無反應，鄭意濃便牽起他的手道：「祁然哥，你我多年的情誼，你豈能信她不信我？」

陸祁然凝視著她的眼眸，聲音低沈。「若有一天妳也在騙我呢？」

「我可是你的未婚妻，這門親事是你親自同聖上求來的，再過兩個月，兩家便要結秦晉之好了。夫妻一體，榮辱與共，你真的要同我計較這些？」

陸祁然看著鄭意濃的表情，還有什麼不明白的呢？

有些話不要說得太清楚，有些事情也不能過於追究。

他們有婚約，再過兩個月，鄭意濃便要嫁進陸家，這門親事京城人人皆知，便是在聖上與皇后那邊也是掛了號的。聖上不止一次稱讚他們兩人郎才女貌、天生一對，當初也是自己求聖上賜婚的，他若是追究得太過，這門親事也就到頭了。

陸祁然並不希望事情走到這個地步，起碼他如今對鄭意濃有情，他也不想讓陸家成為笑柄。

念及此，陸祁然的語氣再次放緩。「我先前去尋妳，可妳與王妃都不在，可是外出赴宴了？」

鄭意濃點了點頭道：「赴長公主殿下的約。」

長公主殿下啊……

陸祁然心下計較了起來。長公主殿下權勢滔天，有她在，若真的出了什麼狀況，應該也不必陸家出手吧。

兩個各自打著算盤的未婚夫妻相攜而去，光看姿態，那是親密十足，可再一細看，似乎又是貌合神離。

陸祁然兩個小廝在後面看著，心裡直打鼓，有些拿捏不準自家少爺的想法。

汝陽王府瞞下了如此重要的事，難道他們少爺就這麼算了？

沈蒼雪還不知道她跟陸祁然短暫交談的一幕已被鄭意濃盡收眼底，且在心中暗暗提防了。

她不喜歡陸祁然，不僅僅因為對方是鄭意濃的未婚夫，更因為對方雖然極力遮掩，卻依舊蓋不住那股高高在上的傲氣。

沈蒼雪甚至篤定他一定會幫鄭意濃。別說鄭意濃如今殺人未遂，就算她真的殺了人，為了陸家的名聲，這位陸公子也會主動替未婚妻遮掩的。

在那知書達禮的外表下，覆蓋的不過是一張自私自利的真容。

回到林府之後，趙月紛問她去定遠侯府時碰上了什麼人。

沈蒼雪道：「還能碰上什麼人，不過見了一位管事。我雖然同定遠侯府沒什麼交情，但能獲封郡主，也是多虧了他們。」

趙月紛點點頭，也覺得可惜。「侯府裡的人當初南下，怕是為了尋他們世子的，結果世子沒尋到，卻陰差陽錯地碰到了妳。唉，定遠侯世子真是命苦，年少得志，為朝廷立下汗馬功勞，可惜天妒英才，竟教他白白沒了性命。真是老天無眼，真要人死，合該讓那些矯情的賤人死去才是！」

這一番話令沈蒼雪對趙月紛與汝陽王府之間的恩怨，有了新的認知。

汝陽王府到底是怎麼招惹趙月紛的，竟讓她怨成這樣。

沈蒼雪本能地覺得這件事不該問，否則趙月紛必定炸毛。

又一日，京兆府派人到了林府，說是汝陽王府的曹管事招供了。

只是說起細節時，官差語焉不詳，似乎很為難。

趙月紛急道：「這有什麼好不能回答的，你就說他究竟有沒有招出鄭意濃？」

官差搖了搖頭，有些抱歉地看著沈蒼雪道：「也是怪了，曹管事昨晚分明已經快招了，結果今天一早忽然改口，一人擔下所有罪責。」

趙月紛正待發怒，沈蒼雪卻說：「先去瞧瞧究竟吧。」

見狀，趙月紛高高地豎起眉頭道：「妳不生氣？」

「意料之中。」

破船還有三千釘，這偌大的汝陽王府若是毫無能耐，也不能在京城立足了。

只是沈蒼雪相當好奇，這件事能擺平，究竟是靠汝陽王府自己的本事，還是借用他人之力？若是後者，那汝陽王府便不足為懼了。

沈蒼雪的冷靜，讓趙月紛的理智回籠。她領著沈蒼雪進入京兆府時，汝陽王府一家三口正好一個不少，都在此處等候。

仇人見面，分外眼紅。

趙月紛瞪著鄭意濃，恨不得把她吃了。

見沈蒼雪現身，鄭意濃眼底露出嘲諷，似乎在笑話她的自不量力。不過是一個有名無實的郡主，皇家封賞那是給她幾分薄面，難不成真以為自己能憑著這郡主的名號在京城興風作浪？也不問問這個地方是誰說了算。

自以為有泰安長公主撐腰的鄭意濃沒了前一次的忐忑，有恃無恐地站在她父母身後。

然而汝陽王夫妻面對沈蒼雪時，卻都避開了她的目光。在養女與親生女兒之中，他們選擇了養女，雖然此舉也在情理之中，但是他們也都明白，自己的確偏心了。

明知有錯卻不肯回頭，才會心虛。

不過沈蒼雪壓根兒不在意他們偏袒誰，她只在意曹管事的供詞。楊鳳鳴讓人將供詞遞過來後，沈蒼雪立刻接下細看起來。

邊上的官差解釋道：「曹管事一家向來親近鄭郡主，曹管事的娘子更是鄭郡主的乳母，將她視若親女。他們一家無意中偷聽到當年換孩子的事，因憂心城陽郡主進京搶走鄭郡主的寵愛，所以私自雇殺手行凶。」

沈蒼雪聽完，扯了扯嘴角，反問道：「大人相信這供詞？」

楊鳳鳴自然不信。曹管事的骨頭的確夠硬，但是京兆府的刑堂也不是白設的，連用重刑之下，曹管事已經鬆了口，可還沒來得及寫下供詞讓他畫押，人就先暈了，潑水也不管用。

眾人決議等他休息夠了，明日一早再來會審，趁早了結此案。

誰知今晨曹管事忽然翻了口供，將所有的錯全攬到自己身上，未再提及汝陽王府半分。

楊鳳鳴恨得咬牙。昨日嫌犯明明已經鬆口，今日偏又改了，可見他引以為傲的京兆府也不乾淨了，出了內鬼。

他反覆審問曹家諸人，口徑竟出奇的一致，這不是鬧了鬼，便是幕後之人手眼通天，在他眼皮子底下挑動是非。

汝陽王府絕對沒有這個本事，能有這般能耐的，京城裡頭五根手指頭都數得出來。

楊鳳鳴略一想，大概明白了是誰動的手，或者說……是「誰的勢力」動的手，只是苦於沒有證據。

案子的走向演變到這個地步，教趙月紛始料未及。

她極不甘心，質問道：「大人也說了，曹管事說法前後不一，他這份供詞興許是假的，是被人威逼利誘才改的口。」

鄭意濃忍不住還嘴。「姨母，此乃公堂，說話、做事可都要講求證據，您如何證明曹管事是被人威逼利誘的？」

趙月紛冷笑道：「少在這兒攀親戚，誰是妳姨母？妳是趙家的後輩，還是同汝陽王府有半點干係？覥著臉皮賴在王府裡，不過是放不下既得的利益罷了，妳不嫌丟人，我還替妳害臊呢！」

這話說得毒辣，一點都沒給鄭意濃面子。

趙卉雲護著女兒道：「小妹，夠了！」

趙月紛滿臉不屑。「也就只有妳這糊塗的，才會護著這麼個心狠手辣的玩意兒，真是敗壞家風，有辱門楣！」

這幾個人一不注意便又吵開了，還將話題扯到不相干的地方去。楊鳳鳴滿懷歉意地給了沈蒼雪一個眼神，說道：「現在人證、物證皆指向曹管事，重刑之下也沒見他再改口。城陽郡主，您若是不信，可以親自問問他。」

沈蒼雪將供詞摺起來，態度相當乾脆。「不必了。」

京兆府的酷刑都沒能讓曹管事心生懼怕，她有什麼能耐讓他悔過？就憑她這三兩重的舌頭？

沈蒼雪可沒自信能勸回一個一心赴死之人。

曹管事買凶殺人，要殺的對象還是當今聖上親封的郡主，罪大惡極，當判死罪。

不過，沈蒼雪心想有朝一日或許還能翻案，便請京兆尹楊鳳鳴暫時保下曹管事這顆不值錢的腦袋，等秋後再砍也不遲。

同樣覺得自己被戲耍了的楊鳳鳴，其實也傾向暫時留曹管事一條性命，看看日後能否挖出此案背後的主謀，便同意了沈蒼雪的建議。

這案子只能這樣草草告一段落。

曹管事被拖了出來，得知自己被判了秋後處決時，內心並無多少波瀾。這個結果不難預料，然而幸運的是，他還有幾個月可以活。

他並不指望自己能在幾個月間得救，但他希望汝陽王府能信守承諾，幫助他的長子進入官場。他本來已經打算將王府拉下水，結果昨晚忽然來了一個人，說是只要他認罪伏誅，曹家往後便能富貴無憂。

錢，曹管事不缺，他們雖然不是大富大貴之家，但是背靠王府，這種事還用不著操心。真正讓他下定決心幫助王府的，是他們承諾讓自家兒子入朝做官。

入朝為官，尋常百姓夢寐以求的理想，曹管事也無法免俗。

本以為自己無緣見長子成為官老爺了，誰知事情峰迴路轉，他竟不用立刻赴死。這麼一來，曹管事反倒有了底氣，在他死之前，他一定要看到長子踏上仕途，若是不能，那王府就別怪他不留情了。

曹管事的視線對上了鄭意濃，他的雙眸裡滿是執著。

鄭意濃先是攥緊了拳頭，旋即放鬆下來。

不管怎麼說，泰安長公主才是最後的贏家。如今王府已經同長公主站在一條船上，要不了多久，長公主一派便能大獲全勝，屆時別說是給曹家一個官了，就算是赦免犯了死罪的曹管事，也不是什麼難事。

眾人從京兆府出來，趙月紛這邊又氣又惱，鄭意濃幾人卻志得意滿。兩相對比之下，誰得意、誰失意，一目了然。

趙月紛很想端著，但是看鄭意濃這囂張的模樣，還是被氣得怒道：「得勢便張狂，不知是跟誰學的。」

鄭意濃原想跟她頂幾句嘴，可眼尾餘光瞥見熟悉的身影走來，她便立刻換了一副表情，示弱道：「姨母說什麼？我不過是看了您一眼，何至於讓您如此動氣？若是氣壞，便是我的不是了。」

趙月紛奇怪地看了鄭意濃一眼。這矯揉造作的樣子還真是讓人看不慣，平日不是都很神氣嗎？

她正想開口問個清楚，旁邊忽然走來幾位衣袂飄飄、容貌不俗的丫鬟。

一群人停在沈蒼雪面前，為首的丫鬟倩兒客氣有餘、恭敬不足地對沈蒼雪道：「城陽郡主，我家主子有請。」

鄭意濃「體貼地」退了下去，還將一直在觀望的趙卉雲拉走了。

趙卉雲有些擔憂，鄭意濃卻道：「母妃放心，她們不會為難姊姊的。」

想到「那位」幫了王府這麼大的忙，趙卉雲便沒再多管。

第四十八章 假意逢迎

趙月紛先一步擋在沈蒼雪的身前，護犢般地問道：「妳家主子是哪位？」

倩兒只盯著沈蒼雪，半點眼神都未分給趙月紛。「郡主去了便知。」

沈蒼雪淡淡道：「我今日尚且有事，還請妳家主子之後再下帖子到林府。」

倩兒不容拒絕道：「這事，只怕郡主拒不得。」

說罷，後頭幾人便要過來「請」沈蒼雪。

光天化日下，京兆府門前，簡直沒有王法！

剛才趙月紛被鄭意濃給惹出了一肚子火，現在又被這不知死活的丫鬟挑釁，內心的怒火壓都壓不住。沈蒼雪是她帶來京城的，這人敢明目張膽地在她眼皮子底下搶人，顯然沒將林家跟趙家放在眼裡。

趙月紛再也忍不住，快步向前逼近倩兒，高高地抬起手，一巴掌狠狠地甩了過去。

一記響亮的耳光，逼得倩兒連連後退了幾步才站穩。

後面幾個丫鬟都呆住了，不只是她們，連路旁的行人都停下了腳步，不約而同地看向這一處。

趙月紛只覺得一個巴掌還不夠呢，怒斥道：「我管妳家主子是誰？若是有能耐，便來林府將人請過去；若沒有能耐，趁早歇了這個念頭。城陽郡主是我林家的座上賓，豈容妳一個小小賤婢放肆，給我滾！」

幾個丫鬟在外頭還未曾受過這樣的待遇，一時之間都懵了，只是這個差事可不能輕易擱下。

倩兒錯愕地捂著嘴，失聲質問道：「妳敢打我?!」

趙月紛啐了她一口道：「自報家門都不會，打的就是妳，便是妳家主子來了也照打不誤。光天化日之下當街綁人，既無請帖，也無緣由，視聖上封賞的郡主如無物，也不將林、趙兩府放在眼裡，妳家主子就是這麼教妳的？這事別說鬧到妳家主子跟前，便是鬧到御前，我也不怕。」

一群人趾高氣揚地過來，灰頭土臉地離開。前前後後不到半刻鐘，卻教周圍的人都看足了笑話。

有些人不禁好奇，這究竟是誰家派過來的丫鬟，連禮節都沒學會便跑出來丟人現眼。她們如此行事，豈不是明晃晃地昭示眾人，自家府上的主子沒規矩、不懂禮數嗎？

將那些莫名其妙的人轟走之後，趙月紛便在沈蒼雪面前邀功。

雖說她們兩人是姨甥，但是相處起來卻沒那麼多講究，一是趙月紛覺得沈蒼雪的脾氣與自己投契，二是沈蒼雪不在乎那些虛禮。

趙月紛這會兒正洋洋得意地說道：「不是我吹噓，整個京城還沒幾個人能在吵架上勝過我的。」

沈蒼雪問道：「那些人囂張至此，無非是仗著主家的勢力。您將人都趕走了，就不怕她們家主人找您麻煩？」

「我趙月紛幾時怕過麻煩？」趙月紛輕蔑道：「京城裡頭敢撂狠話的都不是軟茬子，他們主家厲害，可趙家同林家也不是好惹的。況且，我已經猜出她們家主人是誰了。」

沈蒼雪心裡也有答案，同趙月紛核對後，毫不意外地發現兩個人想的是同一個人。

方才沈蒼雪猜到了是那一位，所以不敢對著那丫鬟將話說死，畢竟那位權傾朝野，一半的朝廷都被她把持，連聞家人也受她牽制。結果趙月紛完全沒把她放在眼裡，還當眾賞那個丫鬟嘴巴。

過癮是過癮、佩服是佩服，可沈蒼雪免不了擔心林度遠。「她不會因此遷怒姨丈吧？」

「怕什麼，大理寺也是她能染指的？」趙月紛無所謂地說道：「真有本事就放馬過來。」

趙月紛敢擺出這個態度，除了趙家與林家地位頗高以外，還有一個原因，就是林度遠同鄭鈺向來不是一條船上的人。林度遠既然敢跟鄭鈺作對，恩恩怨怨自然多不勝數，也不會在乎趙月紛今日多添的這一樁了。

那幾個丫鬟回去之後，將這件事添油加醋地稟報鄭鈺，順便告了一狀——趙月紛囂張跋扈，不是什麼好東西，沈蒼雪作壁上觀，亦對長公主殿下不敬。來日長公主殿下若要追究，最好把這兩個人都收拾了。

鄭鈺並未如丫鬟們料想中大發雷霆，相反的，她的態度很平靜。

倩兒有些不贊同地說道：「殿下，這兩人如此行事，分明是沒將您放在眼裡，簡直放肆。」

「行了。」鄭鈺揮了揮手，將幾個丫鬟都打發了出去。

連人都請不過來，要她們又有什麼用？她鄭鈺身邊可不需要任何派不上用場的人。

鄭鈺轉頭便對管事道：「那幾個蠢貨全攆走吧，再選些精明能幹的過來。」

此刻元道嬰也在房間裡，待管事領命出去後，他便盯著鄭鈺看，不太贊成地說：「她們在妳跟前也伺候一年了，妳怎能一點情面都不給。」

「你自己都說了，那幾人在本宮身邊伺候了一年，卻還是這麼沒用，連個人都請不過來。這便罷了，可她們不該丟了本宮的臉，當眾被掌摑，卻一點應對之策都沒有，這樣的蠢貨，本就不應留下。」

鄭鈺斜倚在軟枕上，漫不經心地說道：「沒將她們打死，已經算是網開一面了。」

當眾讓她鄭鈺的臉面被扔在地上踩，這可是滔天大罪。

元道嬰欲言又止，沒多久又聽鄭鈺道：「只是那個沈蒼雪……」

聽到鄭鈺提起今天這件事的主角，元道嬰不禁定定地看著她。

他不曉得鄭意濃跟鄭鈺說了什麼，但是他不明白為何要插手汝陽王府的家事。對於他們而言，汝陽王府只是個徒有虛名的空殼罷了。不過拉攏皇室中人倒也在情理之中，血緣本身便是武器。

鄭鈺冷冷一笑，眼中盡是寒意。「原以為僅僅是鄉野出身，沒多少威脅，如今看來，還是盡快解決才好，免得之後又生事端。」

對於動輒喊打喊殺的鄭鈺，元道嬰擔憂中摻雜了恐懼。她的一舉一動皆流露出瘋狂的氣息，元道嬰生怕她不分輕重，最後事發牽連到女兒鄭頤。

他們家這個小姑娘天真無邪，元道嬰不忍她受到一丁點傷害，是以勸道：「妳還是少犯殺孽吧，權當是為女兒積陰德了。況且城陽郡主的父親對妳有恩，實在不該恩將仇報。」

鄭鈺不屑地「嗤」了一聲。

有恩又如何？她連恩人的性命都能取了，還會介意多一個恩人的女兒？再說了，眼下計較起來，沈蒼雪同沈家根本沒關係，汝陽王府那個才是貨真價實的沈家女。

鄭鈺不喜歡元道嬰連這種小事都過問，警告道：「我的事你少管，若有這種閒情逸致，不如看好你那位好夫人，省得她整日疑神疑鬼，教人看了笑話。」

元道嬰不吭聲了。

最近這陣子季若琴越發陰陽怪氣，昨日更是大鬧了一場，整個丞相府不得安寧。

元道嬰早就不願意同季若琴同睡一間房，現在更是有空也不待在家裡，寧願偷偷地跑到公主府躲清靜。

一如元道嬰所說，元府此刻正是天翻地覆。

季若琴即便一直病著，也能將元府治理得井井有條，既是如此，要讓元府雞飛狗跳，簡直易如反掌。

之所以這麼做，只是為了出一口惡氣，可是想到元道嬰那張虛偽的面孔，季若琴又覺得遠遠不夠。她這樣做，元道嬰也是不痛不癢。

恰在此時，聞西陵的人找上了她，讓季若琴幫忙查一件事。

季若琴早就知道背後之人幫她是有所求，可是看到眼前這封信後，仍舊遲疑了。

這件事牽扯太大，若是真查出來了，元道嬰前程盡毀是不假，可是元府上下也會被連累，哪怕聞西陵他們保證此事不會牽連她的兒女，季若琴也不敢用這個可能性去賭。

直到這日上午，兩個孩子得知父親徹底被母親逼走之後，又跑來季若琴跟前勸她大度容人，不要再無理取鬧了。

只要發生類似的狀況，他們都站在元道嬰那邊，哪怕季若琴再體諒這雙兒女，也還是會寒心。

季若琴不相信自己的孩子會這般冷血，問道：「倘若錯的是你們父親呢？若他在外頭早有子女呢？」

「不可能。」元家長子元荻說得斬釘截鐵。「父親不是這種人。母親，您逼走父親尚且不夠，還要給他潑這樣的髒水，這般對他，何其不公？」

季若琴絕望地看向女兒元蓁，結果她的態度與她兄長如出一轍。「母親，您別再胡鬧了。父親日理萬機本就辛苦，您就不能稍微體諒他一些嗎？」

在這一刻，季若琴的心終於死透了。這就是她苦苦維繫的家，這就是她費盡心力養育的兒女，沒有一人是值得的。他們所有人這般對她，才是何其不公，才是天理不容。

這麼多年來，她做錯了什麼？又得到了什麼？

季若琴從未想過自己的人生竟失敗至此。她能接受丈夫不愛自己，可她無法忍受自己的兒女跟丈夫一樣狼心狗肺。

只怕在他們眼中，自己這個生母可有可無，畢竟比起只能在內宅掌事的母親，在朝中隻手遮天的父親才更讓人尊敬。

她即便將家中料理得再好，也不過落下一個內宅婦人的名號。

「罷了罷了，你們下去吧。」季若琴不願與他們多說了。

丈夫如何，兒女又如何，說到底都是外人，沒有誰同她一條心。

元荻跟元蓁兄妹兩人見狀，知道母親這又是要起了小性子。每回都是如此，不管他們怎麼勸，母親都要同父親作對，說句不中聽的話，這樣的脾氣放在別人家裡早就失寵了。

外頭寵妾滅妻的人多了去，像他們父親這樣一心一意地敬重妻子、潔身自好的人著實不多，母親不僅不珍惜，反而處處針對父親，身為兒女，他們實在是看不下去。

季若琴坐的地方距離窗邊很近，她伸手推開窗戶，還能聽到兒女漸漸變小聲的私語。

「也不知母親這回要鬧多久，真是委屈了父親。」

「那是父親脾氣好，換成是我，可不會任由母親胡鬧。」

「今日午飯過後，咱們出去看看父親吧。」

元道嬰委屈？

呵，季若琴了無生趣地掃視了這死氣沈沈的丞相府一眼。謊言久了就會成真，連涼薄之人也能被奉為癡情至聖，元道嬰怕不是真以為自己才是最委屈的那一個吧？

可笑。

元道嬰可笑，她也可笑，在內宅蹉跎這麼多年時光，不僅一事無成，還將自己弄得聲名狼藉。

終究是不值得。

季若琴提筆回信，答應了聞西陵。

隔日一大早，吳兆便向聞西陵稟報。「世子爺，季若琴已經答應了，她會想辦法找到證據。」

頓了一下，吳兆道出心中的隱憂。「她與元道嬰夫妻多年，聽說元道嬰對她情深至極，她該不會在關鍵時刻反水吧？」

聞西陵搖了搖頭道：「情深不過是裝出來的，若真是如此，也不會在外面弄出一個孩子了。季若琴心性高傲，忍受不了背叛與戲弄，元道嬰這回是踩在了她的死穴上。」

說著，聞西陵輕笑出聲。「元家那兩個孩子也沒長腦子，既不隨爹，又不像母，真是蠢得清奇。」

他們會這樣勸季若琴，就是毫無思考能力，被人牽著鼻子走，覺得自己的母親苛待父親，毫不珍視夫妻情分。

真不知有朝一日待他們明白了真相時，會是追悔莫及，還是堅定地選擇父親，與母親徹底劃清界線？

聞西陵莫名期待了起來。

季若琴既然做出了選擇，便不再繼續同元道嬰鬧彆扭。她差人帶話給元道嬰，請他今晚回府。

話帶到時，鄭鈺毫不客氣地嘲諷道：「你家裡那位還真是好笑，這才幾天便堅持不下去，莫不是離了夫君就不能活了？」

元道嬰雖然沒說什麼，卻是下意識地皺了皺眉頭，本能地牴觸回到那個家。

鄭鈺冷笑著說道：「愣著做甚，人家都巴巴地過來請你回去了，你還要拿喬不成？」

「今日還未探望頤兒。」

鄭鈺嗤笑道：「回府看你自己女兒吧，那才是你的嫡親女兒。」

元道嬰清瘦的臉上浮現出淡淡的不悅。「不一樣。」

哪兒不一樣，元道嬰沒細說。

大抵是，一個是他珍愛之人所生，一個是無關痛癢之人所育。前者他愛若珍寶，後者只能平平待之。

可元道嬰的平平，在元蓁眼中便成了父親對自己格外重視，畢竟父親回府之後不是第一時間探望母親，而是來尋她。

元蓁受寵若驚，上前細問父親這兩日宿在何處、可曾受過委屈？

只見元道嬰搖了搖頭，隨意敲了兩下案桌，慢條斯理地問道：「妳母親氣可消了？」

元蓁笑著說：「父親果然記掛著母親，可惜母親不懂您的用心良苦。昨日我與兄長去勸，母親還發了好大的火氣，弄得我倆不知道該說什麼。現在一夜過去，她應該是想通了，這才請父親回來。其實母親早該如此，先前也不知道是在氣什麼。」

對於元蓁所言，元道嬰並不上心，他心裡正在想另一個女兒今日未見到自己，是否會傷心，還是元蓁喚了他兩聲，他才回過神道：「是我做錯事惹她生氣，如今她氣消，為父也就放心了。」

「父親怎麼會做錯事？」元蓁隨口反問，像是理所當然地覺得自己父親是個聖人，壓根兒不會犯錯。

元道嬰頓了頓，沒有應答。

這一日，元道嬰夫婦兩人重修舊好。

那件事並不好查，元道嬰戒心又極重，若不小心應對，只怕還沒開始查便先被識破了。為了長遠之計，季若琴不得不忍著噁心，伏低做小。

元道嬰以為冷了季若琴幾日，她終於知道好歹了，漸漸地放下了防備。

一連好幾日，元家上下就跟雨過天晴一般，府中人人碰面時臉上都帶著笑意，張口閉口說的都是主子的事。

「聽正院那邊的人說，老爺跟夫人這些日子好得跟什麼似的，再沒拌過一句嘴。」

「夫人應當是改過自新了，咱們老爺終於不用再夜宿書房。天可憐見，老爺之前不知道受了多大的委屈，幾乎日日睡在那裡。」

「如今老爺想睡書房只怕是不能了，我聽說夫人特地學了點廚藝，天天都要熬粥送去書房，還陪著老爺一塊兒溫書……」

說到後來，下人們的語氣都顯得有些曖昧了。

元府的人都覺得季若琴對丈夫情根深種，這回終於改了性子，不再凡事都往心裡去。

就連元道嬰也覺得妻子真心悔改，竟然連著幾日都不再追問鄭鈺之事，教他省了不少口舌。

至於季若琴硬要賴在自己的書房不肯走，元道嬰雖然不喜，可也不能叫人把她攆出去，畢竟她胡攪蠻纏起來夠惱人的。如今她不吵不鬧，只是略煩人了些，倒也無妨。

其實季若琴這麼做是有原因的，因為只有在元道嬰回府之後，她才有進書房的機會，平日元道嬰不在時，書房一向鎖著，她想進去都沒辦法。

在元道嬰眼皮子底下查東西，並不是容易的事。然而只要是個人，便有疏忽的時候，盯好他的動作，伺機而動即可。

第四十九章　水火不容

過了幾日，季若琴終於尋到機會，也查到了些苗頭。

正當她準備順勢往下繼續查時，忽然收到消息，說是幾日後宮中要擺宴，請諸位官眷一道赴宴。

季若琴身為一品丞相夫人，自然也在受邀之列。

不過身在林府的沈蒼雪卻沒想到，她這打臨安城這個「鄉下地方」來的郡主竟然也在邀請名單上。

趙月紛驚奇地拿著沈蒼雪的請柬說道：「怪哉怪哉，妳回京的事怎麼傳到宮中的耳朵裡了？」

沈蒼雪提醒她。「您忘了之前咱們在京兆府外遇上誰的人馬了？」

鄭鈺既然知曉她入京一事，那麼宮中的人知道也不足為奇。她對聖上有救命之恩，雖然不知這份恩情如今還剩多少，但衝著她獻了藥這一點，宮中便不會輕易忽視她。

趙月紛不免擔憂道：「那位長公主殿下對妳虎視眈眈，實在不行的話，便找個由頭推了這宮宴吧？」

「推得了一時，推不了一世，她若是一心盯著我，無論如何都會碰上的。在宮中好歹還有皇后娘娘能幫襯一二，在別處可就沒人能制衡鄭鈺了。」

趙月紛一想也是。

去就去吧，不僅有皇后在，她也能護著沈蒼雪。這孩子可憐，沒有爹娘在身邊，也就她這個姨母能盡盡心了。

然而沒多久，趙月紛又想起另一件事。「這請柬既然發到咱們手上，肯定也會往汝陽王府遞一份，到時候又得見到她們母女兩人了，真是讓人倒胃口。」

一個鄭鈺尚且不夠，還有一對教人厭煩的母女，這次的宮宴可真有意思。

趙月紛說完，心念一動，上下打量起了沈蒼雪。

沈蒼雪被看得莫名，問道：「怎麼了？」

趙月紛端詳著她，說道：「妳這裝扮，日常在府中穿一穿尚可，可若是去參加宮宴，那便不夠看了。妳幾身衣裳都太過素淨，穿到宮裡去，少不得會被別人壓著。尋常人就罷了，可若是被鄭意濃在衣著打扮上面壓了一頭，還不知道要被議論成什麼樣。不成，我得給妳想想法子。」

「也不至於吧。」

「怎麼不至於了？京城就是一個名利場，便是妳無心爭美，也會被別人暗中比較。」

趙月紛這便生出了要好好打扮自己外甥女的念頭。她沒有生女兒，有這種機會自然躍躍欲試。

這孩子容貌過人、氣質卓然，不好生裝扮一番，豈不是白費了這樣的好底子？

今日宮中設宴，為的是給剛出生的四皇子辦洗三禮。

當今聖上中毒痊癒後雖然身子稍弱，卻不妨礙他寵幸妃嬪。原先幾年宮中只有鄭翾這麼一位皇子，等冊立太子之後，才又添了兩個小皇子，不過兩位小皇子的生母出身低微，且資質平平，並不受寵，動搖不了太子之位。

可這位四皇子不一樣，其生母乃是四妃之一的賢妃葉憐雨，她娘家是已逝太后的母家，與當今聖上是表兄妹。有這層血脈親緣，賢妃的地位自然與其他妃嬪不同，甚至可以同皇后比肩。

四皇子自呱呱落地後便被捲入權力爭鬥的漩渦中，出生不過三天的他，在朝中已有一批追隨者了。

聞芷嫣豈會不知這背後是聖上對於聞家的忌憚？

在鬼門關走過一遭的人會更加惜命，從前信任的人，如今也會不自覺地提防起來；過去忌憚的人，也會為了尋求平衡讓她繼續風光。

身為中宮皇后，越是這種時候，越不能失了體統，所以即便心中再有怨，聞芷嫣也不得不擺出一副賢良大度的姿態，給四皇子辦了一場轟動一時的洗三禮。

京城中有頭有臉的人都被邀請至宮中，人聚集的地方是非便多，婦人與姑娘們之間的較勁，比起朝堂上的爭論也不遑多讓。

鄭意濃身為汝陽王府的大郡主，又是陸家未來的當家夫人，不論去到哪兒都是眾星拱月的焦點。

各家千金們三五成群地圍在一塊兒，正中間站的便是鄭意濃。

「郡主頭上戴的這支簪子樣式新穎，似乎未曾見過？」

鄭意濃扶了扶簪子，抿了抿嘴，笑道：「是陸公子所贈。」

「呀，真教人羨慕，只怕這花樣是陸公子自己畫的吧？」

「陸公子一表人才，還格外疼惜未婚妻，怪不得連聖上都說你們兩人是天作之合。」

鄭意濃很享受這般高高在上的感覺，也只有這樣，才能讓她忘卻上輩子的淒慘結局，洗刷前世在牢獄裡遭受的恥辱。這輩子雖說中間起了些波瀾，但她還是靠著「未卜先知」壓過了沈蒼雪，待她同陸祁然完婚之後，過去的噩夢便不復存在了。

然而，鄭意濃的氣焰很快便因為一個人的出現而消了下去。

趙月紛領著沈蒼雪高調出場。

在打扮方面，若說沈蒼雪喜好的是清新雅致，趙月紛欣賞的便是富貴逼人。

她請人為沈蒼雪趕製的衣裳，布料是雲錦，用色是朱紅，明亮大氣的牡丹點綴其中，光這一身華服便先聲奪人。再觀其人，一張精緻絕倫的芙蓉面，烏髮如雲、朱釵華美，恰似明珠美玉，容光照人。

鄭意濃一張臉頓時黑了，尤其是沈蒼雪出現之後，不少人在她們之間來回打量，看好戲的惡意溢於言表。

也不知是偶然還是故意，趙月紛偏偏領著沈蒼雪朝鄭意濃這個方向過來。

人群出現了騷動，趙卉雲一看是女兒所在的方向，出於擔憂，第一時間便趕了過去。

只是她一來，更教旁人議論紛紛。

理由無他，只因沈蒼雪生得跟趙卉雲實在是太像了，好比是同個模子印出來的。趙卉雲年輕時便豔冠京城，如今年歲大了，也保養得甚好，甚至多添了一些韻味。

趙卉雲看到沈蒼雪這般盛裝出席，也不由得恍惚了一下。她年輕的時候，也愛這樣華服著身。

這兩人……若說沒點關係，簡直說不過去。有些人立刻想到了之前在京兆府鬧出的事，雖然汝陽王府有意壓著，不讓它外傳，但眾人多少都聽到了些捕風捉影的消息，再一看場中這三人，猜疑之心更盛。

有不少人竊竊私語。

「怎麼這位姑娘長得跟汝陽王妃如此相像？」

「她隨林夫人一道進宮，興許是趙家的小輩吧。」

「說的什麼胡話，這位姑娘是救了聖上的城陽郡主，是從臨安城進京的，同趙家可沒半點關係。不過林夫人也不知怎的，硬將她帶到京城來，聽說還為了她同汝陽王府大吵呢，這裡頭必然有故事。」

世人總愛看熱鬧，且越是私密之事越能激起大夥兒的好奇心，他們可不論什麼是非真假，只要是秘辛便夠了。

還是趙卉雲先一步反應過來，同趙月紛道：「小妹怎麼才來，正好長公主殿下等著妳呢，快隨我過來吧。」

趙月紛同沈蒼雪對視一眼，汝陽王府還真是大張旗鼓地歸順了鄭鈺呢。

只見趙月紛推託道：「還未曾給皇后娘娘請安。」

「不急，皇后娘娘同長公主殿下正在一處，小妹且過來吧。」趙卉雲急著將她們兩人拉走。

若是繼續站在這兒被人打量，汝陽王府真就顏面盡失了，意濃的身分也會惹人懷疑。趙卉雲為了保全鄭意濃的顏面，只能犧牲沈蒼雪，將她往長公主那邊推。

長公主早就想見一見沈蒼雪了，入宮之後還特地問了沈蒼雪何在。可惜那會兒人還沒到，如今到了，正好領著給她看看。

沈蒼雪早知推不掉的，不過有皇后在此，總好過她單槍匹馬迎戰鄭鈺。

見趙卉雲直接上前拉自己入殿，沈蒼雪不禁在心裡冷嘲，隨她去了。

趙月紛落後一步，正想跟上，忽然瞥見鄭意濃那張陰惻惻的臉，頓時令她不痛快，準備上前嘲諷兩句。

她來得巧，剛好有鄭意濃的擁護者替她打抱不平，怨方才沈蒼雪太過高調，搶走了鄭意濃的風頭，為了安撫鄭意濃，便不遺餘力地打壓沈蒼雪。

「不過是走運救了聖上，這才得了一個郡主的名號，只是這臨安城的郡主到京城便什麼也不是了，說到底，還是意濃妳的身分貴重。」

鄭意濃臉色稍霽。

趙月紛這會兒見縫插針，悠悠道：「說得好，只是有一點有待商榷，這『貴重』兩字究竟貴在身分，還是貴在血統？若是貴在身分，人家是聖上親封的郡主，於國於社稷有功，鄭郡主不過一介臣女，也可比肩朝廷的郡主？若是貴在血統，妳們兩人——」

「姨母！」鄭意濃表情驟變，厲聲打斷趙月紛的話。

趙月紛臭著臉冷哼了一聲。這就怕了？她還以為鄭意濃要登天了呢。

鄭意濃調勻了呼吸，這才輕聲細語地勸誡道：「長公主殿下同城陽郡主都等著您呢，若是去晚了，可就不好了。」

趙月紛一想到自己要保護沈蒼雪，便不再跟鄭意濃多說，她翻了個白眼，撂下一群人快步走入大殿。

對在場的人來說，趙月紛對鄭意濃的態度也耐人尋味。

不像是長輩，倒像是仇敵。雖說趙月紛之前因為結親的事同汝陽王府有舊怨，可也沒像今日這般公然給鄭意濃難堪。

大夥兒越發好奇汝陽王府究竟出了什麼事，待宮宴結束之後，他們一定要仔細打聽打聽。

鄭意濃被來自四面八方、帶著探究的目光瞧得心煩意亂。

該死的沈蒼雪，她為何非要出現？就這麼想搶走她的一切嗎？

宮宴依舊熱鬧非凡，圍在她身邊的人照常捧著她，可鄭意濃卻再也沒了炫耀的念頭，一心只想著該如何料理沈蒼雪。

只要沈蒼雪頻繁地出現在人前，那麼自己不是王府血脈的事情，早晚會露出馬腳的……

沈蒼雪已經進入大殿中。

外頭人雖多，不過內殿卻很清淨，偌大的地方，只有主位的四、五個人在場而已。

正中間坐著一位眉眼帶笑、端莊大氣的，應當便是皇后聞芷嫣了。

坐在聞芷嫣右下的是熟人季若琴，至於左邊這一位……

沈蒼雪的視線飛快地掃過——身材高䠷、目光銳利，應該就是那位泰安長公主鄭鈺了。

定了定神，沈蒼雪上前向皇后行禮。

聞芷嫣很快便讓她起來，親切地點著頭。真不愧是阿弟看上的姑娘，也怪不得他對人家念念不忘。京城的大家閨秀多不勝數，也沒有一位比得上城陽郡主姿容出色。

此刻聞芷嫣不禁想像起來，城陽郡主同他們家阿弟站在一塊兒，該有多登對啊。

可惜很快就有人跳出來破壞氣氛了。

鄭鈺後頭的女使又道：「城陽郡主，這位是長公主殿下。」

沈蒼雪落落大方地行禮問安。「見過長公主殿下。」

鄭鈺穩穩地坐著，嘴角含著若有似無的笑意，漫不經心地打量著自己新染的指甲，不曾叫起沈蒼雪，只開口道：「聽聞城陽郡主是從臨安城過來的？」

沈蒼雪半蹲著身子，回道：「老家原是在建州。」

「喔，那後來怎麼去了臨安城？」

「只因家中被奸人所害，雙親殞命，後又逢大旱，才不得不逃荒至臨安城。」

鄭鈺動作一頓，抬頭盯著沈蒼雪，冷笑。

「長公主，妳可問夠了？」

聞芷嫣面色不悅，正要讓沈蒼雪起身，季若琴卻先按捺不住，笑吟吟地開口道：「長公主殿下可看夠了您那矜貴的指甲？若是看夠了，不妨叫城陽郡主起身吧。知道的，以為您不過是在看指甲，不知道的，還以為您仗著年歲比人家大兩輪，有意欺負年輕小姑娘呢。」

鄭鈺轉頭看向季若琴，目光森然。

季若琴捂著嘴，嗤嗤一笑，含沙射影道：「說笑了，長公主殿下勿怪。快起吧郡主，再這麼行禮，便成了長公主殿下藉機訓斥妳了。咱們長公主殿下一向待人寬和、謙遜有禮、潔身自好、坦坦蕩蕩，怎麼捨得欺負救命恩人的女兒呢？若真如此，豈不是成了狼心狗肺之徒？」

聞芷嫣不由得倒吸了一口涼氣。這季若琴幾時變得這麼厲害了？

季若琴一人的氣勢可擋千軍萬馬，有她在，聞芷嫣本來要斥責鄭鈺蓄意刁難的話都顯得不輕不重了，遂將想好的話又嚥回了肚子裡。

不等鄭鈺開口，聞芷嫣先給沈蒼雪賜座，同她聊了起來。「當初妳獻藥救了聖上一命，可謂是社稷功臣，本宮一直想尋妳好生道謝，今日才得了機會。聽說，那顆藥是妳父親的遺物？」

沈蒼雪哪敢真讓皇后道謝，客客氣氣地表示為天家獻藥是沈家的福氣，還道：「臣女的父親原本便是四處治病的遊醫，一生行善積德，他若在世，必定也會欣慰自己製的藥丸能夠救人性命。」

聞芷嫣感慨道：「神醫至仁至善，只可惜天不假年。」

季若琴看著鄭鈺，她雖然不知真相，卻莫名覺得沈蒼雪口中的那個奸人便是鄭鈺。

她一雙眼眸輕飄飄地掃向鄭鈺，說道：「嘖，沈神醫這樣的好人，竟然被那喪心病狂的人害了性命。若是老天有眼，真該將這奸人捉出來，或是杖斃，或是……沈塘。」

鄭鈺不斷地壓抑著怒火。

這個元道嬰究竟是怎麼回事，自己的妻子是個瘋子，難道他就不管管，還任由她在外胡言亂語？今日回去，她必定要狠狠地罵醒他這個蠢貨，連一個內宅婦人都管不好，還當什麼丞相?!

也是巧了，趙月紛這會兒才經由通傳進入內殿，一進來便聽到了季若琴這刺激的評論。

趙月紛只聽到後頭，沒聽到前頭，不知前因後果，看熱鬧不嫌事大地問了一句。「沈塘？誰要沈塘？」

話音剛落，她便發現鄭鈺一個眼刀子甩了過來。

趙月紛直直地盯著鄭鈺，這季若琴罵的該不會就是這位長公主吧？那可真是有看頭！

聞芷嫣打著圓場。「哪兒的話呢，元夫人不過是說笑來著。」

季若琴似笑非笑地說：「是啊，臣婦不過說笑來著，試問京城裡頭哪有這麼賤的人？」

聞芷嫣瞪大了眼，不知道該怎麼圓了。

鄭鈺脾性不好，若激怒了她，真的會出大事。今日是四皇子的洗三禮，外頭不知道有多少雙眼睛盯著這兒，若是鬧出了笑話，皇家的顏面受損也就罷了，重要的是她這皇后會落得一個辦事不力、縱容賓客口出惡言的罪名。

聞芷嫣想轉移話題，偏過頭問沈蒼雪。「聽說妳還有一雙弟弟妹妹，他們現在多大了？」

沈蒼雪從善如流，開始同聞芷嫣搭話。

雖有她們兩人緩和氣氛，可是場上的火藥味依舊強烈，鄭鈺同季若琴之間的對峙，是個人都看得出來。

季若琴疑心病重，京城人人皆知，就因為這個緣故，她不知被多少人在背後議論，可往常季若琴總顧及丈夫的顏面，並未堂而皇之地展現這疑心病，今日也不知是怎麼了，竟然公然跟鄭鈺頂嘴。

她難道不怕鄭鈺報復嗎？

稀奇啊……趙月紛腦子裡飛快地閃過無數個念頭，不過面上還端著笑。

她同趙卉雲坐在一塊兒，姊妹倆雖然挨得近，卻誰也不看誰，彼此之間的嫌隙越來越深。

過去趙卉雲勉強還能容忍趙月紛的無理取鬧，可自從趙月紛將沈蒼雪帶回京城，差點給王府招來滅頂之災後，她便不願意同這個不懂事的小妹有更多往來了。

正好，趙月紛也不想理她。

第五十章　昭然若揭

趙月紛盯著鄭鈺，生怕她為難沈蒼雪，不過趙月紛顯然是多慮了。

鄭鈺壓根兒沒能說上幾句話，她縱然對沈蒼雪不喜，想要打壓一番，可季若琴卻像是吃了火藥似的，但凡鄭鈺開口，她便反唇相稽、明嘲暗諷，句句都朝鄭鈺心上扎，且一句比一句狠。

這令鄭鈺恨不得撕爛她的嘴，然而有些事情，不給回應才是最好的回應。

狗咬人常見，卻不曾見過人咬狗，倘若她真的計較，反而教旁人以為她同元道嬰不清不楚。

季若琴還沒完呢，在皇后問沈蒼雪可有婚配時，她又跳出來說道：「皇后娘娘，城陽郡主才多大啊，外頭有得是一把年紀卻未尋夫家的。熬了這麼多年，早把自己熬成婆婆了，您說可笑不可笑？她們不著急，城陽郡主急什麼？還年輕著呢！」

趙月紛實在忍不住，偷偷笑了兩聲。

在場的人全都心照不宣，這裡一把年紀還未成親的，只有鄭鈺。

這元丞相家的夫人莫不是瘋了？平日各家之間雖有恩怨，但在外向來都是做好表面工夫，甚少交惡的，可季若琴今日等於是撕破臉、掀桌子了。

聞芷嫣尷尬到不知該怎麼接話。雖然看別人懟鄭鈺挺痛快的，可她也擔心季若琴玩超過了，或因此事被鄭鈺記恨而殃及性命。因為小事而殺人洩憤，不說別人會不會這麼做，鄭鈺肯定幹得出來。

等聞芷嫣好不容易岔開話題，藉著問及汝陽王府的婚事掩過那段話之後，季若琴又道：「這樁婚事自然好，聖上賜婚，明媒正娶，現在只等王府那位大郡主風風光光地嫁進陸家了，可真是天賜良緣。」

聞芷嫣見季若琴似乎不再針對鄭鈺了，鬆了一口氣說：「對，天賜良緣。」

季若琴話鋒一轉，道：「還是明媒正娶的未婚夫妻有排面，不似外頭那些話本裡所推崇的愛情，一個個打著自由的幌子，行的卻是那無媒苟合、珠胎暗結的齷齪事，著實讓人看不下去。來日朝中若是有御史能提及此事，將這些齷齪的話本一把火燒盡就好了，免得帶壞了年輕人。」

鄭鈺滔天的怒火頓時一收。她沈著臉，仔細地盯著季若琴看，思考她這些話背後真正的涵義。

季若琴定是知曉了什麼，或者有人對她透露了消息，否則她不會一夕之間變化這麼大。畢竟過去季若琴一心撲在元道嬰身上，以元道嬰的前程跟元家的聲譽為重，從不會主動招惹自己。

事出反常必有妖，不得不提防。若是季若琴真的知道了那件事……鄭鈺捏緊茶盞，殺意漸漸浮現。

在季若琴眼裡，鄭鈺就像是條毒蛇，長著一張好皮囊，內裡卻陰狠惡毒。

從前她不願同鄭鈺對上，如今豁出去了，打算來個魚死網破，自然什麼都不怕了。

趙月紛納悶得很，偷偷同季若琴咬耳朵道：「妳今日語氣似乎格外重，還含沙射影地指著那一位罵，就不怕她蓄意報復？」

季若琴冷笑不止。「她最好能一刀殺了我，我反而敬她有些魄力。」

「妳瘋魔了？」

「我只是不願再糊裡糊塗地活著罷了。」

趙月紛張了張嘴，最後什麼也沒說。她不知內情，不了解對方的遭遇，還是少說兩句吧，免得多說多錯。

眾人又閒聊了幾句，吉時一到，聞芷嫣便帶頭止住了話，前去外殿主持洗三禮。

這場洗三禮可謂熱鬧至極，中間聖上甚至親自露了面，給四皇子添盆。

沈蒼雪站得靠後，並未看到聖上的真容，不過他身子不好倒是顯而易見，剛才聽他不過說了幾句話便有些氣虛，可見解了毒也難以回到從前。

聖上另有政務要處理，並未在殿中逗留，可哪怕他只來了這麼一會兒，賢妃同她娘家也面上有光，覺得自己壓了皇后一頭。

聞芷嫣懶得同這些妃嬪計較，只要太子的位置保持一日，四皇子便永遠同大位無緣。她想得清楚明白，現在他們最大的敵人並不是賢妃之流，而是聖上。

聖上這些日子以來已經完全變了個人。

原先不過是懦弱了些，可如今卻對所有人都不信任，一心只顧著帝王的尊嚴，企圖用制衡之道來穩住聞家與鄭鈺。

可世上之事，又豈是他一個人能決定的？

洗三禮結束後，皇后賞了沈蒼雪不少東西，前半場風光的是四皇子，後半場引人注目的便是沈蒼雪了。

聞芷嫣毫無保留地表達了她對沈蒼雪的偏愛。

沈蒼雪只是覺得這些賞賜應該挺值錢的，除此之外並沒有其他念頭，不過當她注意到鄭意濃扭曲的面容時，不禁產生了別的想法——能讓鄭意濃嫉恨，確實該得意一下的。

鄭意濃被恨意蒙蔽了雙眼，卻不知另有一人將這一幕盡收眼底。

陸祁然的母親、陸夫人梅啟芳也帶著自家女兒參加了宮宴。

比起鄭意濃，梅啟芳對趙卉雲更為了解，畢竟她們是同一輩的，年輕時也曾暗暗較量過。今日一見到沈蒼雪，梅啟芳的心神便為之一震。

像，太像了，簡直同當年的趙卉雲一模一樣！

梅啟芳雖然沒有上前細看，可沈蒼雪那張同趙卉雲幾乎完全相同的臉蛋，還有鄭意濃那掩飾不了的恨意，都教梅啟芳不敢深想，可偏偏又有一個念頭自動浮現出來——

難道，王府真正的千金另有其人？

趙月紛攔沈蒼雪離宮之前，碰上了梅啟芳與她女兒。

梅啟芳平日甚少與趙月紛往來，今日卻破天荒地上前跟她說了好一會兒話。態度熱切卻不過分熟稔，一切拿捏得恰到好處，並未惹趙月紛厭煩。

陸晴之跟在母親身後，悄悄地觀察著沈蒼雪，偷看被人抓個正著後，趕忙扯著帕子遮住自己半張臉，可她卻是連耳尖都紅了。

沈蒼雪會心一笑。這位陸家姑娘天真可愛，比她兄長討喜多了。

母女兩人離開的時候，陸晴之還偷偷回頭看了沈蒼雪一眼，悄聲對梅啟芳道：「那位郡主可真好看呀。」

梅啟芳意味深長道：「當初的汝陽王妃也是如此。」

隔得遠，趙月紛雖然聽不清她們說的話，但是大概知道內容，不禁樂得直笑道：「這陸夫人想必是起了疑心，否則她斷然不會叫住我的。」

陸家人向來高傲得很，這位陸夫人更甚，從不與不熟悉的人攀談，這回特地過來陪著笑臉說了這麼會兒話，真是難為她了。

趙月紛又道：「陸夫人可不是什麼善茬，倘若她起了疑心，鄭意濃即便嫁進了陸家，往後的日子也不會好過。」

沈蒼雪道：「一筆寫不出兩個陸字，若嫁了進去，便是一家人了。」

「哪有那麼簡單？」趙月紛的視線追著那母女兩人的背影。「他們這樣的人家，比旁人更注重出身跟血統。」

鄭意濃不是王府的正牌郡主，這對陸家來說是絕對不能容忍的，趙月紛十分肯定地說：「等著瞧吧，過些日子便有好戲看了。」

宮宴結束之後，聞芷嫣忙著想法子撮合沈蒼雪跟自家弟弟；鄭頙宿在葉憐雨宮中，逗弄自己新得的寶貝兒子；至於鄭鈺，從宮裡出來之後表情便陰晴不定。

最近元道嬰同他夫人重修舊好，甚少來她的公主府，鄭鈺尋他不得，無奈之下去了女兒鄭頤在城外的住處，終於在傍晚時分等到了元道嬰。

他一露面，鄭鈺劈頭蓋臉地便是一頓質問。「你到底是怎麼馴妻的？你家那位好夫人，今日不知發了什麼瘋，當眾給我難堪不說，還用言語暗示我與你之間的關係見不得人！她究竟想做什麼，魚死網破嗎?!」

元道嬰身後的家丁心想，自家老爺同長公主的關係本來不就是見不得人嗎？整個元府除了老爺，只有他知道這件事，所以他向來同情夫人，但是卻什麼都不能說。

不料元道嬰卻不大相信鄭鈺所言，思索道：「她最近安靜得很，甚少發脾氣，怎麼會當眾與妳對上？」

鄭鈺煩躁道：「鬼知道她抽哪門子的風？」

「想是其中有什麼誤會。」

鄭鈺冷冷地轉過頭，瞪著元道嬰說：「別是你在家裡露出了什麼馬腳，被她撞見了。」

「絕無可能。」元道嬰坐在鄭鈺身邊，再三保證。「我在家亦是小心謹慎，且以她那般不容人的性子，要是真知道這些事情，那可不光是言語諷刺，而是不死不休了。」

鄭鈺被元道嬰的話說得一愣，隨即意識到自己今日反應過度了。

的確，誠如元道嬰所言，以季若琴的那股瘋勁，若是知道自己同元道嬰有了一個孩子，只怕早就將元府給掀了過去，哪裡還有如今這份淡然？

只是鄭鈺雖然明白這一點，卻還是不太放心。「話雖如此，可她說的話還是不太對，讓人憂心她是不是知道了些什麼。不如這樣，你回府之後試探一下，若是她當真聽到了些風言風語，還是……早些處理為上。」

元道嬰胸口一窒，難以置信地問道：「妳莫不是要對付她？」

鄭鈺抬高下巴，倨傲道：「若她繼續乖乖做你們元家的當家主母，別來找本宮的麻煩，本宮自然不會對她如何。可若是她不知好歹，我們也只能先下手為強了。」

一股涼意從元道嬰的腳底竄遍了全身。雖說他不愛季若琴，但她可是他朝夕相處了這麼多年的妻子、他兩個孩子的母親，她怎麼能說殺就殺？

元道嬰一直都知道鄭鈺有多狠毒，可鄭鈺每次作出的決定又都能讓他再次刷新對她狠毒程度的認知。

「殺戮心太重，早晚會害了妳的。」

「婦人之仁，才會害了你我。她是你的枕邊人，是最該小心提防的人，若她知道了咱們之間的事情，那你我之前的謀劃便全都廢了！元道嬰，你知道此事一旦失敗，是什麼結果嗎？」

元道嬰不說話了。他同鄭鈺所行之事，若是成功，往後便權勢滔天；不幸失敗，只怕會滿門抄斬。理智上知道是一回事，可要對妻子下手，元道嬰在情感上暫時還無法說服自己，也不同意鄭鈺的看法。

兩人在房裡大吵了一架。

這十多年來，元道嬰還是頭一次強烈反對鄭鈺的決定。

從前鄭鈺就算行事欠妥，可元道嬰因為心懷愧疚，始終只是口頭勸戒，並未真正阻止或反抗。

可這次不一樣，哪怕元道嬰對自己的髮妻無多少情分，卻也不能喪盡天良到殺妻的地步。

兩人吵得格外激烈，直到旁邊響起一道怯生生的聲音。「爹、娘……怎麼了？」

爭執聲戛然而止。元道嬰與鄭鈺一看到鄭頤，不約而同地收斂了情緒。

鄭頤有些害怕。父親跟母親還是頭一回鬧得這麼厲害，她走上前，牽起兩人的手道：「爹跟娘若有什麼誤會，早日解開便是，何須動怒？」

長公主鄭鈺在外一向跋扈，可到了女兒跟前，再爆的脾氣也都成了繞指柔，她對著女兒溫柔道：「好好好，娘都聽妳的，妳說怎麼辦便怎麼辦。」

元道嬰也消了火氣，在女兒面前輕聲細語。只是他很清楚，自己同鄭鈺意見上的分歧並未消除。

入夜，季若琴從門房處得知元道嬰在外寫奏書，會遲一些回來的時候，只是低聲一笑。她笑自己當初的無知。元道嬰日日回來得遲，向來不是因為公務繁忙，而是捨不得他養在外頭的女兒。是，他們是親父女沒錯，那自己這麼多年來一手拉拔大的兒子跟女兒又算什麼呢？

季若琴以為自己的心死透了，結果依舊意難平。她倒不是煩惱元道嬰在外有其他兒女，而是擔心今日元道嬰去見鄭鈺時，鄭鈺會不會透露想怎麼對付她。

若是鄭鈺動手，一般人還真是防不住。

季若琴遂給娘家寫了一封信，想借幾個幫手安置在身側，好隨時保護她。

雖然季若琴早在得知真相的那一刻，便已存了跟對方同歸於盡的決心，但如今她大事未成，還不想死得那麼早。

元道嬰回府之後，的確試探了季若琴。

不過季若琴早有準備，酸酸地說了幾句，字字都在針對鄭鈺，簡直將一個善妒的內宅女子演得入木三分。

元道嬰雖然心煩，卻鬆了一口氣，覺得季若琴不過是老毛病犯了，他解釋道：「妳怎麼又犯了疑心？我同她不過是公事上的往來，私底下未有多深的接觸。妳只憑臆測便公然譏諷她，對她太不公平了。她的身分貴重，妳若是真惹怒了她，回頭可沒人護得了妳。」

口口聲聲捍衛著雙方的清白，可誰知道這樣「清清白白」的兩個人，竟然連孩子都有了，可笑不可笑？

季若琴一邊對元道嬰軟語示好，一邊更加費心地搜尋證據。然而查得越多，她越是心驚膽戰。

元道嬰真的瘋了，為了那個女人，什麼殺人放火的惡事都敢做，他豈止是沒將自己這個妻子放在心上，他連整個元家、連江山社稷都未曾放在眼裡。

季若琴不禁慶幸那人及時提點了自己，否則來日事發，她可是會被元道嬰連累致死。

有季若琴相助，煩擾聞西陵許久的謎團很快便有了線索。隔天傍晚，他約了沈蒼雪碰面。

沈蒼雪見聞西陵來得匆忙，心知有狀況。

果然，聞西陵人都還未坐下，便先道：「這陣子我有些要緊的事情必須出京辦理，我讓吳兆跟在妳身邊，若妳有什麼事，只管交代他去做。」

沈蒼雪想起了聞西陵當初被追殺的事，反問道：「你身邊可有得用之人？」

「妳太小瞧定遠侯府了，有府裡那些侍衛跟著便已足夠。」

沈蒼雪雖然知道侯府厲害，可是總免不了替他擔憂。她心中的千言萬語，最後匯成一句話。「一路順風，只盼你快去快回。」

聞西陵覺得這幾個字莫名讓人舒心。有人惦記自己，原來是這種感覺。

他許諾道：「放心，這回應當很快就能解決。」

沈蒼雪聽他這麼說，當真以為事情很單純。然而她不知道，此次定遠侯府的勢力幾乎傾巢而出，甚至連遠在北疆的聞風起都出了不少力氣。

沈蒼雪這些日子頻頻遇見梅啟芳。

她來京城就是為了給鄭意濃添堵，既然梅啟芳有意打聽，沈蒼雪便沒瞞著她。好說的，她便直說；不好說的，也借由趙月紛之口轉告梅啟芳。

梅啟芳總算是打聽清楚了汝陽王府的事，不過事情的真相卻險些將這位向來高雅自制的貴婦人氣得仰倒。

好一個汝陽王府，莫不是將他們陸家當猴耍?!

陸祁然回府後，便聽妹妹陸晴之提及今日母親大動肝火，許多下人被遷怒。還未來得及問緣由，陸祁然便被母親身邊的丫鬟給請了過去。

待陸祁然進了屋子，卻發現父親也在，雙親皆是面色陰沈，在一旁伺候的奴僕們低眉垂首，連大氣都不敢出。

梅啟芳率先質問兒子。「汝陽王府之事，你是幾時知曉的？」

——未完，待續，請看文創風1237《嗆辣廚娘真千金》3（完）

2024年1月出版

藥堂營業中

文創風 1224～1226

在末世橫著走的異能者，穿越成破落農家的孤女，
帶著兩個年幼的弟妹，還得防著惡鄰來欺壓，簡直負屬性疊加……
崩壞的末世她都能活下去了，古代生活應該也沒那麼難吧？
摘摘草藥，煉煉藥材，救人又能賺錢，這新人生才正要精彩！

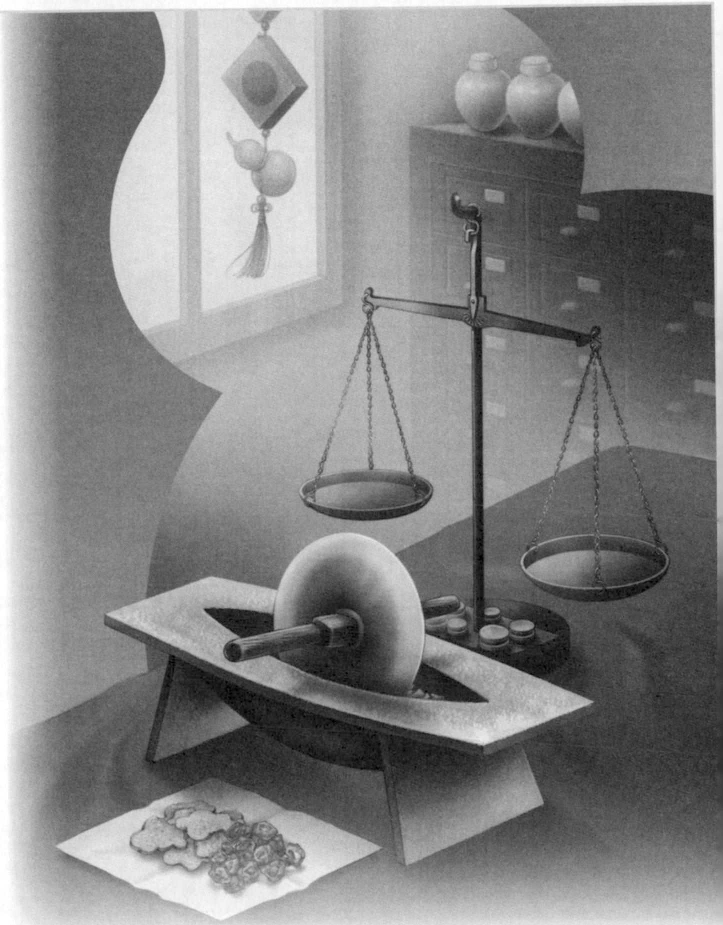

細火慢熬，絲絲入扣／朝夕池

手擁火系異能，瀟箬憑藉著堅強實力，在末世殺出一條血路。
為了守護手中擁有的機密，最終卻落入叛軍手中……
沒想到睜開眼卻不是想像中的地獄，而是穿越到破落農戶家裡，
父母雙亡，還有一對年幼的雙胞胎弟妹等著她拉拔長大。
只是她下田不行，煮飯不會，加上如今這細胳膊細腿的小身板，
上山採野菜、摘野果，挖坑抓兔子，就累得差點去了半條命，
結果兔子沒逮著，卻撿到了個活生生的人……
這怎麼看，好像都是她坑了他，害他跌破頭、摔斷腿的？
為了表示負責，也只能把這眼神好像小狗崽的少年帶回家養，
她替失去記憶的他取了一個新名字——林荀，
從今以後他們就是一家四口，要一起努力活下去。
為了求醫，瀟箬拖家帶口到鎮上藥堂打工換宿，
憑藉對炮藥火候的精準掌控，讓藥堂生意蒸蒸日上，
在小小的鋪子裡，她實踐了讓家人過上好日子的承諾！

娘子安寧，閨房太平／途圖

2024年1月出版

小虎妻智求多福

她的婚事是不能輸的賭注，押錯寶都得贏，
且夫妻同船而渡，她絕不允許這條船翻了！
既嫁之則安之，以後請夫君多多指教嘍～～

文創風 1220 1

為讓東宮成為家人的靠山，寧晚晴決定嫁給草包太子趙霄恒，
孰料備嫁時又起風波，前世身為律師的她連上山燒香都能遇到案件，
她當場戳穿神棍騙局，再搬出太子的名號，將犯人送官嚴辦！
這些大快人心的事全傳到趙霄恒耳裡，他挑著眉問她一句——
「還沒入東宮就學會拉孤墊背，以後豈不是要日日為妳善後？」
趙霄恒不呆耶！她幫百姓主持公道，他替她撐腰豈不是剛剛好～～

文創風 1221 2

嫁進東宮後，寧晚晴迎來春日祭典最重要的親蠶節，
她奉命依古禮採桑餵蠶，代表吉兆的蠶王卻被毒死在祭臺上。
幸好趙霄恒及時請來長公主鎮場，助她揪出幕後黑手，才還她清白。
他分明是稀世之才，又穩坐太子之位，為何要偽裝成草包度日？
接下來，因趙霄恒改革會試的提議擋人財路，禮部尚書率眾鬧上東宮，
不過身為賢內助的她沒在怕的，當然要陪著夫君好好收拾這些貪官啦！

文創風 1222 3

「別的人，孤都可以不管。但妳，不一樣。」
趙霄恒的偽裝和隱忍，是想暗暗查清當年毀掉外祖宋家的冤案，
她豈能任他獨自涉險？兩人抽絲剝繭下，真相即將水落石出，
但一道難題又從天而降——皇帝公爹要太子削去當朝太尉的兵權！
寧晚晴滿頭黑線，太尉跟此案亦有牽連，這差事可是燙手山芋，
而且皇帝公公只傳口諭，連聖旨都不肯頒，如何讓太尉乖乖就範呢？

文創風 1223 4 完

朝堂之事塵埃落定，可寧晚晴和趙霄恒的閨房不太平了——
「妳不能一生氣就離宮！妳走了，孤怎麼辦？」
她只是要回娘家探親，忙於政務的他居然以為她是負氣出走，
這誤會大了，可他的在意讓她心中泛甜，他在的地方才是她的家。
但北僚來使又讓大靖陷入不安，還要求長公主和親換取休戰，
北僚狼子野心，這婚約分明是個坑，他倆要怎麼替長公主解圍啊……

文創風
1236

嗆辣廚娘真千金 2

國家圖書館出版品預行編目資料

嗆辣廚娘真千金 / 咬春光著. --
初版. -- 臺北市 : 狗屋出版社有限公司, 2024.02
冊 ; 公分. --（文創風 ; 1235-1237）
ISBN 978-986-509-497-3（第2冊 : 平裝）. --

857.7　　112022665

著作者　咬春光
編輯　連宓均
校對　吳帛奕
發行所　狗屋出版社有限公司
地址　台北市104中山區龍江路71巷15號1樓
電話　02-2776-5889～0
發行字號　局版台業字845號
法律顧問　蕭雄淋律師
總經銷　知遠文化事業有限公司
電話　02-2664-8800
初版　2024年2月
國際書碼　ISBN-13　978-986-509-497-3

本著作物由北京晉江原創網絡科技有限公司授權出版

定價290元
狗屋劃撥帳號：19001626
網址：love.doghouse.com.tw　E-mail：love@doghouse.com.tw